极度拖延

相非相 著

新世界出版社
NEW WORLD PRESS

图书在版编目（CIP）数据

极度拖延 / 相非相著 . -- 北京：新世界出版社，2019.4
ISBN 978-7-5104-6706-6

Ⅰ.①极… Ⅱ.①相… Ⅲ.①长篇小说—中国—当代 Ⅳ.① I247.5

中国版本图书馆 CIP 数据核字（2018）第 289556 号

极度拖延

作　　者：相非相
责任编辑：丁　鼎
责任校对：宣　慧
责任印制：王宝根
出版发行：新世界出版社
社　　址：北京西城区百万庄大街 24 号（100037）
发 行 部：（010）6899 5968　（010）6899 8705（传真）
总 编 室：（010）6899 5424　（010）6832 6679（传真）
http://www.nwp.cn
http://www.nwp.com.cn
版 权 部：+8610 6899 6306
版权部电子信箱：nwpcd@sina.com
印　　刷：天津中印联印务有限公司
经　　销：新华书店
开　　本：710mm×1000mm　1/16
字　　数：260 千字　　印　张：19
版　　次：2019 年 4 月第 1 版　2019 年 4 月第 1 次印刷
书　　号：ISBN 978-7-5104-6706-6
定　　价：45.00 元

版权所有，侵权必究
凡购本社图书，如有缺页、倒页、脱页等印装错误，可随时退换。
客服电话：（010）6899 8638

推荐序

你有没有过本来该睡觉了,却拿着手机玩个不停?

你有没有过眼看工作的最后截止时间快到了,却还没开始动手干活,甚至连怎么完成任务的思路都没有?

你有没有列出完美的行动计划,却优先做完了所有不重要的琐事,就是没有开始做最重要的那一件?

你有没有还会找一堆借口并把责任推卸给别人?

嘴里说着:一切都不是我的错!心里想着:我真的不想做!我没动力!没兴趣!别烦我!

拖延症,是很多现代人的通病。据调查,72.8%的人自认为有"拖延症",其中,14%的人感觉自己的拖延行为"非常明显",41.5%的人觉得"比较明显"。严重的拖延症会对个体的身心健康带来消极影响,如强烈的自责情绪、负罪感,不断自我否定、贬低,并伴有焦虑症、抑郁症等心理疾病。拖延会造成个体恐慌,导致否定自己、贬低自己,产生焦虑甚至厌世情绪。为了纠正拖延的习惯,不少人组织成立"战拖会",建立了帮助克服拖延的论坛,在论坛上互相监督、鼓励。还有不少拖延症患者使用相关计算机软件及手机应用,帮助自己合理规划时间。

作者相非相擅长于情感类小说，她出版过描写不孕男女感情婚姻生活的当代都市长篇小说《好孕进行曲》。令我惊奇的是，她并没有沿着情感线路一直走下去，颇具才华的她，不但发表了科幻小说，还写出了这部精彩纷呈，让人心惊肉跳的长篇悬疑小说——《极度拖延》。

本书讲述了以"拖延症"为背景的完美悬疑故事，悬念迭起，随便翻开一页都会吸引我一直读下去，手不释卷。故事的情节发展跌宕起伏，出乎意料；语言谐趣幽默，引人入胜。

一座城市，一群意识麻木的人，在生活中经历着无数个意外，被一道闪电划开焦虑的土地。

本书用悬疑的方式告诉你一个不为人知的世界。

在此，郑重向大家推荐此书，希望给生活在钢筋混凝土中的人们，打开一扇透气的窗户。

透过"极度拖延"，看到那些本就在你内心深处，而你却不敢触碰的——

恐惧！

孙浩

心理治疗师

认证催眠师

情感及领导力教练

目 录
CONTENTS

楔　子 / 001
第一章　海归海待 / 009
第二章　草莓小贩 / 020
第三章　信息洪流 / 036
第四章　商业间谍 / 055
第五章　记忆天才 / 074

第六章　荒野之尸 / 088
第七章　竞争败落 / 106
第八章　疑似传染 / 120
第九章　激战商场 / 140
第十章　死亡阴影 / 164
第十一章　真情假意 / 185

第十二章　老鼠成精 / 205
第十三章　搜寻痕迹 / 218
第十四章　隐秘窝点 / 233
第十五章　混乱伊始 / 254
第十六章　死寂之城 / 274
尾声 / 293
后记 / 296

楔　　子

"各位乘客，飞机已经开始下降。请您系好安全带，收起小桌板，调直座椅靠背，打开遮光板。我们将在半个小时后，降落在首都国际机场。"

空姐那柔和的、字正腔圆的普通话，把我从梦中叫醒。我摘掉黑眼罩，听话地按下扶手上的红按钮，立起座椅靠背，捡起滚到地板上的小枕头，打开了小舷窗的塑料板。

窗外，晴空万里，云朵飘浮在脚下，阳光带着灼热洒了进来。

白热的阳光让我意识到，我终于摆脱了伦敦灰蒙蒙的天空，潮湿黏糊的空气，难以下咽的冰冷食物，以及苍白冷漠的人群。

飞机缓缓下降，窗外的天空浊气翻滚，首都那浓重的雾霾中，一栋栋火柴盒似的高楼整齐排列，从脚下的土地一直延伸到远方。

想到热闹拥挤的街道，肆无忌惮高声谈笑的人群，丰富多彩的夜生活，周末不打烊的商店，各式让人垂涎欲滴的美食，以及阔别已久的高富帅哥哥……我还真有点儿激动。

下了飞机，我推着放了两个巨大行李箱的小车，跟着人流走到出口。不锈钢栏杆外，在一大排焦急等待的人群中，我一眼就看见了大牛那满是青春痘、油光发亮的脸。

三年没见，大牛由天天套着运动服的小胖子，变成了西装革履的小平头大胖子。他一双小眼睛不停地扫视着人群，看见我后，咧嘴笑了起来，把眼睛挤成了一条缝儿。

他朝我使劲儿挥手，喊道："蚕头，我在这儿！"

我推着行李车，快步绕过不锈钢栏杆，在熙熙攘攘的人群中和大牛相遇了。照例，他首先给我肩上来了一拳，说："你小子，成猛男了啊！"

我也握起拳头，给他的肩膀来了一下，砸得他龇牙咧嘴。

我笑道："彼此彼此，你也没少长膘。"

他一把夺过我的行李车，在前面走得飞快，一边说："我把车停送客区了，咱们赶紧走，不然一会儿警察该贴条儿了。"

我爬上大牛的吉普车，扣好安全带，看着他熟练地操控着方向盘，把车迅速驶离送客区。我有些羡慕地说："你小子行啊！刚毕业三年，就自己买车了！"

大牛有点不好意思，摸着自己的平头，道："过奖，过奖！在首都生活，车是必需品。"

我笑着问："生活必需品，还是泡妞必需品？"

"都是，嘿嘿，都是！"

"你现在也算是成功人士了！"

他谦虚地说："我哪儿算得上成功人士啊？！买个车，也就是图个跑客户方便。看看你，英国留学、海归、硕士，关键还长得这么人模狗样……"

他伸出魔爪，迅速在我肚子上用力抓了一把。我"啪"地拍飞他的手，顺便在他圆滚滚的肚子上报复性地捏了两下。

"老实交代，你是怎么搞出腹肌来的？"他猥琐地问道。

"英国晚上无聊啊！商店不开门，也不能天天泡吧，我又不爱上图书馆，只好去健身房撸铁啰。"

楔　子

刚过机场收费站，就看见前面浩浩荡荡的一片红色尾灯闪闪发亮——堵车了。

大牛无奈地踩下了刹车，扭头看我，说："你爸妈嘴巴都要笑歪了吧？！小儿子留学毕业，学成回国。大儿子事业有成，飞黄腾达，马上又要结婚了。啧啧啧！我妈眼红得要死，每次给我打电话，都念叨要我向你学习。我跟她说，你的进步，全仗着有个好哥哥，谁让她给我生了个天天打麻将的哥来着。"

想起小时候，大牛他妈揪着他耳朵，"吧啦吧啦"说个不停的样子，我笑了起来。我怀疑，他的两只招风耳，就是他妈给扯大的。

大牛不服气地说："想当初考大学，你比我还少几分。要不是你哥鼓动你爸妈，把你送到英国去读书，没准你还不如我呢！"

我哥，在我们老家那片是神一样的存在。他是所有爸妈嘴里的"别人家的孩子"，是小孩们仰望的"标杆"，是天空中最亮的那颗星。他成绩好，情商高，体育棒，从小学起就班长、少先队大队长、学生会主席一路当上来，获得三好学生、优秀少先队员等无数殊荣，奥数竞赛、奖学金等拿奖拿到手软。

高中毕业那年，他被保送到某个一流文科大学。

要我碰到这事儿，做梦都能笑醒了。

可人家不喜欢，非要自己考，结果以理科状元的身份考入北大。大学毕业，直接进了著名医药公司，工作就跟坐火箭一样，没几年就升到总监的位置。在首都全款买车买房，没叫爸妈出一分钱。

他对我这个不成器的弟弟很照顾。小时候，爸妈不在家时，他做饭给我吃，督促我写作业；有人欺负我时，帮我出头，连我出国留学的费用也是他资助的。

最让人羡慕嫉妒恨的是：在大学，他谈了个漂亮温柔的白富美女朋友，两人动不动就在微博上秀恩爱，时不时地喂我一嘴的"狗粮"。

极度拖延

我硕士毕业论文一答辩完,没跟同学去游山玩水,却着急忙慌地飞回来,当然不是为了国内的红烧肉、麻辣烫、东坡肘子、松鼠鳜鱼,而是为了参加他俩三天后的婚礼。

"哎!"我长叹一口气,"你至少还可以怪你妈没给你生个好哥哥。我呢?一直生活在我哥的阴影下。我本来也没那么差的,跟他面前一站,瞬间就被秒成渣!你说同样的爹妈,咋就能生出两个物种来呢?!"

我在大牛怜悯的眼光中吐了会儿"槽",才想起正事,问道:"你收到我哥的结婚请柬了吗?"

他"嗯"了一声,说:"这次回来,你住哪儿?你哥那儿成了新房,怕是不能再去当电灯泡了吧?"

"我哥说给我订了酒店,先过渡几天,再找房子。"

大牛翻翻他的小眼睛,说:"花那个冤枉钱干吗?我那儿就有现成的房子啊。我租了个三居室,自己住一间,另外两间转租出去了。前两天刚搬走一个,正好空了一间出来,你过来跟我一块儿住吧。"

车从机场高速一路堵到了市区。我们磨磨蹭蹭地,终于到了CBD(中央商务区)。

CBD宽阔的街道两旁,种满了修剪整齐的灌木和五颜六色的热烈开放的鲜花。高档写字楼、购物中心和五星级酒店鳞次栉比,井然有序。

我下了车,抬头看面前的庞然大物样的写字楼:深蓝色的玻璃幕墙把整栋大楼包裹得像只巨大的水晶柱,楼顶的斜角如利剑般直刺蓝天,大片阳光照耀在玻璃墙上,又反射回来,楼体仿佛自带光环。

"花花世界啊!"我感慨道,"跟这儿一比,英国就是乡下!"

大牛笑道:"跟这儿比,我住的地方也是乡下。"

"这位置,房价得好几万一平米吧?"

"几万?那是地下室!早就二十几万起了!你想想,全国就这么一个首都,

楔　子

什么好的贵的都紧着咱们用。首都就这么一个CBD，全国十三亿多人里面，最小撮的那批精英，全集中在这儿。要我说，三十万一平米都不算贵！"

我跟大牛挥手告别，目送他的车在街角处消失，这才走进写字楼大堂。

大堂里悬挂着富丽堂皇的水晶吊灯，黑色大理石地板油光可鉴，能照出人影来。来来往往的女人们无不摩登靓丽、精致优雅，男人们无不风流倜傥、英俊潇洒。

老哥的公司在十八楼。

我跟着漂亮的高个子前台小姐，穿过铺着又厚又软的地毯的走廊。一路上，我拉扯了几下身上因长途飞行变得皱皱巴巴的西装，跟前台小姐那柔软而笔挺的小西装一比，还真有点自惭形秽。

前台小姐推开厚重的办公室门，对着偌大办公室的另一边、站在巨大落地玻璃窗前的人说："陈总，您的客人到了。"

那就是我三年未见，玉树临风、人中龙凤的哥哥。

他转过身来，背对阳光，面孔淹没在阴影中。

像小时候一样，他向我展开了双臂。

我心里一暖，穿过巨大的办公室，绕过乱糟糟的办公桌，快步朝他走去。刚走到跟前，他双臂回勾，两只手抱住我的脖子，略一使劲，把我的头压到他胸前，然后在我头上乱揉了一气，把我在电梯上刚梳得纹丝不乱的大背头，搞成了只乱糟糟的鸟窝。

我大笑起来，顺手搂着他的肩膀，给了他一个拥抱。

他羸弱无力的单薄身板，让我很有些诧异。

我在英国健身房里汗流浃背累死累活，就是为了回国跟他的肌肉身材一较高下。每次练得筋疲力尽要放弃的时候，想起老哥在健身房的那股狠劲，我都会咬牙多做几个。

"咦，你的腱子肉呢？"我问。

与此同时,我闻到一股味道,那是很久没洗澡的人体散发出来的,真叫人酸爽。

我后退一步,借着房间里不甚明亮的灯光,仔细打量他:油腻的头发下,是张苍老的脸,颜色发灰,皮肤松弛;原本爱紧抿着的坚毅嘴角,此时毫无力度地半张着;眼里的精光消失殆尽,只剩下麻木和无限的倦意;原本健硕挺拔的身躯,也无力地佝偻着。

这哪是一个精英的样子?!

这哪像一个还有两天就结婚大喜的人?!

我不禁骇然,问道:"哥,你怎么变成这副样子了?"

他勉强扯动嘴巴,露出个比哭还难看的微笑,低声道:"你要照顾好爸妈。"

这句没头没脑的话把我搞糊涂了,我结结巴巴地问:"哥,你说……说啥啊?你是要出差吗?"

他没回答我,自顾自地说:"小哲,真高兴你回来了。"

他的声音沙哑,拖沓,干巴巴的,听不出一丁点的高兴。

他抬起死气沉沉的双眼看着我,那双眼睛如无底的黑暗深渊,没有一丝波澜。

在我来得及反应之前,他以一种奇怪的姿势扭转身体,跨过不锈钢栏杆,朝着窗外明亮的阳光,纵身跳了下去……

对于后面发生的事情,我的记忆一片模糊。

只记得,我坐在哥哥豪华大办公室的皮沙发上,手握镶嵌在精致金属镜框中的全家福,直眉瞪眼地看着几个警察在窗子边上忙乎。

天,已经黑了。

风,呼啸着从打开的窗户吹进来,吹得我瑟瑟发抖。

楔　子

"把这个给我好吗？"

干瘦的小个子警察说了两遍，我才反应过来，把手上的镜框递给他。照片中，老哥亲热地搂着我的肩膀，双目炯炯地盯着镜头，咧着嘴巴，笑得特欢。

小个子警察小心翼翼地把镜框装进塑料自封袋，然后从兜里掏出张名片递给我，说："我姓周，能不能说说，今天究竟发生了什么。"

我哆哆嗦嗦、前言不搭后语地说了下情况。

他问我："就这么简单？你在国外的时候，有没有跟你哥借过钱，发生过口角，或者有过什么矛盾？"

我这才反应过来，这不开眼的警察把我当成嫌疑犯了。

"我在英国念书的学费，都是他出的，总共有五十万元左右。"

周警官双眼探照灯样地逼视我，我也愣头愣脑地瞪回去，脑子里一遍遍地放映着老哥跨过栏杆的慢动作。我到现在也没反应过来，原本欢乐祥和的跟我哥重逢的日子，怎么就变成了噩梦般的一天。

周警官问："他有没有跟你说过，在工作或者生活上碰到了什么麻烦，或者有什么仇人？"

"他刚升了职，加了薪，和嫂子感情甜蜜，大后天就要结婚了。正是春风得意的时候，高兴都还来不及，能有什么麻烦？！"

我无法控制自己，刚拥抱过老哥羸弱双肩的手一直抖，一直抖。

我用双手抱住脑袋。头发上，还有他手掌的余温。

周警官在一张纸上边写写画画，边说："如果不是办公室有监视录像，陈哲，你就是最大的嫌疑人。他跳下去之前，还跟你说了什么？"

"就那两句话。"我犹豫着说出了真实的感觉，"我觉得，他，他像见了鬼似的。"

周警官双眼紧盯着我，追问："什么意思？"

苍老的脸，疲惫无望的眼神，佝偻的背，让人避之不及的腐臭味……

"他原来不是这样的……"我搜肠刮肚，想找出一个准确形容的词，"看得出来，他特别地累，不是身体上的……不，也有身体上的，但更多的是心累，他好像在躲避什么。"

我回想他最后的眼神，有一种解脱的释然。

"也许，跳下去，他就解脱了。"

一个翻腾我哥办公桌抽屉的警察叫道："周队，我找到了遗书。"

那张洁白平整的纸上只有七个字。

"我累了，对不起。宽。"

周警官意味深长地看了我一眼，说："在这儿签个字，你先回去吧。想起别的线索，随时联络我。"

第一章

海归海待

我坐在咖啡馆门边的卡座上，不停地看表。窗外，天色灰暗，秋雨淅淅沥沥地下着，偶尔有行人打着雨伞匆匆走过，地上到处散落着湿漉漉的黄叶。

我喝多了咖啡，各式念头老鼠般地在大脑里窜来窜去，却一只也抓不住。约好的人始终没露面，我实在等得不耐烦了，抓起手机，拨出了电话。

电话铃响了很久，才听见一个懒洋洋的声音，拉长调子说："喂——？"

我尽量语气平和地问道："雨诗姐，你到哪儿了？"

"啊？你哪位啊？"电话里，她惊异地问道。

"我是小哲啊，陈宽的弟弟。昨天我跟你约好今天两点半见面，你快到了吧？"

她沉默了很久，才说："哦，好像是约过。现在都三点了，还用见面吗？毕竟，事情都已经过去了。"

我有点急了，说："雨诗姐，我可以叫你嫂子吗？你差点儿就做了我的嫂子。昨天你可是答应了我的啊，这对我特别重要！你住哪儿，我去接你吧。"

她长叹一声，说了地址。

那地方离咖啡馆不远。我打车到楼下，站在楼外等她。看着楼门口进进出出的人，不禁想，不知我哥在的时候，是不是也常在这里等她。

记得我还在老家上高中时，有时候看见哥在大衣里藏枝玫瑰花，满脸傻笑

地出门约会,哥还带她到家里来玩过。平时在学校,我看惯了装在米口袋般蓝色校服里的女生,见到她那头乌黑柔顺的长发、洁白细腻的皮肤,听到她婉转温柔的声音,闻着她身上淡淡的花香,简直惊为天人。

我撑着伞,在雨里足足又等了半个小时,她才姗姗而来。她头上戴着厚呢帽,脖子上围了大围巾,身上裹着长款羽绒服,鼻梁上还架着一副宽边墨镜。尽管秋雨绵绵,空气里有丝丝的寒意,但也没见谁裹得像她这么严实。

我们回到咖啡馆,坐定。

我问:"嫂子,你喝咖啡、茶,还是果汁?"

"果汁吧,我最近睡眠不大好。"

她局促地发出一声短笑。

听到她的声音,我突然开始冒冷汗。

她像是被人捏住了气管,低音沙哑得像沙锤晃动,偶尔的高音则像小刀子在玻璃上划过一样刺耳。

我跟她报告道:"周警官昨天给我打电话,说我哥的案子已经结了。最后的结论是:自杀。"

她松弛耷拉的嘴角纹丝不动,没有一丝诧异的表情,好像早就知道了似的。

我揪住自己的头发,说:"我实在是想不通,我哥那么优秀一个人,升职、发财、结婚,前途无量。好端端的,干吗要自杀?!"

听到我的这句话,她的脸部肌肉突然僵硬了。我尽管看不见她墨镜后的双眼,却看见她放在桌面的双手在颤抖。

她的声音里带着哭腔:"也许,他厌倦了生活;也许,他也厌倦了我。"

听到她说这话,我真的很意外,说:"嫂子,你都不知道我哥有多爱你。我在英国的时候,每次给我打电话,说他自己的事情都是一带而过,说起你来都是滔滔不绝。我还老笑话他,就他对你捧在手里怕飞了,含在嘴里怕化了的样子，结婚以后，绝对是个老婆奴！"

她凄然一笑，说："在他……他那个的前一个月，你还听他说过喜欢我的话吗？"

我靠在沙发垫上，陷入了回忆。

回国前一个月，我忙得团团转，赶论文、答辩、整理回国的东西、申请国内的工作职位，焦头烂额，累得像只狗。那段时间，跟老哥交流得很少，每次打电话都匆匆忙忙的。

我疑惑地问："你是说……？"

"我们的结婚请柬在两个月前就发出去了，可是直到结婚前两天，他只订了酒店。原本看好的精装修新房没买，婚车没准备，他的礼服没试，连结婚证都没领……"

她摇摇头，哽咽着说不下去了。

我张着嘴巴，不晓得该怎么安慰她。

"最初，我还觉得他工作忙，没时间，好多细碎的琐事就自己安排了。但是，领结婚证这种大事，他也一拖再拖，显然是有别的想法。我问过他好几次，是想把婚期延后，还是干脆就取消掉？他每次都不耐烦，说当然如期举行。但是他却仍然什么都不做！开始，我还能在家里见到他。到后来，他连家都不回了，每天不是住办公室，就是住公司旁边的酒店，甚至都不愿意见到我。"

她轻声呜咽起来，我心情沉重地递给她一张餐巾纸。

老哥出这么大的事，我居然完全没察觉到，心里不禁翻涌起一阵罪恶感。

她取下宽边墨镜，用餐巾纸擦拭着眼泪。

我这才得以看清楚她的脸：干枯的头发下面，是一张苍老、松弛、发灰的脸；原本微笑上翘的嘴角，此时毫无力度地张开着；眼睛周围的皮肤发乌，眼里的精光消失殆尽，只剩下麻木和无限的倦意。

看着她，我后脊背发凉，熟悉的恐惧突然包裹了我。

在我哥的眼里，我也曾看到，那无穷无尽、淹没一切、死寂、没有一丝生机的倦意。

我惊问："嫂子，你还好吧？"

她空洞的眼神望向我，松弛的嘴角微微颤抖着，她缓缓地说："我没什么不好的，就是什么都不想想，什么都不想做，每天都觉得累……"

她的声音像坏掉的唱片一样，破响，无力，拖沓。她看上去真的累坏了，眼皮耷拉，眼角下垂，嘴巴无力闭上，口水顺着嘴角流下来。

"嫂子……"

她费力地转动眼珠，想抬起眼皮瞄我一眼；她慢慢抬起手抓住我，那只手满是皱纹和青筋，干枯似鸡爪子，像死人一样冰冷。

她无力地拖长声音说："我累……"

惶惑中，我想帮她把手焐热。稍一用力，居然把她的胳膊从肩膀上扯落，干枯的手指头在我手掌中断成了好几截。

我惊骇地狂叫起来，触电般猛地甩掉散架的胳膊和手指。

它们失去了支撑，顺势滚落到木质地板上，敲得地板"哪哪哪"地响。

随之，她的头发连带着头皮大片脱落，掉进面前的果汁杯中。

她也被眼前的景象吓坏了，压着嗓子，痛苦地低声哀号起来。

我大声喘息着，心脏狂跳不止，在黑暗中猛地睁开双眼。我发现自己躺在床上，可怕的梦境历历在目。我回国已经近两年，那件可怕的事已经深深植入了我的潜意识里，挥之不去，无力排解，经常跳出来骚扰我的睡眠。

隔壁痛苦的呻吟声还在继续。仔细听，里面很有些销魂的调调。

真是人不可貌相啊！

大牛租下的这套三室一厅的房子，他自己理所当然地霸占了朝南有阳台的大房间，我和阿平住在朝东的两个小卧室里。每次阿平女朋友来，都能隔着墙壁喂我一嘴的"狗粮"。

阿平是个程序员，平常看着文质彬彬的。他女朋友看上去也很文静，讲起话来娇滴滴的，没想到在床上那么狂野。

老式房子不隔音，在夜深人静的时候，经常能听到他们欢爱的声音。

我打了个哈欠，打开手机，看看时间——才凌晨四点。躺在床上，我习惯性地点开两个小人头的图标，打开了微信，有二十多个群显示有未读消息。

见这么多人熬夜，我立马觉得不那么孤单了，挨个点开带红点的微信群。做微商的，半夜勤劳地发着商品信息；亲戚群里，有人在出小学算术题考大家；同学群里，有俩男生半夜吵架，相互揭短，估计都喝多了……

再看看朋友圈，深夜照旧有发人生鸡汤文的，有晒美食的，有分享歌曲的，还有晒在办公室加班的——我十分怀疑，那是故意给老板看的。

网上社交圈是如此的热闹、有趣和平等，让我沉浸其中，暂时忘记了越来越走下坡路的现实生活。

事实上，回国后找到的第一份工作，是我迄今以来收入最高的一份工作，其后换的七八家公司，一家不如一家。就在一周以前，我第九次被炒鱿鱼了。如果不是靠大牛接济，我只怕早就露宿街头了。

不知不觉半个多小时过去了，隔壁销魂的叫床声还没停。

我敲了敲墙壁，两人激战正酣，一点也没被打扰。我只好无奈地拿被子捂住了头。过了很久，隔壁终于安静下来，我才沉沉睡去。

快到年底了，除了偶尔去外地催款外，大牛最近出差不多，基本上都是朝九晚五。我赶在他早上出门前拦住了他，厚着脸皮说："借我一百块，今天我要去应聘。"

他警惕地看着我说："你都应聘一个礼拜了，也没找到工作。别趁我前脚出门，你后脚就回屋打游戏。"

我晃晃手里的简历，讪笑着说："哪能呢？！看，简历我都准备好了。"

他从钱包里抽了张一百的钞票给我，想了想，又抽了一张五十的塞到我手上。

"这个月有俩同学结婚，还有一个过生日，手头有点紧。应聘得穿得稍微正式点儿，去买条新裤子。"

看着自己两条肥腿上掉毛的灯芯绒裤子，我心里百味杂陈，表情尴尬。好歹俺也是一留学英国的海归，混到现在，非但没有做个CEO啥的，还堕落成了彻彻底底的"海待"——海外留学，回国待业。靠同学接济才不至于饿死，真是脸都不知道往哪里搁。

不过，咱们人虽穷，志不穷！

我拍着胸脯充好汉，说："回头我翻倍还你，百分之一百的利息！"

大牛笑笑，说："昨天拿回来的蛋糕放厨房冰箱了，你今天就当早饭吃了吧。我说哥们儿，你可真行，昨天趁我们喝酒，你认认真真地把生日蛋糕舔了个遍。谁也不愿意吃有你口水的东西，害得大家连一口生日蛋糕都没吃上。"

我哈哈大笑，说："你还记得当年在学校吗？过元旦，学校给每人发了一个苹果，那小子把每个苹果都啃了一口，害得我们都没吃成。我这是君子报仇，十年不晚！"

大牛呵呵呵笑着出了门，我哈欠连天地回房间，又躺下睡了个回笼觉。

睡醒之后，我照例躺床上刷微信。同学群里面，几乎所有人对我昨天舔蛋糕的行为都表示了谴责，还有人晒出了一张舔蛋糕照。

没想到，我的舌头能伸那么长。

在同学群里跟他们斗了一会儿嘴，我才得意地宣布：我要去享用剩下的大半个蛋糕了。我晃晃悠悠地在厨房找了一圈，都没发现蛋糕盒的踪影。我不甘心地打开小冰箱门、橱柜门，甚至水槽下的柜子都一一查看过。

那个著名的蛋糕却不翼而飞了。

我只好饿着肚子回房间，路过客厅时，我在地上发现了一个透明的塑料小叉子，正是蛋糕配的那种。

有人拿着蛋糕，经过了客厅！

我敲开阿平的房门。他女朋友已经上班去了，只有他一个人在打扫战场。粉红色的蛋糕盒子摆在床头柜上，里面空空如也。

我说："我到处找蛋糕，还以为它自己长腿跑了呢。"

阿平歉意地说："早上起来饿了，我洗澡的时候，小静给吃了。"

我看着床头柜上的两只空纸盘子和空可乐瓶，犹豫着要不要告诉他，整个蛋糕都被我舔过了，最后还是决定不说了。

阿平见我站在门口不走，有点不好意思，说："不好意思啊，下回我请你吃饭吧。"

"那倒不用。"我坏笑道，"哦，对了。昨天半夜，你屋里动静不小啊，都把我给吵醒了。我闲着没事，帮你们录了个音。有空你可以请小静来，一起听，让她找找自己的不足之处，下回再叫起床来，才能百尺竿头，更进一步。"

"你个流氓！"阿平笑骂道。

我饿着肚子回屋，歪倒在床上，又刷了一阵朋友圈，玩了几把小游戏，发了一阵呆，看看时间不早了，这才抓起书包冲下楼。在站台等公交车的时候，我把上下左右的口袋都摸了个遍，也没摸到公交卡。

公交车来了，车厢里很空，只有几个拖着带轮购物车的老头老太。我不禁为今天的正确决策暗暗得意。

错峰出行，人人有责！

想当初，为了按时上班，我不得不在早晚高峰人潮汹涌的车站里，费尽全身力气，挤上爆满的地铁。饶是我身强力壮，还经常连车门的边都挨不到，这也是我上班老迟到的原因。

当然，我屡教不改地迟到早退，懒惰拖延，导致最终没一个工作能干

得长。

人少，没法逃票。在售票员的虎视眈眈下，我乖乖掏出两块钱，买了车票。想到比刷公交卡多花了一块钱，来回多花的两块钱，都可以给煎饼加个鸡蛋了，我不禁一阵肉疼。

到人才招聘会时，已经快中午了。门口密密麻麻全是人，有几个中年男人在兜售人才招聘报，报纸上印着一水儿的豆腐块儿似的招聘广告。

他们高声叫卖着："人才招聘报，几百个职位等着你！只要五块钱！五块一份啦！"

我没理他们，而是熟门熟路地径直进了大门，找到服务台，领了一份免费的人才招聘报。其实现在报纸对我没啥意义。失业在家，靠朋友救济的人，只要有份工作糊口就成，至于专业是不是对口，工作环境好不好，同事里面有没有美女，都不在我考虑之列。

我掏出一叠简历，沿着一排排的用人单位小摊，开始挨个递送。

很快，我就发现，这种排雷的办法要不得。首先，不是所有用人单位都愿意接受我的简历，另外一个更要命的问题是：我的简历根本不够使。

才走了不到两排小摊，我的简历就发完了，而后面至少还有八九排小摊子。

有的小摊上收的简历堆成了一座小山，至少有四五百份。我很怀疑他们拿回去，是不是直接当废纸卖了。那些投简历的人，有多少能得到一个面试机会呢？

当然也有的小摊桌子上清洁溜溜，一份简历也没有。比如眼前这个，公司名字是个拗口的外国名，摊主是个黑脸膛的中年男人，穿着格子衬衫和皱皱巴巴的黄色布裤子。

我仔细看他身后的易拉宝招聘广告。

招聘职位：行政人员。

职位要求：本市户口，大专以上，有驾照，英语六级以上。

旁边写着工资底薪。

看到那个数字，我差点笑出来。连打扫卫生大字不识的清洁工，包吃包住的工资都比这个高！一个会开车的大专毕业生，为什么要去应聘这个职位？！是嫌自己钱太多，还是嫌自己的工作太有趣？！

更不要说英语考过六级的了，那是研究生的水平啊！

摊主看我在他面前驻足微笑，开口招呼道："小伙子，有没有兴趣？"

"兴趣是有，就是你们公司没诚意啊，才给这么点工资。"

难怪没人投简历。一份简历的复印费也得块八毛呢，都是成本啊。估计摊主也知道门可罗雀的原因，坐冷板凳的感觉可不怎么舒服。

他热情地说："工资好说，关键是你满足条件不？"

"工资好说"这几个字，勾起了我的兴趣。

我答道："除了一条，其他条件都满足，还有富余。"

"哪条不满足？"

"英语六级。我在英国上学，没回国考过级。"

他眼睛发亮，说："你在英国待过？没考六级没关系，我现在就考考你！"

他用英语结结巴巴地说要我自我介绍一下。

虽然在英国那几年，我一直秉承"得过且过，做人嘛，最重要的就是开心"的生活理念，但是说两句英语还是不在话下。于是我滔滔不绝地用正宗伦敦腔介绍了自己，从学历到专业，从生辰八字到兴趣，从伦敦阴霾的天气到昂贵的物价……

看得出来，我流利的英语把他镇住了，他当场就拍板要我了。

"行，英语还不错。明天就来公司上班吧。"

我"嘿嘿"一笑，说："这么流利的英语，是不是有点超越工资水平了？"

他盯了我足足十秒钟，看得我心里发毛，我有点后悔提工资要求了，其实

极度拖延

先上班,再骑驴找马也不是不行,当务之急是解决吃饭的问题。

"我是个爽快人,这是实习期工资。只要干得好,转正后肯定给你涨薪!"他递给我一张名片,"明天九点,准时到这个地址来报到,把你的身份证、学历证、驾驶证都带过来。"

我看了一眼名片,说:"好的,廖经理。不过我话可说在前头,实习期间,什么置装费、保证金、培训费,我是不会交的。"

廖经理笑起来:"看你说的,我们不是骗子公司。你到底来不来?"

他伸手想把名片抓回去,我麻溜儿地把它揣进兜里,说:"回见!"

出了招聘会的大门,我才想起来,他压根都没看我的简历,就决定要我了。

找到工作,心头不慌了。

出门拐弯,我在隔壁的一家麻辣烫小店里大吃了一顿,捧着圆滚滚的肚子,又到街边的小服装店买了一条化纤裤子,换下毛都掉花了的灯芯绒裤。

在试新裤子的时候,看着镜子里面挂着两只黑眼袋,肥头大耳,双下巴,腰围三尺的胖子,我有点认不出自己了。不翼而飞的除了六块腹肌,还有脑袋顶上的一片头发。

然而,所有这一切,并不影响我在工作有着落、酒足饭饱之后,站在街上看漂亮姑娘的愉快心情。

来招聘会的女生,大多都认真打扮过,个个端庄秀丽,黑丝高跟。当然也有个把花枝招展的,让人看了很是赏心悦目。

我忍不住吹了声口哨。

漂亮姑娘看我一眼,黑白分明的大眼睛里满是轻蔑,她嘟哝了一声"死胖子",快步走开了。

我讪讪地走开了。

想当初,我可是香喷喷的"小鲜肉"!走到哪儿都有姑娘对我暗送秋波,才不到两年,我就成"死胖子"了。

对着蛋糕店巨大的玻璃橱窗,我照照自己。那里站着的,确实是个标准纺锤形的胖子。这时,我眼角瞥见身后有个人影,"嗖"地闪到一边,怕被我发现似的。

我"霍"地调转脑袋。除了街对面有个低头匆匆而行的男人外,身后一个鬼影都没有。我转回头来,把橱窗当镜子,继续观察身后,几个不相干的女孩说笑着走过,再没看见过黑影。

我自嘲地想,自打哥哥出事后,我变得有些疑神疑鬼了。

第二章
草莓小贩

回到家里,我对时间安排做了既详细又充分的计划:今天晚上十二点以前上床睡觉,明天七点半起床,梳洗收拾后,出发去坐公交车,在步行到公交车站的路上解决早饭,然后倒地铁到公司。

按手机地图的路径规划,我能提前十分钟,也就是在八点五十分到达公司。

然而,对于我这么一个长期睡到自然醒的青年,对于床以外的地方都叫远方的胖子,对于手够不到之处都是他乡的宅男来说,要在凌晨两点前睡觉是很困难的,在十二点前睡觉更是难上加难。

在充分预见到早睡的困难之后,我把手机闹铃设在晚上十一点半,闹铃一响,我就上床睡觉,比计划还能提前半个小时。

计划执行得相当顺利,手机闹铃在十一点半准时响起,我毫不犹豫地放下手头激战正酣的游戏,爬上床,钻进了被窝。我关上灯,在被窝里烙了一阵饼,想着离正式睡觉还有半个小时,这半个小时,我可以干点其他事。

我躺在床上,打开手机,连上无线网络,打开某宝账户,查看了一下前几天买的小音响发出来没有,网站显示已发货,但却没有快递的物流运输信息。于是我打开某宝的旺旺,跟卖家聊了一会儿,他答应明天帮我查一下运单号是否正确。我又在某宝上闲逛了会儿,发现购物车里的好多商品都涨价了,估计是为给即将到来的"双十一"打折活动预留利润空间。

关掉某宝,我又上了QQ,看了看新闻推送。

有同学要从外地来本市出差,在QQ群里约同城的同学一起吃饭。大家插科打诨地说了一阵上学时候的趣事,又讨论了半天是吃烤鸭、涮羊肉还是川菜。当然,我为最后决定吃川菜投出了宝贵的一票。

关掉QQ,我开始打网络农场游戏,收割了一茬自己地里种的火龙果,又去隔壁邻居地里偷了几棵菜。估计大家都有睡觉前收菜的习惯,偷来的都是最便宜的。偷得着胜过偷不着,我是一点儿也没嫌弃。

关掉游戏网页,我又打开自己的博客,看有哪些访客来看过我的博客,顺便刷了一下几个关注过的微博。现在估计都没啥人用微博了,他们都好长时间没更新了。

关掉微博,我打开了微信。果然不出所料,微信朋友圈里热闹非凡:卖东西的微商们不停地吆喝他们的商品如何如何好,有卖床上用品的,有卖磁化水杯的,有卖猕猴桃等各式水果的,还有卖手机防辐射贴纸的。据广告称,贴上那像张锡箔纸一样高大上的东西,手机辐射可以完全降为零。

看到这贴纸这么神奇,我不禁遐想,辐射都为零了,还怎么打电话呢?还怎么上网呢?

孩儿妈们继续兢兢业业地为自家孩子拉票;爱臭美的女人们继续贴磨皮美白得连亲妈都认不出来的九宫格大头照;老人们继续分享什么东西不能吃什么东西要多吃的生活哲理;中青年男人们,不管是卖沙发的、卖保险的,还是楼下煎饼摊老板……则继续分享他们的事业成就和自我激励鸡汤。

等等,我也是有事业计划的——就是明天七点半起床上班,开始新工作的第一天。

等我想起来该睡觉的时候,发现已经凌晨三点半了。

我吓得扔了手机,赶紧闭上了眼睛。

极度拖延

早上七点半,我按时被手机闹铃吵醒。我闭着眼睛坐起来穿好衣服,穿好鞋子,却发现洗手间已被大牛抢先占用。于是,我回屋爬上床,刷了一会儿微信,等大牛出来。

到目前为止,除了昨天睡得稍微晚了点,基本上都还是按计划进行的。

然而,等我再次睁眼时,居然已经十点整了!

上午十点四十五分,我"准时"跨进了廖经理的办公室。

他黑着脸,看着站在面前的我,一言不发。我笑眯眯地看着他,也不开口。

半响,他才拉长脸道:"说吧,为什么迟到?打电话也不接?!"

"我一直在犹豫要不要来。"

他扬起了粗短的眉毛。

"公司招又懂英语,又会开车的行政事务助理,对这个职位要求不低。我以前还真的没有做过行政助理,不知道自己能不能干好这份工作。我有工作经验,但是如果不是我能胜任的工作,就不能随便应聘。因为我的信条是:不做则已,只要做一件事情,就要做到最好!"

我在赌。

赌他以这么低的薪水,除了我因为穷疯了来应聘,其他符合招聘条件的正常人不会脑子进水来这儿工作。

他问:"那,你怎么又来了?"

"因为我意识到,这是对我的一次挑战,是对我的一个锻炼。"见他面色转缓,我决定拍拍马屁,"再说了,在廖经理您这么英明的领导手下工作,有任何问题都能顺利解决的,您一定能把我培养成合格员工的!"

廖经理嘴角上扬,让我填表、验证件、办入职手续。

我松了口气,这关总算是蒙混过去了,至少一天的工资到手了!耶!

行政事务部一共就三个人：廖经理、瘦得跟竹竿一样的前台妹妹，和我。

廖经理指着一台老掉牙的台式电脑，说："你以后就用这台电脑吧。"

我一点也没嫌弃，因为我发现公司网络速度奇快，平时我在家里半天也下载不完的网络电影，没多久就下载完了。

廖经理进进出出，不知在忙些什么。作为一个新人，工作还是积极主动一点比较好。我把下载软件的图标最小化，追着他问："经理，入职的事情办得差不多了。有什么需要我做的，您直接吩咐就行。"

他递给我一叠密密麻麻、画满对钩的纸，说："这是本月全公司的考勤表，你统计一下每个人上班的天数，下班前一定要交到财务部，他们要根据考勤发工资的。"

我答应得特爽快："好嘞，您放心！"

公司不大，一共三十多个人。业务部门有三个，后勤有两个部门——一个是财务部，还有一个就是我所在的行政事务部。

让我一个堂堂海归硕士，干幼儿园小朋友数数的活儿，那还不是手到擒来！

我看时间还很充裕，就先上网逛逛某宝。旺旺上，小音箱店的老板给回信说，确实是写错运单号了。老爸的生日快到了，自打我哥去世后，他和老妈都老了好多。我准备给他淘个价廉物美的礼物寄回去，让他高兴高兴，但在某宝上逛了半天，也没找到适合的。

我轮流刷了刷知乎和豆瓣，关注我账号的人又多了几个，还有人在我转的文章下面留言，我逐个给他们回复或者点赞后，又去天涯和猫扑社区论坛逛了逛，跟一帮愤青们辩论了一番。然后，我打开新浪网看了看新闻，再打开手机看看有没有新的短信和未接电话，顺便刷了一下 QQ 和微信的朋友圈，看看大家又有什么更新。

眼看快到下班的时间了，我还是忍不住刷了下微博。我的微博增加了一个

新粉丝；有个同学难得坚持更新微博，我在他晒的出去玩的照片下面点了个赞；我一个过去的女同事评论了我前两天发的微博，我给她又回复了两句。

离下班还有二十分钟时，财务部打电话来催考勤统计表。

"十分钟，肯定在你们下班前送过去。"我保证道。

不就是数数吗？上幼儿园就会的事儿。

我丢下手机，关掉电脑显示器，利用今天最后剩下的十几分钟时间完成工作。

"1、2、3、4、5、6……"

没用到十分钟，我就数完了。我把考勤统计表送到财务部，收拾东西下班。我和我的新同事——瘦得皮包骨的前台妹妹一起坐电梯下楼，大堂里都是下班匆匆往外走的白领们，其中一男一女在人群里异常扎眼。

男人个子很高，穿着考究的深色羊毛呢子大衣，头发向后梳得一丝不苟。他身边的女人则穿着一件火红的小羊皮短夹克，浓密的长发瀑布般披散在背后。从我的角度看过去，只能窥见她侧脸上雪白细嫩的一小块皮肤。

前台妹妹见我目不转睛的样子，花痴地悄声介绍道："那是我们公司的CEO，卫总，是我们全写字楼的男神，绝对的高富帅！"

我心不在焉地"嗯"了一声，并没有过多关注我的衣食父母CEO，而是一个劲儿地看他身边的女人。她窈窕的背影很是熟悉，前两天在梦里，我扯掉了她的一只胳膊。

我双眼死盯着她的背影，加快脚步，想追到前面去看她的正脸，因为走得太急，一不小心踩到了个中年女人。

"哎哟，干吗啊你？！踩我脚了！"

我低下头，只见米白的尖头高跟鞋上，印着一只大黑脚印。

我忙不迭地道歉："对不起，我不是故意的。"等我再抬头时，匆匆的人流中，高富帅和白富美都失去了踪影。

回到合租屋，大牛和阿平都还没回来，我简单煮了点面条，就着老干妈随便对付了下，然后回屋继续摆出葛优瘫的姿势，开始玩手机游戏。

时间过得跟飞似的，顺着生物钟的指引，我又是两点多钟才爬上床睡觉。

没关系，好习惯不是一天就能养成的。

我安慰自己，反正上班事情不多，累了可以随时休息。

第二天上班，比第一天有了长足的进步，我只迟到了半个小时。

在廖经理如狼似虎的目光下，我像受惊的小老鼠一样，顺着墙根溜到座位上。

"小陈啊，"廖经理清了清嗓子说，"昨天忘了告诉你，公司有规定：迟到半小时以内，两次算一次旷工。念你初犯，第一天就算了，从今天开始，要严格执行了啊。"

我低着头说："考勤表里面，好像没有统计迟到次数啊？"

"嗯。这不是全公司的考勤规定，是我们部门的规定。"

这规定分明就是冲着我来的嘛！我暗自咒骂。我们部门三个人，没人敢给他这个经理打考勤，前台妹子从来都提前半小时上班，合着这规定是专门为我制定的！

表面上，我还得诚恳地表一下态："知道了，经理。下次我注意。"

"年轻人，要养成良好的生活习惯。晚上少聊点天，少打点游戏，多看点书。不要搞得二十多岁就掉头发，长眼袋，长期处于亚健康状态，对身体不好。"

"您说得是！经理，我就是太爱琢磨工作上的事情了，晚上一直在想，怎么通过学习尽快进入工作角色，怎么工作更高效。一来二去，就忘了睡觉。"

要知道，晚上我要学习游戏攻略，勤奋刻苦练习打怪，还得攻克各种通关的难题。

"哦，那就好，那就好。今天有重要客户从国外过来，你去接下机。"

拿到奥迪车钥匙，我很有点激动。考完驾照这么多年，除了开过几次我哥的车外，没什么机会摸方向盘，技术都生疏了。客户是个长脸的以色列人，我送他到下榻的酒店后，紧赶慢赶冲回公司，正点吃上了免费的工作餐。

可别小看这工作餐，对于身上全部财产加起来只有一百多块的人来说，这顿免费午餐解决了生存的大问题。我狼吞虎咽地吃完自己那份，看前台妹子皱着眉头，一粒粒数着大米，细嚼慢咽。她餐盘里的红烧肉基本上就没动过，真替她着急。

"这肉你还吃吗？"

大概没想到会有人跟她讨剩菜吃，她愣了一下，说："我吃不了，给你吧。"

"谢谢。"

我麻溜地把她盘子里的红烧五花肉赶到自己盘子里。吃饱后，我满意地摸着肚子，回到办公室，趴在桌上准备眯一会儿。

"咚咚，咚咚。"有人敲办公室门。

吃完中饭到下午一点半上班之前是午休时段，属于私人时间，大家不是趴桌上睡觉，就是在看电影、打游戏，一般不会有人串门。

今天，不知道谁这么没眼力见儿，偏偏这个时候上门，打搅人休息。

我看了一眼瘫在椅子上仰头闭眼睡觉的廖经理，轻手轻脚地过去打开了门。门口站着一眼镜男，头发乱糟糟的，穿了条泛黄的牛仔裤。

"有事吗？"我问。

他先自我介绍："我是二部的景润生。上个月，我是全勤，今天却扣了我两天的出勤工资，是不是搞错了？"

我轻轻从桌上拿起原始考勤表，核对了他的出勤记录，确实算错了。

"对不起啊，算错了。待会儿一上班，我就去跟财务部说。实在是对不起啊!"

他扶了扶眼镜,说:"你是新来的吧?没事,下次注意点就行。"

我谢谢了他的大度,送他出门,蹑手蹑脚地关上办公室门;回头看看廖经理,他还保持那个仰头瘫坐的睡觉姿势。我蹑手蹑脚地回到自己座位,趴回了桌上。

还没闭上眼睛呢,办公室大门又被人打开了,一个女人高声叫道:"廖经理,廖经理!"

廖经理被人扰了清梦,无奈地坐直身体,皱眉睁开了眼睛,见到闯进来的身着大红披肩、描眉画眼的中年女人,立马换上副笑脸。

"哎哟,唐主任,什么风把您给吹来啦?"

那女人皮笑肉不笑地说:"廖经理,我最近忙着给总部跑市场,没到您这里烧香拜佛,您可不能就此给我穿小鞋啊!"

廖经理脸色一变,赔笑道:"唐主任,您说哪儿去了!您的事情,我啥时候不是没有条件创造条件也要支持的?!给您穿小鞋,这是从何说起?"

唐主任挥舞着手上两厘米宽的长纸条,说:"那你为啥扣我全勤奖啊?你哪只眼睛看见我旷工的啊?!我拼死拼活,给公司创造效益,哪天不是加班加点的?不给加班费也就算了,现在连全勤奖都要扣,这是想逼我辞职吗?"

廖经理慌忙摆手,道:"唐主任,看您说的!原来管考勤的小周不是回家生孩子去了嘛。刚招了一个新人,这刚上一天班,肯定是他算错了!"

他们俩同时看着我,廖经理鼓着眼睛,拧着眉毛,那表情,恨不得生吞了我。

我脑袋乱成一锅粥,这么简单的幼儿园算数,怎么会又错了呢?

我结结巴巴地说:"对……对不起。"

廖经理厉声道:"还不赶紧去财务部改正!"

他扭头,换了副面孔,对唐主任媚笑道:"唐主任,实在对不住您。我让小陈马上改！以后您有事，直接打电话叫我们过去就行了，不用亲自跑过来。"

唐主任依然不依不饶："廖经理，不是我说你，招人也得找个细心点、素质高点的嘛！这么简单的事情都拎不清，不是给公司添乱吗？！"

"是是是，"廖经理连声说，"您说得对，您说得对！下次我们注意！"

"这新来的，实习期没满吧？赶紧开掉，重新找个好点的！这种素质，跟我们这种国际化的大公司形象不配啊！"

听到这儿我急了，她以为她谁啊，上来就要开除我。

我刚要跳起来反对，廖经理向我使个眼色。我只好强压下冲动。

廖经理说："按理说呢，我们确实应该招聘更好的。那就麻烦唐主任您，给老总打个招呼，多给点预算。您也知道的，人才市场上是一分钱一分货，更别说现在我们行政事务部用人，都是一个萝卜两个坑。"

唐主任可不愿意往自己身上揽事，打了个哈哈，道："这个嘛，好说好说。"

扔下这句话后，她一阵风似的走了，正如她一阵风似的闯进来。

廖经理咬着后槽牙，说："她以为她是总裁呢？！行政事务部的事情，还轮不到她来说三道四！"

他扭头，看见我拼命点头，吼道："你！还杵那儿干什么？还不赶紧去财务部！"

跟财务部经理好说歹说，软磨硬泡，他才同意修改工资总额，出纳自然少不了把我一顿埋怨。

搞定财务部，我轻松愉快地去了趟洗手间，然后晃晃悠悠地回到办公室。刚出厕所门，就听到走廊上闹翻了天，行政事务部办公室门口挤着一大堆看热闹的人。

一群人围住廖经理，你一言我一语，高声表达着他们的愤怒。

"天天加班，公司不但不发加班费，还说我旷工，太过分了！"

"说我没上班？是我隐形了呢，还是你眼瞎啊？！"

"你凭啥扣我全勤工资,啊?!家里还指着这点钱买奶粉呢!你知道进口奶粉有多贵吗?"

"今天你要不把工资发对了,我就站这儿不走了!"

"乱发工资?!你等着,我非把你告到董事会不可!"

"告他!劳动仲裁他!"

……

廖经理扭着身子,摆脱拉扯他衣服的人,投降一样举起双手,大声说:"大家静一静,静一静!"

众人七嘴八舌的指控声低了下来,廖经理说:"我们工作出了差错,给大家造成了困扰,我先跟大家道个歉。"

廖经理弯下腰,鞠了个标准的九十度躬。他抬起身来,在人群中瞥见了我,那眼光化作高压电,恨不得直接把我电得手足抽筋、全身焦黑、口吐白沫而亡。

"我们马上重新核对出勤记录,保证还大家一个清白,当然,还有你们应该得的工资。今天下班前,我们会把重新统计的结果发邮件给大家,请大家核对。如果有错,请及时提出来。"

"那补的钱啥时候到账啊?就指着这钱还房贷呢!"有人怒气未消地问。

"你们放心。明天一上班,我们就把新数据给财务部,他们会尽快补发的。给大家造成了麻烦,我向大家致歉,请你们原谅!"

他再次撅着屁股,僵直后背,鞠了个九十度的躬,身体保持在直角至少十秒钟,才抬起了身子。

等大伙儿嘟嘟囔囔着不满地散去后,廖经理指着头都快埋到裤裆里的我,吼道:"你,过来!"

我缩着脖子,顺着墙根走过去。一顿臭骂怕是躲不掉了。

"他妈的,拜你所赐,老子还从来没被这么多人围着骂过……"

接下来,他指着我的鼻子,唾沫横飞,狂风骤雨般骂了我半个小时,甚至指出我是只披着人皮,进化不完全的猴子……

为了我那只够塞牙缝的实习工资,我只有恭顺地点头哈腰,时不时地配合他一下。

"您说得对!"

"我错了!"

"下次再也不敢了!"

"对不起您了!"

"您太英明了!"

……

在他的话滔滔不绝地左耳朵进,右耳朵出的当儿,我心里暗自奇怪:我幼儿园毕业了的啊,怎么会错得这么离谱呢?

等他好不容易骂累了,我赶紧给他倒杯水,扶他坐下,说:"经理,您休息一下,补充点水分。等您歇好了,再接着骂。教育我事小,把您自个儿给累着了,事儿可就大了。"

他飞起一脚,踢在我小腿上,笑骂道:"滚,赶紧去给我核数据去!再错一个,我今天就炒了你。"

"得令!"

我飞快地翻出原始记录表,和统计数一对比,才发现,统计数抄错了一行。原本只要十分钟的工作,我整整花了一个下午的时间才改完。

虽然我的脸皮厚得堪比城墙倒拐,但被臭骂一顿总不是个愉快的事儿。而且,搞不好工作说丢就丢。

我心里十分后悔,如果少上点网,少花点时间玩游戏,也不至于这样,以后上班还得长点心才行。

第二章 草莓小贩

北方冬天的夜晚来得特别早，不到七点，天已经全黑。夜幕下，街灯昏黄，人们步履匆匆，路边小服装店里倒是灯火通明的，小餐馆飘出诱人的香味。

我跳下公共汽车，踩在湿滑的路面上，寒风夹杂着小雪粒扑面而来。我双手抱胸，裹紧了大衣，沿着狭窄的阶梯，走下地下通道。

地下通道跟往常一样，热闹非凡。小贩们的叫卖声此起彼伏，卖水果的大哥占据了南入口的有利地形，摊开的防水布上，摆满了一堆堆的苹果、梨子、葡萄和削好的盒装菠萝蜜；往里几步，是戴着藏族毛皮帽子、脸蛋红彤彤的女人，她的面前摆满了各式民族风味的毛衣链和造型夸张的耳环。

我跟随人流，沿着通道疾步前进，时不时地侧身避开对面的行人。

通道的北入口，照旧蹲着卖耳机和自拍杆的小贩，他顺带还提供手机贴膜服务；他对面则是个中年妇女，卖些女人喜欢的小东西，比如鞋垫、围巾、手套和五颜六色的橡皮筋什么的。

这几个小贩常年盘踞在地下通道，因为没有店铺租金，也不用上税，他们卖的商品价格便宜，而且质量也还不错，为大量朝九晚五、爱臭美又嘴馋的上班族提供了方便。

今天稍有不同的是，通道的末端，新开了个卖草莓的小摊。鲜艳而饱满的草莓装在透明塑料盒里，整齐地摆在洁白的塑料布上，在幽暗的地方散发着诱人的香气。由于小摊的位置不当道，几乎没人问津。

我在草莓摊前蹲下来，仔细挑选。良心摊主没用别的小摊贩的惯用伎俩：把个儿大、水灵的放在上面，干瘪、个儿小的放在下面。草莓个头又大又均匀，搭配着新鲜的嫩绿色叶子，叫人垂涎欲滴。

我还没开口，摊主就说："草莓十块钱一盒。"

价格公道！

不过，我还是习惯性地还价："九块！"

摊主大概没有想到我会还价,愣住了。她戴着一顶老太太都喜欢的软呢圆顶帽,帽子下面的脸藏在阴影里,衣服是一件样式普通,但质地考究的黑色呢大衣,脚下踩了一双羊皮平底靴。

幽暗的地下通道里,那双棕色皮靴发出小羊皮所特有的柔光。

想当初,我过生日的时候,老哥曾送过我一双那个牌子的靴子,价格超过五位数,还从不打折。我估摸着,她得卖一千多盒草莓,才够买这双鞋子。

她坐在一只普通塑料小凳上,却掩盖不住优雅的气质。看着她与众多小贩不同的笔挺身姿,我总感觉,她和周围世俗热闹的生活气息有点格格不入。

她用有些沙哑低沉的声音说:"好,那就九块。"

我笑了,在地摊上买东西,往往自动附带砍价的乐趣。自打找到正式工作,虽然还没过实习期,但我早就没把一块钱放在眼里了。

省下这一块钱,我发不了财;多给一块钱,我也上不了当。

我从钱包里抽出张十元的钞票,递给她,说:"算了,不用找了。"

回到温暖如春的家里,我脱下潮湿的外套和笨重的靴子,到公用厨房洗草莓,一边想:为啥这么个有钱又优雅的女人,要跑到地下通道去摆地摊卖草莓呢?

我又陷入了持续发呆的状态。

有时候,我觉得我的大脑程序有 bug(缺陷,漏洞),它经常执行某些死循环程序,大脑的编译系统从来都不会自动做死循环检查,只要没有外界的干扰,它就会没完没了地循环下去。

打破这个死循环的是客厅里发出的巨大响动声。我惊醒过来,发现自个儿都不晓得保持了多久的冲草莓姿势。自来水从红艳艳的草莓上流过,漫过碗边缘,流进水槽里。

我听到客厅门被撞开的声音,高跟鞋疾步奔跑的脚步声,有人喘着粗气和相互拉扯的声音。

阿平的声音显得很焦急："小静，小静，你别跑啊！"

"丁建平！你放开我！放手！"小静尖叫道。

"小静，你听我解释，不是你想的那样！"

"那你说说，是啥样？！说好六点到我家，你迟到一个小时！给你打电话，你也不接！第一次上门，你空着手也就算了，到我家，就往沙发上一瘫，我爸妈跟你说话，你居然睡着了！你，你……"

小静气得大哭起来。

我轻手轻脚，偷摸走到厨房门口，看这对情侣难得的"世纪争吵"。

小静抽抽噎噎地质问："你说，你是不是有别人了？"

"我哪有啊。"阿平结结巴巴地解释，"我一直只爱你，你难道不知道吗？"

"可是，你最近像变了一个人！"小静抽泣着指责道，"你都不接我上下班了，说话也心不在焉。还有，经常说晚上加班，不肯见我。我问过你同事了，你们根本没那么忙……"

阿平百口莫辩。

"还有，晚上那个，你也不行了。你肯定是有别人了！"

"苍天啊，冤枉啊！"阿平指天发誓说，"我要有别人，我不得好死！我就是感觉累，不想干事情。"

小静又哭了起来："那，肯定是觉得我没吸引力了……"

"真的不是！"阿平急道，他转脸，看见我抱着碗草莓站在厨房门口，正津津有味地看他们吵架，改口说："哥们儿，你怎么在这儿？"

我有些尴尬，举起草莓碗，说："新买的草莓，吃吗？"

小静红着脸，一跺脚，哭着跑出门去了。阿平丢下一句"不吃"，就跟着追出了门去。

好吧，都不吃，我自己吃。

草莓很新鲜，水分巨多，一口咬下去，满口香甜。没一会儿，全部下了我

的肚子。刚吃完，阿平垂头丧气地回来了。

我问："怎么，没追上小静？"

他黑着脸说："晚了一步，她跳上出租车跑了，还把手机也关了。"

我安慰地拍拍他的肩说："女人，都爱耍个小性子。没事儿，等她消消气，再买个包哄哄她就是了。"

阿平捧着头，满脸疲惫地说："蚕头，也不能怪她作。最近我是有点不对劲，总觉得工作没意思，吃好吃的没意思，睡觉没意思，谈女朋友也没意思，连打游戏都觉得没意思。天天只想躺在床上，刷刷微信、刷刷微博，上网乱逛，打发时间。什么事情都不做，还累得不得了。"

他指指自己的头，说："我怀疑，我这儿出了问题。"

我沉默了。

我又何尝不是如此？

从当初海外留学归来的堂堂研究生，一步步下滑，最后成了连打杂工作都快保不住的可怜虫。

我挤出一个笑脸，无力地安慰他："想多了啊，哥们儿。你没病，就是懒。"

他颇有深意地看着我，说："我以前觉得，你懒到了极点，为了不起床，不出门，连饭都懒得吃，现在才发现……"

我看着他翕动的嘴唇，脑袋突然"嗡"的一声响。

刹那间，他的声音分成七八条声线，分别钻入我的耳朵，每一条声线都有独特的震动频率和波幅。与此同时，我还听到了窗外的汽车喇叭声，楼上小孩的哭声，远处小贩的叫卖声，血液顺着血管的急速流动声……

每一个声音，都有七八条独特的声线。它们交织着，缠绕着，洪水般灌入耳朵。

纷乱的不只是声音，还有光线：客厅灯的光投射下来，在阿平眼球上形成一个奇怪的白色亮斑,他的瞳孔随着光线和情绪的变化,时而收缩,时而扩张;他颈部肌肉收紧、舒展,牵引着他的头微微转动;他脸上的肌肉抽动,带动嘴巴张合……

与此同时,我还注意到,墙角天花板上,有只黑褐色蜘蛛在忙碌地吐网,它腿上的纤毛有节律地摆动着……

"奇怪!"

我喃喃自语,眼前突然一黑,就什么也不知道了。

第三章
信息洪流

那一夜，我睡得特别沉，半夜没有醒来刷微信，几乎每天来袭的噩梦也没有出现。

清晨，在醒过来的那一刻，我还没睁开眼睛，无数来自周边环境的信息，来自我身体的信息，来自大脑深处的信息，把我给彻底淹没了。

房间里的空气并不清新，经暖气加热的空气、高浓度的二氧化碳、北方冬天特有烧煤的灰尘味儿，一股脑钻进我的鼻子。我甚至还能嗅到，扔在床头柜上那双穿过的袜子的异味。

在这所有令人不快的气味中，有一种甜美的清香。尽管它细若游丝，若有似无，但还是被我敏感的鼻子捕捉到了，那是昨天草莓残留在塑料盒里的味道。

紧接着，各种声音，像洪水一样，灌进我的耳朵：窗外小汽车疾驰而过，轮胎与地面的摩擦声；仔细点听，还有汽车穿破静止的空气时，车身和风摩擦的噪声；大型公共汽车发动机的轰鸣声，火花塞脉冲放电的"嗞嗞"声，汽油和空气混合体在气缸燃烧室里的爆炸声；小贩叫卖早点的声音，油条下锅时"呲呲"的煎炸声；豆浆机快速转动时，电机的"嗡嗡"声，叶片切开黄豆的破裂声；顾客将零钱扔进盒子时，碰到其他硬币时清脆的"叮当"声；树杈上，寒鸦的叫声……

我闭紧眼睛,捂住耳朵,感觉脑袋膨胀,大如西瓜。

然而,走廊里的脚步声,仍然穿越房门,强行灌入耳朵。

塑料拖鞋里大概有空洞,洞里蓄满了水。每走一步,鞋子就"叽"地一响,远听着像老鼠叫。除了鞋子落到地板上的声音,还有鞋底和地面的摩擦声,那摩擦声拖得很长。

所有声音都指向大牛那特有的、屡教不改的走路方式。他走路不爱抬脚,鞋子总在地上拖着,遇到路不平,还经常被绊倒。小时候,没少为这挨他妈的骂。

突然,关于大牛的信息洪水般涌入我的大脑,脑袋"嗡"的一下,变成了个巨大的马蜂窝,成百上千只马蜂在其间狂飞猛舞。很快,我的大脑不堪重负,"死机"了,太阳穴却如针扎般疼了起来。

我惊异地发现,我的脑袋里面居然存储了这么多的垃圾信息,从大牛走路的姿势、步幅,到早上他爱吃什么,到冬天睡觉他老穿的那件破了个小洞的旧T恤,再到他每天占用厕所和厨房的时间,还有他穿鞋穿大衣的习惯……

我忍着头疼,试图从杂乱无章、浩若烟海的信息之海中,抓出几条有用的来。

从大牛房间到洗手间的距离约有八米。他走得不快,足足用了二十步才走到。我奇怪地想,我怎么连他走多少步都数出来了。紧接着,几个结论弹跳着,蹦了出来。

穿着拖鞋去洗手间,而不是穿戴整齐才出门,说明他急着"放水"。

走得不快,说明他放水的需求也不是那么迫切,还说明现在时间尚早,无须赶时间。

脚步声听上去像老太太的步子……莫非是腿有问题?

不出所料,他的脚步声直奔洗手间而去。从占用洗手间悠长的时间看,他怕是憋了一晚上都没上厕所。接着,我听到脚步声往回走,没朝他自己房间的

方向，而是越来越近。最后，在我的房门前停住了。

果然，他猛地推开门。那开门声，如同一个霹雳在耳边炸开，刺激得我的小心脏扑通扑通乱跳。我睁开眼睛看他，不出所料，他穿着灰色塑料拖鞋和睡觉专用的破洞 T 恤。

就在看他的那一瞬间，无数的光线，亮的、暗的、不明不暗的，各种颜色、各种波长、单色的、复色的，带着浩瀚的信息，一股脑儿地涌入眼帘。

"嗨，哥们儿，你还没死吧？！阿平说，昨天晚上，你莫名其妙就栽倒在客厅了！"大牛嚷道，那声音惊天动地，响彻云霄。

我痛苦地捂紧住耳朵，虚弱地说："我没事。"

"没事儿就好。"他放心了，"少下点黄片，多运动运动！昨天我跟一帮小孩踢球，被有个家伙踹中脚脖子，可疼死我了。等我好了，咱们一起去，老子非得把那帮小兔崽子给踢趴下不可。"

在他连续不断的声音轰炸下，我听到大脑"轰隆隆"的膨胀声。千头万绪、千条万道的各式信息充塞在头里，颅骨都要被撑裂了。同时，我只觉得胃部收缩，恶心的感觉冲上脑门，我忍不住双手抱头，张大嘴巴，"啊"的一声大叫起来。

"怎么啦？"大牛惊问，"蚕头，你鼻子流血了。"

温热的液体顺着人中，流到了嘴里，铁锈的味道，混合着腥味，加上以咸为主、以甜为辅的油腻，让我更是恶心欲吐。

我从床上跳起来，趿着拖鞋，冲进厕所，趴在马桶上，华丽丽地把胃里的东西吐了个干净。

我一边吐，大脑还在不受控制地计算：从床上出发，我只用八步就蹿到了马桶边，这效率是大牛的三倍啊！

在专心致志奔向厕所和一心一意呕吐的时候，灌进大脑的信息倒好像少了许多，原本要爆炸的大脑也没那么撑得慌了。

"哥们儿,昨天吃坏肚子了吧?吐完就好了。"大牛捏着鼻子,拍拍我的背说,"看你脸白的,今天在家歇一天吧。"

我苦笑,哪能随便请假啊!

生活如山,有人岁月静好,有人负重前行。

而我,就是那个为五斗米折断了肥腰的男人。

好不容易磕磕绊绊、错误不断地熬了这么久,眼看实习期要满了,我可不想节外生枝。再说,全公司就我一个司机兼杂工,我要不上班,今天去机场送人,就得廖经理亲自上了。

人在江湖,身不由己啊!

我翻出一次性口罩戴上,坚持着出了门,期望它能遮挡一下异味;又戴了副墨镜,希望能遮挡光线对眼睛的刺激。然而,上班一路上的信息轰炸,让我仍旧头昏脑涨、疲惫不堪。

今天是我实习期的最后一天,能不能转为正式工,成败在此一举。

我这一个月的表现,总体说来,是大错不断,小错更多。廖经理成天对着我这么一个不停捅娄子的家伙,头疼万分。为给我"擦屁股",他没少被上至总经理,下至打扫卫生的清洁阿姨批评和抱怨。

我现在成了公司的名人,每个人都认识我了。他们偷偷摸摸地在背后给我起了个绰号叫"灭霸",大概说我有毁灭一切的强大破坏力。见我出了这么多纰漏都没被炒鱿鱼,有不少人在猜测,我是不是哪个管理层的亲戚,不然为啥还能在公司混下去?!

要是人人都跟我似的,只怕公司都倒闭过好几回了。

只有廖经理和我心知肚明,他给我的那点儿还不如扫地工的薪水搁谁谁都不愿意,虽然我处处出错,至少他还算是有个帮手,有个可以指挥的人。我估摸着,恐怕他已经跟总经理打了报告,要求增加薪酬水平,好找个像样点的人来替换我。只等我干完今天的活儿,就可以让我卷铺盖走人了。

想到可能是在公司上班的最后一天，我早早就来到了地库，用微湿的抹布仔细擦拭奥迪车的仪表盘和真皮座椅，再用掸子掸掉车身上的浮灰，直至黑漆在灯下油亮反光。

摸着圆润的车身，我还真有点不舍。下回不知啥时候才能再摸上方向盘了。

都过了出发时间了，今天的乘客——高帅富男神兼霸道CEO卫总还没下来。我发了个短信，提醒他我和车在地库等着，他没回信。

好吧，他不急，我更不急，反正要赶飞机的又不是我。

打扫完卫生，我爬进驾驶室，斜躺在座椅上，打开车载音响，享受了一阵儿。卫总终于拖着箱子出现了，后面还跟着穿得像棵圣诞树的唐主任。我看眼时间，晚了四十五分钟。

一上车，唐主任就说："小陈啊，我们的飞机还有一小时十分就要起飞了，麻烦你开快点。"

我嬉皮笑脸地说："没问题，唐主任。"

看破不说破，大家都心知肚明：基本上，要赶上飞机是不可能了。

卫总冷着脸，一言不发。

不晓得大伙儿公认的男神，是不是都得这么高冷。像我这种软绵绵的胖子，恐怕只能走暖男路线了。

"卫总、唐主任，时间比较紧张，我建议你们先网上值好机，节约时间。"

"哦，对哦。"唐主任说，"小陈，别人都说你是超级马大哈，其实你还是有细心的一面嘛。不过，网上值机是需要提前两个小时的。好在我比较有预见性，昨天就给卫总和我值好机了。"

高！

她的这番话既讽刺了我，又变着法儿夸奖了她自己，实在是高！

我假装没听出她的嘲讽，猛踩一脚油门。车子推背感十足，"嗖"地一下蹿了出去。我猛打方向盘，在后车来不及反应的情况下，以不可能的角度插了一个队。

这时候，大脑瞬间采集到的巨量信息不再是负担。我快速转动眼球，在五秒内扫描了两遍右反光镜、前车、后视镜和左反光镜，大脑迅速计算出前后左右邻车的速度、加速度、车间间隙，以及驾驶员的驾车习惯。

左车道的平均行驶速度比我这条车道要快两公里每小时，此刻左边有一个三米长的小空隙，而左后车正在加速，试图缩小与前车的距离。如果我能在两秒内把车加速到八十公里每小时，并急打方向盘七十五度，就能在这个小缝隙中安全插进三分之一个车身。

按照后车驾驶员稳健的驾驶风格，他会急刹车，并让我成功插队！

我一边为自己的精确计算沾沾自喜，一边一脚把油门踩到底。发动机咆哮着，带动沉重的车身瞬间加速。

理想很丰满，现实却很骨感。

我神经的反射弧比料想的要长得多，大脑发出指令之后，肌肉居然整整滞后了零点六秒才采取行动。

见我自杀碰瓷式的插入，马上就要撞上了，后车一个急刹车。轮胎摩擦地面，发出尖厉的声音，直把我吓出了身冷汗。后座上的两个人忙着看手机，倒是没怎么注意到危险状况。

大脑迅速修正了计算模型，我仗着奥迪车良好的加速性能，开始在车流中左冲右突，见缝插针。刚开始，我手脚的动作不太跟得上大脑的速度，反应总是慢半拍，把车子开得险象环生，不是差点撞上别的车，就是差点被别的车撞。

唐主任在后座上被甩得左摇右晃，终于忍不住说："小陈啊，我们今天是有点赶，但是还得安全第一，安全第一！"

卫总心不在焉地在想事情，还是一言不发。

我笑道："您放心，出不了事儿。"

话音未落，我加速填上了前车换道后的空隙，进了主路。

主路的车也不少，大家都老老实实的，排着队，鱼贯前进。没走两公里，就看见路边的可变交通信息显示屏上写着斗大的红字："前方拥堵，请去往机场的车辆绕行机场二号高速公路。"

唐主任说："糟糕，堵车了。看来我们赶不上飞机了。"

与这条路相关的所有信息，以及我自己在这路上的所有经历，突然一起涌入我的大脑。太阳穴"突突"地跳了几下之后，大脑风驰电掣般地运转，瞬间就提取到了最关键的因素。

"这就是个交通管理策略，减少干道拥堵，把部分车诱导到支路上去。我统计过，"我顿了一下，说出计算出的数字，"大屏显示这条信息的时候，不走推荐的二号线，继续走机场路，有的时候能快百分之二十五呢。"

唐主任狐疑地问："你是说，交通指示牌是忽悠我们的？"

"也不能说忽悠。准确地说，是利用了人民群众的思维定式。拥堵是个很模糊的概念。高速公路上，每小时跑四十公里就算拥堵；城市里面，车速二十公里每小时还很畅通。再说，他们建议绕行，没有说绕行会更快啊。"

听到这话，卫总抬起头，用异样的眼光看了我一眼。

果不其然，前方主路堵了一段之后，反而畅通起来。我照着最高限速，十分惬意地开车狂飙了一阵儿。

还没过足瘾呢，前面的主路又开始堵车了。路侧摆了一长串警示墩，两个身背步话机的交警打着手势，把主路上所有的车都轰到了辅路。好家伙，主路上三条车道的车，加上原本就不太畅通的辅路上的车，现在全部挤到了两条车道上。

一时间，辅路上乱成了一锅粥，喇叭声响成一片。

迅速判断前后左右车辆信息后，我也消停了。完全没缝可钻，还得仔细着,别让其他车插我的队。

唐主任往后一靠,大声说:"完了,这下谁也别想快了!刚才还是应该走机场二号线。"

她把矛头指向了我:"小陈啊,看来你刚才说的什么控制策略,什么思维定式,都是不对的!早该听显示屏的!有的人,就是喜欢自作聪明,结果堵在这儿了。哎!这次要误机了!"

她理所当然地把误机的责任一股脑地推到了我头上,好像跟他们晚出发四十五分钟没一点关系似的。

男神卫总全程高冷,一直皱着眉头在看手机。

我没接话,看着前面密密麻麻、一眼望不到尽头的车流,一打方向盘,再加一脚刹车,停在了已被封死的主路入口处。

辅路上的车挨挨挤挤,以蜗牛般的速度,往前缓缓挪动。主路入口岔道处却一辆车也没有。

我关掉发动机,靠在奥迪车的真皮座椅上闭目养神。

唐主任急了,说:"小陈,怎么不走啦?"

"前面根本就走不动啊。"

唐主任被我气笑了:"停这儿当然走不动了,你得上辅路啊!"

辅路上车的移动速度,肉眼几乎都看不出来。

我叹了口气,给她分析:"这段辅路长三点五公里,现在的速度是三公里每小时,走完这段路需要一小时十分钟,而飞机还有一个小时就要起飞了。即使一会儿主路放行,由于前面还有两个十字路口,也需要五十分钟才能走完这段辅路,再上主路。"

这其实是一道很简单的数学计算题。

"根据交管局网站发布的数据,有勤务的时候,关闭道路的平均时间为七分钟。如果不出意外,我们只需要等七分钟,就能进入几乎一辆车都没有的三车道主路，速度可以跑到八十公里每小时，到机场只需要十几分钟。"

卫总再次抬起眼睛，颇有深意地看了我一眼。

不出我所料，还没到七分钟，主路就开始放行了。我几乎是贴着前面官车队的屁股，一路飞驰。终于，在飞机起飞前三十五分钟赶到了机场。

唐主任看我的眼神，简直是五体投地。

"小陈啊，上次你算错公司那么多人的出勤天数，我们一直觉得你是个糊涂鬼。今天你的表现，很出人意料啊！有时候，你还是挺拎得清的嘛！"

这么好的吹牛机会，我当然不能错过了！

我哈哈一笑，说："唐主任，今天才是我的正常表现。上回，有点儿水平失常，水平失常。"

送走他们后，想着我极有可能明天就得卷铺盖走人，我于是开奥迪车上了趟香山，又沿着五环路狂飙了一整圈，过足了开车的瘾，这才慢慢悠悠地回到公司。

廖经理登记收回了车钥匙，问我："怎么这么晚才回来？"

"额，路上有点堵车。送卫总他们去机场的时候，都差点没赶上飞机。"我说。

"路上你跟卫总说什么了？"

我翻着眼睛回想："没说什么啊。"

卫总全程一言不发，我就记得他那看我时颇有深意的眼神。

我补充道："还真的是啥都没说，他好像基本上都没开过口。路上那叫一个堵啊，我心急火燎的，恨不得飞起来。怎么啦？"

"卫总起飞前打电话给我，让我把你的简历发给他。我刚才找半天也没找到，好像你从来就没给过我简历。"

我心里暗笑，可不是嘛！这廖经理雇人就图个便宜，其他啥也不关心。

"廖经理，回头晚上我发邮件给你。"

我琢磨着，我得把学历改了，写个大学本科学历就绰绰有余了。一个海归硕士，干打杂的活儿，传出去让人笑话，更别提连打杂都打不好，还老出错了。

廖经理不干，说："别啊！卫总说要尽快给他，这会儿怕是都落地了吧。你现在就把简历给我！"

在廖经理不错眼珠的目光下，我只能从电脑上翻出简历，一字未改地发给了他。

"啧啧啧，"廖经理一边看我的简历，一边说，"小陈啊，没想到你还是个海归硕士啊，怎么会想起来应聘我们这儿呢？"

我嬉皮笑脸地说："还不是因为当初您看我骨骼清奇，是个干行政的好苗子，连我的经历都没问，就把我给招进来了。知遇之恩，我自当涌泉相报啊。"

廖经理脸不红心不跳地说："那是，我眼光一直都准得很。不过你小子没说你其实算是专业人士啊。老实交代，到底是为什么？！"

聪明如我，自然不会把我已经到了"拖延癌晚期"，多次被炒鱿鱼，长期找不到工作，为混口饭吃，病急乱投医的实情说出来。

"您还真是火眼金睛啊，这都骗不到您。好吧，实话跟您说，我就是想干干不同岗位的工作，看看哪个好玩儿。"

廖经理笑骂道："你给我捅了这么多的娄子，一看就是新手。"

我顺便拍了个马屁："您老真厉害，什么都瞒不过您的火眼金睛。"

廖经理被拍得挺舒服，笑得都有点慈祥了，他说："我这就把简历发给卫总，看他怎么说吧。"

趁着他心情不错，我吞吞吐吐地问："那个，廖经理。今天是我实习期的最后一天，明天我还用来吗？"

廖经理不高兴地瞪我："你当然得来，而且不准迟到，不然我扣你工资！你转正后的工资，我再和卫总商量一下。"

极度拖延

我的工作总算是走上了正轨，朝九晚五的生活过得飞快。

另一个值得高兴的事情是：大脑被撑爆的问题，像个怀孕娘们一样呕吐的问题，头剧疼的问题，以及脑袋快速运转导致精力跟不上的问题，都有所好转。

我又在地下通道买过两次草莓。几乎可以肯定，目前我神清气爽的状态并不是凭空产生的，是那草莓的神奇效果。我也试着吃了其他地方买的草莓，都没有随之而来的信息轰炸，也没有让大脑更高效。

卖草莓的女人来得很有规律，两天一次。和其他地方买的能稍微存放几天的草莓不同，她卖的那些草莓都是熟透了的，口感香甜，不管是在常温下，还是放到冰箱里，两天后准会发白流汁地腐烂掉。

这天下班，我照例跟随人流走到地下通道。卖草莓的女人依旧穿着件黑呢子大衣，坐在通道尽头的角落里，黑色软呢帽的檐压得很低，好像生怕别人注意到她似的，跟周围高声叫卖、生怕走过路过的错过自己的小贩们，反差很明显。

我走到草莓摊前，照例丢下十元钱。她照例抓起一盒最红最大、卖相最好的草莓递给我。

我开口道："草莓挺好吃的，我都有点上瘾了。"

卖草莓的女人抬起头，从帽子下看我一眼，并未答话。

显然，她不想跟我闲聊。

我蹲下来，摆弄着整齐排列在地上的草莓盒子，一边假装不经意地说："你昨天怎么没来啊？"

她"嗯"了一声，还是不搭腔。

我讪讪地掏出一张钞票，说："我再买一盒。"

她收了钱，从草莓盒堆里又拿了一盒给我。

我只得没话找话指着她脚上不起眼的羊皮靴子问："你这双鞋子看着不错，

穿着很暖和吧?"

她没说话,我看见她在翻白眼。我锲而不舍地问:"您这草莓是什么品种啊?这么甜。"

她终于开口了,飞快地低声说:"清醒一号。"

我还是第一次听说这个品种,追问道:"什么一号?"

她大声说:"金星一号!"

我发誓,刚才她说的是"清醒一号"!

我再接再厉地问:"这,是新品种吗?"

"嗯。"

"您卖这草莓,挣不了啥钱吧?别人都卖二十几一斤,你这价格还不到别人的一半,那不得亏死了。"

她终于开口说了有史以来最长的一句话:"亏不了,自家种的草莓。吃不了,扔了也怪可惜的。"

我看看她价值万元的小靴子,再看看地上摆的几盒草莓,脑海里自动蹦出三个字来:拆迁户!

首都的有钱人永远比我想象的要多,也比我想象的要有钱得多。眼前这位真人不露相的女人,估计就是被天上掉的馅饼砸中脑袋的拆迁户。和那些开着宝马扫大街、打开 Q7 后车盖卖高仿包和盒饭的拆迁户一样,她不图挣钱,就图个有事儿干,不闲着。

"你还买吗?不买蹲边上去,别妨碍我做生意。"她开始赶人了。

"那个,你给我留个电话吧。"

她警惕地看着我:"干吗?!"

"不干吗,"我露出人畜无害的笑容,"有时候馋了,又不知道你来不来出摊儿,留个电话方便点。"

她犹豫了一下,说:"加个微信好了。"

我扫了她的微信二维码,她的微信名叫"闪电",头像也是一道卡通版的闪电图标。我加好友的申请通过后,发现她的朋友圈是一条横杠。

这土豪,居然屏蔽了我。

我看再也打听不出什么了,只得拎着两盒草莓,溜达回家了。一进屋,我就去了大牛的房间,他也刚回来不久。

我献宝一样拿出路上买的他最爱吃的小零食,说:"大牛,今天我发工资了!糖炒栗子,孝敬你。"

他眉开眼笑,接过栗子说:"不错啊,算你小子有点良心。"

我从兜里掏出还没捂热的工资,递了上去,说:"这是上个月的房租,这个月的还得缓缓。"

他大度地挥挥手,说:"没事,等你有钱再说吧。"

真是我的好哥们儿!

我一感动,破口而出说:"今天请你到楼下去吃麻辣烫吧!"

大牛双眼发亮,忙回道:"你等着,我穿件外套。"

我心情愉快地踱步到客厅,大牛穿好衣服,从房间出来,说:"你这麻辣烫很及时啊!我今儿跑了一整天外勤,中午就在地铁上啃了只红薯,这会儿饿得前胸贴后背了。"

我笑道:"一会儿保证让你吃到撑。"

"啊……"

尖利的女声划破空气,直刺耳膜,紧接着是一声巨响。

"砰……"

我和大牛面面相觑了两秒钟。

大牛有点担心地说:"最近阿平和小静吵得厉害,不是出什么事了吧?"

我的大脑轻轻地"嗡嗡"作响,阿平和小静无数的信息洪水般涌入,其中最突出的是他们近期的激烈争吵,小静抱怨阿平越来越不在意她,生气他上门提亲极度不认真得罪了准岳父母，以及阿平的辩解和死乞白赖的求情。

据我所知，阿平并没有什么第三者，他大部分时间都宅在房间里，打游戏，看电影，睡觉。

我说："走，去看看。"

大牛敲了半天门，阿平才开了房门。他双眼布满了红血丝，脸色苍白，驼着背，尽显疲态。

大牛问："阿平，你们没事吧？"

阿平目光游移，不敢直视我和大牛，他低着头说："没，没事，能有啥事？！"

我注意到他身后的地板上，散乱着跌落的水杯、书和键盘，书桌的一角斜搭着他的外套，书桌前的椅子上却空空如也。

怪人，衣服的最佳栖息之地不应该是椅子背吗？

"小静呢？"我问，"今天我发工资了，一起去吃个饭吧？"

"她在那儿呢。"

他忸怩地略微侧过身子，让出原先挡住的床头来。小静大概是不好意思，用被子蒙住了头，只露出枕头上的一缕黑发。

阿平的双眼刻意躲闪着，他看门框，看地板，看我们身后的走廊，就是不看我们。他呼吸急促，用奇怪的尖利的嗓音说："你们去吃吧，我们就不去了。"

说完，他身体往后一缩，就想关上门。

我动作迅速地用脚顶住了房门，问："要不要我们帮你打包回来？"

他奇怪地发出一声短促的怪笑，说："不用了。"然后当着我们的面，迅速地关上了房门。

我和大牛对视了一眼，两个人都很无语。

"你有没有觉得，他刚才有点紧张，有点奇怪？"我说。

极度拖延

大牛笑起来，猥琐地朝我挤了挤他的眯眯眼，说："床头打架床尾和！这'和'的时候，被我们撞见了，肯定不好意思呗。走吧，我都快饿死了！"

事实证明，麻辣烫是人民群众最喜闻乐见的食物之一。

只要是卖麻辣烫的地方，不管是路边开放式的用餐环境，还是像今天这种有暖气有座位的小餐馆，都一概人满为患。

冰啤酒和麻辣烫，是绝配。

大牛对着一大碗冒着热气、盖满红油的麻辣烫，笑得合不拢嘴，他抓起芝麻酱瓶子，足足挤了小半瓶，又抓起醋瓶子，洋洋洒洒倒了不少，边倒边说："南方的麻辣，配北方的韭黄麻酱，再加老陈醋，这味道，绝了！"

看着他用筷子捞起麻辣烫，迅速塞进嘴里，有时候都忘了蘸作料，我才发现，不好好吃午饭的人，到晚上都会黑化成"饿痨鬼"。我的眼光扫过他鸡心领毛衣里笔挺的浅蓝色衬衫，发现了一小块金黄色的痕迹——烤红薯！

我微微一笑，跟着甩开腮帮子，也大吃起来。

大牛嘴里塞满了食物，模模糊糊地说："蚕头，你最近变了。"

我也模模糊糊地问："怎么变了？"

"你没发现，你回国以后，变得越来越懒，越来越堕落了吗？"

我在碗里翻找着鹌鹑蛋，随口说："堕落？有点言重了吧？"

大牛伸出他的"爪子"，捏了捏我肚子上肥厚的脂肪层。

他那只肥"爪子"还在半路上时，我就判断出了他的意图。在我眼里，他的动作慢得堪比蜗牛，我随随便便就可以挡开他的魔爪。

想起刚回国，他在机场接我时，捏了我六块腹肌的肚皮，仿佛已经是上个世纪的事情了。

他说："想当初你回国的时候，六块腹肌，是走哪儿都有女孩送秋波的'小鲜肉'啊！那时候，你研究生毕业，憋着劲儿，要在事业上闯出片天地来，恨不得把马云都不放在眼里。可是，自打你哥出事以后，您就越来越懒，越来越往下出溜，你看你这身膘！你没上班的时候，那蓬头垢面的邋遢劲儿，连舔蛋糕这种丢脸的事儿都干得出来，完全是个没了斗志，一天到晚混吃等死的中年男人。"

他的这番话，竟说得我无言以对。

过了半晌，我才承认："说实话，我也不晓得怎么就成了懒癌晚期患者的。每天就是想躺在床上玩手机、打游戏和上网，连门都不想出，不想去工作，还说什么事业？连饭都不想吃，觉都不想睡，更别说'撩妹子'了。"

他猛灌了口冰啤酒，说："手机就这么好玩吗？"

"其实，我也不是觉得手机有多好玩，有时候都烦得不行了。但是身体就是不想动，感觉手机把我的意识都吸走了，上网的时候像是醒着，又像是睡着了，做着一个自己都控制不了自己的梦。我也想啊，从床上起来，走出去，去工作，去奋斗，去过真正现实的生活。但是，这身膘，它有自己的意志，完全不听大脑的指挥，就像……就像是行尸走肉！"

"行尸走肉"这个词一出来，我不禁打了个寒战。

在人声鼎沸、热闹不堪的麻辣烫小馆里，我们俩都沉默了。

一股寒意从我脚上升起，我背心发冷，冰冷的感觉在我身体周围弥漫着、延展着，也包围了大牛。

他甩甩脑袋，也打了个寒战，说："我真怕最后你也跟你哥一样。我说，这是不是你们家的遗传病啊？"

"不能吧？"我犹豫地说，"我哥是多勤奋的一个人啊！我爸妈所有的勤奋基因全都给他了，一个都没给我留。"

"你说的你哥跳楼前的状态，就跟你前段时间差不多……不过，幸好你振作起来了。"他端起杯子，"来，为咱们的光辉前程，干杯！"

啤酒不够劲儿，我又要了瓶二锅头。到最后，大牛喝得有点多了。他这回不像以前喝多了话痨，反而很沉默，眼睛盯着我身后的某个点，眼珠子就不动了。

我回头一看，后面是几个糙老爷们儿，围坐一桌，在吃东西，并没有漂亮妹子。

"咋了，有心事啊？"我问。

"前段时间，我周围老有人说生意不好做，生意不好做，我还没啥感觉。眼看快到年底了，今年的合同额，我只完成了三分之二。我才发现，今年的生意真是不好做！现在，我只有尽力跟一个大单，那些零零碎碎的单子，忙乎半天也解不了渴。这大单如果能拿下来，不但可以超额完成今年的任务，拿一大笔奖金，没准儿还能升职。"

他面色凝重，长叹一声道："蚕头，我跟这个单都半年多了，上上下下的关系也都摸清楚了。哎！结果今天下午，得到内部消息，那标段早就内定了。合着半年多的心血全打水漂了。"

他闷闷不乐地抓起啤酒瓶，对着瓶口，喝了个底朝天。

我大着舌头劝他："哥们儿，不是我舍不得钱啊。为你身体着想，你别几辈子没见过酒似的，喝得这么急。"

"我没事，酒量是做销售的基本功，这点酒还醉不倒我。"

阻拦无效，我只有也抓起酒瓶，陪这个二十年的兄弟一起喝。

酒精通行无阻地穿过胃壁，进入血液循环系统，在心脏的挤压下，奔流到大脑。被酒精麻痹的大脑细胞不再快速运转，那些通过视觉器官、听觉器官、嗅觉器官和皮肤的触觉器官传来的信息，不再跟洪水一样横冲直撞。在酒精的刺激下，内啡肽大量分泌，让我有点飘飘欲仙。

酒足饭饱之后，我俩勾肩搭背，步履不稳地走回家。一路上，我压抑住心里的不安，疑神疑鬼地扭头看身后。一明一暗的街灯下，只有几个裹紧羽绒服匆匆走过的行人，并无其他形迹可疑的人。

在路上，大牛还在絮絮叨叨地说着工作上的事情。

"我说哥们儿,做销售真不容易。尤其是像我这种,外地来的,一没背景,二没资源的,呃……"他皱着眉头,打了个酒嗝,"每回遇到难题,我就想,如果我是你哥,我会怎么做。因为,你哥是我认识的人里面最厉害的。你别说,这招还真管用。"

我口齿不清地应和道:"可,可不是嘛!"

走到家门口,他掏出钥匙,歪歪扭扭试了好几次,才把钥匙插进钥匙孔里。

"我到现在也没想通,你哥为啥要跳楼!这么个天才,他为啥要跳楼?!你说!为啥?!"

他跟着进了我的房间,在后面追问道。

我自然答不出来。

"真让人百思不得其解啊。"他大着舌头总结道,"咦,你还有这好东西啊!"

见到放在桌上的鲜红欲滴的一盒大草莓,他扑过去,抓了起来。我还来不及阻拦,他就以迅雷不及掩耳之势,塞了几个进嘴巴里。

"不行,你不能吃这个。"

我急了,伸手去抢。别看他喝得晕乎乎的,动作却敏捷得很,他抱着草莓转了个身,把我挡在背后,又趁机抓了两个草莓塞进嘴巴。

"你别那么抠门嘛!晚饭都请我吃了,还舍不得两个草莓啊?!"

"那个,不是……"我只得找个借口,"我还没洗呢。"

"不干不净,吃了没病!"

他抹抹嘴,把草莓盒子往我手上一塞,转身要回他屋里去。想起我第一次吃草莓时,一头栽倒在地的事,我急忙上前,扶住他的胳膊。他甩掉我的手,尽量保持着走直线,回他自己的房间了。

见他似乎安然无恙,我松了口气。

也许是他运气好，也许是吃得还不够多。不管怎么样，他没啥异样的表现。

我回到房间，照例打开手机微信，开始刷朋友圈。

网名叫"闪电"的卖草莓的女人给我发了条消息，说由于供货有限，从明天起，买草莓需要通过专用APP（手机应用程序）预订，不预订的人，不能保证有货。

我打开买草莓的专用APP，软件界面十分简单，只用选择日期和订几盒即可。就这么简单的一个程序，安装包居然有一百多兆，让人恨不得把编程序的人抓过来，狠揍一顿他的屁股。

订好了明天的草莓，我退出了APP。手机屏幕上弹出个消息，邀请我安装一个健康管理软件，就是那种记录体重多少，每天吃了多少食物，睡了几个小时觉的软件。

我摸着被大牛嘲笑过的又鼓又圆的大肚皮，点下了"确认"键，是时候对自己的身材进行一下管理了。在输入我的身高、体重和睡眠时间这些初始数据之后，我关掉手机，闭上眼睛，到梦里跟周公喝酒划拳吃烤串去了。

夜，宁静而又安详。

就在这安宁的表面下，有邪恶的暗流在涌动。

在黑暗的公寓里，我进入了香甜的梦乡，隔壁阿平的房间也安静得出奇。自然不会有人发现，我那已经关闭的手机，突然自动开机，显示数据通信的黄灯开始闪烁，手机上的大量数据，通过无线电波，源源不断地发向一个未知的地方……

第四章

商业间谍

早上一睁开眼睛,我就蹦下了床,冲到大牛房间,上下查看。只见他面色红润,呼吸平稳,嘴角含笑,完全不像我第一次吃了草莓的鬼样子。

他睡眼惺忪地躺在床上,见我没头没脑地闯进来,站在床边如狼似虎地看着他,不禁裹紧了被子,警惕地看着我,说:"蜇头,你想干吗?我告诉你,我可是直的!"

我问:"你昨天晚上没事儿吧?"

他恍然大悟,说:"没事儿,我大牛是什么人啊?酒桌上的不倒翁!那点低度酒完全不在话下。今天,我发誓要把那个单子给抢回来!"

见他一副神清气爽的模样,我心里暗暗称奇:为什么我吃了草莓就像被人打了几闷棍似的,他凭啥就一点事儿也没有呢?

他要去拜访客户,正好顺路,我搭了他的车上班。

首都的早高峰,自己开车完全不靠谱,一路堵得我们没脾气。倒是旁边公交专用道上,一辆辆公交车喘着粗气,绝尘而去,让我十分后悔为省事搭了这个顺风车。坐公交和地铁虽然拥挤,但好歹不会堵车。

我跑进公司大门,正好迟到十六分钟——这个月的全勤奖算是泡汤了。

刚在座位上坐定,办公桌上的电话就响了,卫总带磁性的男声说:"小陈,你到我办公室来一趟!现在!"

廖经理此刻就坐在办公室里，卫总有事情不找他，而是越级直接叫我去他办公室，这里头有蹊跷！

我放下电话，大脑自动分析了他的声音：比平时低八度，发音短促而用力。

要小心，我告诫自己，他怕是在发脾气。

果然，卫总拉长了脸坐在办公桌后面，眉头紧皱地看着桌子上的一份材料。见到我，他用眼神示意我坐下。我坐到他的大办公桌前，他却又摆出那副高冷的鬼样子，紧闭嘴巴不说话，眼睛紧盯着我。

我表情平和地与他对视，静等他开口。

霸道 CEO 终于打破了沉默："陈哲，你是什么时候进的公司？"

"我在公司工作了一个月零十三天，卫总。"

他点点头，道："你可能了解，我们是以做软件起家的高科技公司，公司最核心的竞争力是一种图像处理算法，以及在此基础上研发的软件。我们软件的图像处理速度比同类产品要快两三倍；在相同的时间下，我们软件识别的正确率能达到百分之九十九点八，而市场上的第二名，准确率只有不到百分之九十。"

我点点头。任何一个小公司都有自己的拳头产品，不然很难在江湖上立足。

"资金支持对公司未来的发展至关重要。最近，公司准备进行 A 轮融资。以我们独有的核心算法和软件，在资本市场上还是很有竞争力的。前一段时间，我们差不多已经谈妥了投资者，尽职调查也都做完了。"

我的头点得跟鸡叨米似的，心里却直嘀咕。一位前途光明的 CEO，把刚过实习期的最下层行政人员叫到办公室，单独花时间，跟他大讲特讲公司的发展计划，并不是一件经常都会有的事。

果然，"但是"来了。

"但是，就在两个月以前，公司的核心算法和核心软件模块一起泄露了。另一家公司用同样的算法和软件，向准备投我们的资方申请融资。"卫总咬着后槽牙说，"而且，还比我们少要了四百万。"

我的大脑瞬间被急速涌来的信息淹没了。

我思索着说："两个月前，我还没到公司，所以您判断我不可能是内鬼。您跳过廖经理，直接找到我，说明您根据廖经理和我的种种表现，判断我不是廖经理的人，而您恐怕对廖经理不能完全信任；您没有去找公司的核心骨干，而是找来我这么个职位低下、可有可无的职员，说明了一点：您怀疑公司里的每一个人，我则是唯一一个没有嫌疑的人。当然，还有您，您不会自己盗取自己的算法去卖给对手的。"

他表情严肃，绷着脸点点头。

我的大脑瞬间抛出了一堆行动方案。但，我还是决定先听听他的想法。

"那，您想让我怎么帮您呢？"

他递给我一个U盘，说："这是半年来公司所有人的往来邮件、上网记录、社交账号等，希望你能尽快在两天内筛出嫌疑人来。我每天会把新的邮件记录和上网记录发给你。这件事情，只限于你自己和我知道，对公司的所有人都必须保密。"

我接过U盘，暗自心惊，想起了"棱镜门"事件。看来不光是美国人没有秘密，我们公司的员工也是没有秘密的。想起自打进公司以来，我利用公司的超高网速，兴高采烈地疯狂下载小电影，不禁流了一脑门的冷汗。

卫总说："我会告诉廖经理，这两天暂时不要给你安排其他事情。"

他疲惫地用手撑住头，我这才发现他眼里全是红血丝，眼圈青黑，下巴也是胡子拉碴的。

"还有，对于你承担的额外工作，我会单独付酬劳的。"

听到"酬劳"两个字，我顿时心花怒放。

我拉开椅子，站起来，顺便拍个马屁道："好的。卫总，您看上去需要休息会儿。我跟前台说一下，让她两个小时内都不要接电话进来，好吗？"

"谢谢你。"卫总说。尽管满脸疲惫和沧桑，他还是不失为一个冷美男子。

回到办公室，廖经理关怀地问我："卫总说，让你帮他做点统计工作，要我这两天甭给你派别的事情。需不需要人手帮忙啊？"

精明如他，如果不告诉他点情报，他是不会罢休的。

"不用了，廖经理。"我压低声音说，"卫总最近对开发部的效率不是很满意，让我帮着算算这几年开发部的人数变化和考勤统计什么的，活儿还不是很多，我加个班就搞完了。这事儿您知道就行，可千万别跟开发部的人说。"

廖经理点点头，脸上还是有点狐疑。看来不撇清和卫总的关系，他是不会停止怀疑的。

我接着说："不过，廖经理，能不能跟卫总说说，加班费……"

廖经理笑道："小陈，你好好干，加班费都好说。"

我顺势拍一把他的马屁："还是您最关心下属！我干活去了。"

打开U盘上的文件，我才发现，公司做软件的人员多得惊人。我们所在的只是总部，为节省人力费用，公司在西南某省会城市还有一个研发中心，实际代码编写及软件测试都是在那边完成的。

我把所有的邮件都导入到邮件管理系统，发现足足有好几万封。如果每封都看，哪怕一分钟能看十封邮件，我不吃不喝不睡觉不拉屎撒尿，也至少得看一个礼拜，还别说数量更为巨大的上网记录了。

这点小困难可拦不住我这个"脑旋风"小超人。我先从核心人员开始排查，结合关键字词查找，只用了一上午，便对公司里每个技术人员的职位、具体负责的代码模块、工作进度有了基本的了解，结合每个人常浏览的网站、微博、博客，对他们的家庭背景、感情经历甚至性格特征基本都了然于胸。

每天上某宝网超过半个小时，而且浏览的商品种类繁多的，多半是负责采购的家庭主妇，从浏览宝贝的价格，可以看出她是否喜好买便宜货；而只看衣服和化妆品的，多半是还没结婚生娃的年轻女子。一下班就偷偷上成人网站的，大部分是没成家也没女朋友的单身汉。爱上军事论坛并且大段发言的，大部分是充满正义感的愤青。某个时间段爱访问房地产网站的，通过统计上买卖房板块多还是租房板块多，很容易推出这人近期是有买房需求，还是有租房需求。经常看财经板块的，多半是手头有几个闲钱，想以钱生钱的主……

然而，这些乱七八糟的信息并没有什么用处。除了大脑里塞满各式细节，各种可能性在胡乱闪烁，耳朵"嗡嗡"作响之外，我还是一点头绪都没有。

如果现在能来盒"清醒一号"草莓，不知会不会有突破？

卫总刚发给我的一封邮件，引起了我的注意，其附件是压缩打包的文件，包含今天上午每个人收发的邮件。其中一封是某猎头公司的面试邀请，收信人是景润生。

我正打算顺着这条线索追查下去，卫总来电话了。

电话里，他只会说一句话："小陈，你到我办公室来一趟！现在！"

他的气色比早上好多了，剃了胡子，还新换了衬衫。

"你看到上午的邮件了吗？"他开门见山地说，"景润生收到一封猎头邀请面试的邮件。从邮件内容看，他们接触的时间应该不短。只怕是他窃取了公司的核心机密，知道自己在这儿待不长，提前找好了下家。"

"从表面看，似乎是这样的。"我说，"其实不然。"

他眯起眼睛，等我的下文。

"您知道，在过去半年内，公司有多少员工浏览招聘网站超过十次以上吗？"我翻了下眼睛，回忆起那个数字。

"二十一人！"

他瞪大了眼睛。

我接着说："没错，占公司总人数的百分之三十多！但是，并非上招聘网的人都想跳槽。向这些网站上传 30K 以上文件的，有十三人，这才是真正打算跳槽的。其中有三个人已经离职了，然而，没有一个去了盗窃我们商业机密的公司。"

他咬着后槽牙说："我需要还没走的那十个人的名单。"

"稍后我会给您的。泄密者也许在里面，也许不在。但我可以肯定，景润生不是泄密者。"

他挑起眉毛，看我到底要说什么。

"如果你是做技术的泄密者，你肯定知道，只要有管理员权限，全公司人的往来邮件你都可以随便看，你会给猎头留公司的邮箱地址吗？再说，你为什么不首选去你泄密的公司呢？他们一定会给你提供最高的职位和最好的条件。"

卫总若有所思地点点头。

"还记得刚来公司的第一天，我算错了很多人的出勤天数。景润生是第一个找上门来，告诉我少算了他出勤工资的人。如果你靠出售商业秘密，已经赚了一大笔灰色收入，你还会紧盯着那点出勤工资吗？！"

"嗯，有道理。你还发现了什么？"

"我发现，技术总监的问题很严重！两三年前，他闹完离婚，紧接着又娶了个小姑娘，又新生了娃，还是双胞胎。生了娃之后，又买了个地段不错的大房子。就此成了人生赢家？不不不，完全不是这么回事儿！"

高冷男神 CEO 卫总，皱着眉头，津津有味地听我东家长西家短地八卦，这画风实在是有些诡异。

我接着说："他家里需要操心的事情太多了，不是保姆辞职不干，就是孩子生病连夜去医院打吊瓶。除了养车，养两个儿子，养老婆，养前妻，养跟前妻生的孩子，还得每月按时还房贷，缺钱得很，经济上捉襟见肘。"

卫总眉头紧蹙，说："我知道他生了两个儿子，却不知他这两年生活这么艰难。所以他因为缺钱出卖了公司机密？"

我忙摇手，道："没有没有，他对公司还是挺忠诚的，不然不会一直入不敷出。只是年纪大了，精力牵扯太多，有点跟不上趟儿了。以前，他对数据架构还有点发言权，自己有时候也上手编编代码。现在不行了，新的程序语言出来，他完全不了解，信息技术新趋势、大数据分析这些理念都不太清楚，还乱指挥，底下的人都不爱听他的。"

卫总的脸上阴云密布。

我再次补刀道："目前，他长时间积累的威望还在。但是我不敢保证，大家能服他多久，会不会年轻人干着不爽，辞职走人，甚至拉出去另立山头。"

卫总直视我，问："你，是不是以前认识他？"

"技术总监？不不不，我进公司的时候，他正好休假了。后来，他一直在研发中心，迄今为止，我还没见过真人。"

卫总难以置信地问："那你怎么会知道他这么多情况？"

我微笑不语，从邮件和他的社交网页上推断出这些并不难，难的是只用了三小时，而且同时了解几十个人的情况。

我说："我梳理了一个嫌疑人名单。"

我拿出打印的名单，递给卫总，说："第一名：开发部经理。家庭条件好，从来没缺过钱的富二代，最近和技术总监以及市场部在产品定位上有分歧。他提出来的新研发计划预算过高，市场前景不明朗，被董事会枪毙了。他心怀不满，最近两个月经常请病假。我挖了挖他的微博小号，其实他是跑海外度假去了，顺便还访问了在美国的母校。"

卫总不说话，睁大眼睛盯着我，看得我心里有点发毛。

良久，他才说："陈哲，你真让我印象深刻！居然在短短半天时间内，就把情况摸得这么清楚。真想打开你的脑子，看看里面是什么做的。"

我心里一惊，骇笑道："卫总，您开玩笑了。"

他皱起眉头，说："开发部经理跟随我多年，公司走到现在，他立下了汗

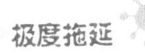

马功劳。我从来没有怀疑过他，以他的家庭背景，按理是不屑于为钱而泄露公司机密的，但若是心怀不满，倒不排除这个可能。我……"

他居然有些哽咽。我总觉得我是看错了，一直高高在上、沉稳冷峻的CEO，眼里似乎有点点泪光。

我赶紧微笑着安慰他："您信任的人没有错，他不是泄密者。"

"刚才，你不是说他有动机吗？"

"休假回来，他纠集一小撮部门骨干，阴悄悄地在开发被董事会毙掉的项目。看他们的往来邮件，项目代号好像叫"地鼠"，大概就是打不死的意思吧。他如果有二心，不会在完成本职工作外，还自己给自己加额外的任务。但是，如果开发的成果最终得不到公司认可，我不敢保证他还能像现在这么忠心耿耿。钱，他不缺；技术，也不缺，拉出去单干是迟早的事。"

卫总深深地点了点头。

"二号嫌疑人，核心算法代码编写人……"

"三号嫌疑人……"

我挨个分析了技术部和西南研发中心的员工，名单上的人或者对现在的职位不满，或者对工资不满，但是却没有泄密的线索。

调查陷入了僵局。

"所以，"卫总总结道，"迄今为止，我们还拿不准到底是谁泄的密。"

"是的。您给的电子资料，我还没看完。再给我一点时间，我相信泄密者一定会留下蛛丝马迹的。"

他点点头，示意我可以出去继续干活了。我拉开厚重的办公室门，走出铺着地毯的办公室。

身后，卫总低声道："陈哲，我很高兴你是我的同盟，而不是敌人。"

我手握门把，瞬间石化了。

这是我到公司以来，甚至是我工作以来，听到的最高的赞赏。我那颗被生活蹦乱跳的心一时间老泪纵横。

我极力掩盖情绪，僵硬地扭转脑袋，向他点点头，轻轻关上了办公室的门。

回到自己的办公桌前，我放松下来。大概因为上午用脑过度，面对上千兆还没来得及浏览的文件，竟然有些无力感。

廖经理关心地问："小陈啊，帮卫总的工作做得怎么样了？"

"经理，今天怕是干不完，要加班了。您有事儿？"

"没事，没事。今天晚上要接待几个外地客人，你没空，我另外找了租车公司去。"

"哦。廖经理，上个月的出勤表我还没统计出来。等我干完卫总的活儿，马上就弄，保证误不了事儿。"我拍胸脯保证道。

廖经理点点头，说："你仔细着点，别再算错了。"

我不好意思地讪笑道："您放心，统计完，我检查三遍再交给财务部。这次要是再错一个，您扣我一个月的工资！"

听到这话后，他给我猛灌鸡汤："小陈啊，我相信你！只要细心、努力，没啥事是干不好的。"

我想着那几千兆的文件，满脑子都是官司，喝再多的鸡汤，对找线索也没啥帮助啊！

我心事重重地打开 Word 文件，很奇怪地发现，在"最近使用的文档"一列中，排在前五名的文件名字都陌生得很。

有人趁我去卫总办公室，动了我的电脑！

看着有事没事老在我身边转悠的廖经理，我脑海里突然灵光一闪，说："经理，听说技术部下个月要搬家？回头，我们是不是可以换个大点的办公室啊？"

廖经理听到我的问题，失声道："什么？"

我小心翼翼地关上办公室门，小声说："经理，这事儿您知道就行了，千万别跟别人说。刚才我去卫总办公室，他正好在跟技术总监打电话，听他说到什么商业间谍、找好退路之类的事情，我也不是很明白。他还说，下个月要把研发部门都搬到西南研发中心去，要先迁移服务器什么的。经理，技术部是要搬走吗？"

廖经理呆了一下，说："我也不清楚。那都是领导的事儿，咱们就是听喝的，干活吧。"

说完，他匆匆出了办公室。

接下来看资料的时候，我把重点集中到了排查目标身上，一直搞到晚上七点，我才想起来，我的晚饭都没吃。大脑的高速运转消耗了大量的热量，直饿得我头昏眼花，于是我关掉电脑，锁上办公室的门，准备回家了。

走廊上一个人也没有，平时加班最多的技术部也黑灯瞎火的。我关上走廊的灯，再锁上公司的玻璃大门，坐电梯下楼，准备在附近找个小餐馆，先把肚子塞饱再说。

夜深了，白昼的喧嚣全部退去，一切都笼罩在黑暗之中。

一位身穿黑色羽绒服、脚穿黑色靴子、头戴黑色鸭舌帽的男人，快步穿过写字楼大堂，闪身进了电梯。他竖起的衣领和低扣的帽檐，遮挡住了电梯和走廊里摄像头的视线。

出了电梯，在警觉地观察四周并确认无人之后，他熟练地打开了对开玻璃门上的锁，缓步走进昏暗的走廊。他熟门熟路地走到挂着"技术部"牌子的玻璃门前，掏出钥匙，打开链条锁，悄无声息地走进了技术部的大开间办公室。

十分钟后，他走出了空无一人的办公室，依旧黑衣黑帽，走路的脚步轻得像猫一样。他转身，在黑暗中掏出钥匙，正要锁上技术部办公室的大门。

就在此时，灯光突然大亮，几十盏射灯照得整个走廊一片雪白。黑衣人惊惶地转过身体，却见走廊尽头站着几个男人，正齐刷刷地瞪着自己。

"半夜来加班，真有敬业精神啊。脱下帽子，让我们看看你的尊容吧！"公司 CEO 卫总嘲讽地大声说道，浑厚的声音在走廊里回响。

黑衣人胆战心惊地四处张望，试图找到可逃走的出口。然而，周围全是紧锁的房门，他已插翅难逃。

我站在卫总身边，看那黑衣人恨不得找条地缝钻进去的样子，忍不住大声说："廖经理，您老就别找了，没别的路可走了。"

僵持几秒钟之后，黑衣人摘掉了帽子，说："卫总，陈哲，这么晚了，你们还加班呢？"

卫总面带讥诮地说："我们当然是回来加班啰！那么，廖经理，大半夜黑咕隆咚的，您跑到技术部去干什么？"

廖经理脸上开始冒冷汗，他故作镇定地说："我……我回家才想起来，白天手机落在技术部了，回来取一下。"

敌人很狡猾啊！

我笑问道："那，您找到手机了吗？"

"找……找到了。"

"在哪里找到的？"

"桌子底下。"廖经理的话语开始流畅起来。

卫总沉声道："除了找手机，你没有私自从公司服务器上拷贝最新的图像识别软件源代码？"

廖经理听到这话，脸色都变了，又开始结巴起来："没……没有。"

熬了大半夜，总算逮到了这内鬼，我兴奋得很，听廖经理满嘴胡言乱语，我便大声拆穿他："廖经理，那你怎么解释，在你外套右边兜里的那块移动硬盘呢？"

"什么移动硬盘？"廖经理装傻充愣地抵赖道。

听到我们没完没了的口水仗，卫总有些不耐烦了，他往侧面横跨一步，让出身后两个穿着制服的公司保安来，沉声喝道："动手！"

两个保安都是人高马大的，他们二话不说，大步走上前。

廖经理感觉不妙，大声叫道："你们想干什么？！别乱来……哎哟！"

一个保安反剪了他的双手。

廖经理平时在办公室里养尊处优，哪是身强力壮的保安的对手，当下双膝跪地，杀猪般惨叫起来。另一个保安从他的外套兜里摸出了移动硬盘，交给卫总。

卫总掂掂手上的移动硬盘说："人赃俱获，你还有什么话好说？！"

廖经理垂头丧气地问："你……你们是怎么发现的？"

我睁着兔子一样红的双眼，笑道："最开始我没怀疑你，怀疑的是景润生和技术部的其他人。不过，根据景润生以前的邮件往来和上网记录，没有一点迹象显示他在找工作。要说，他在业界也没那么有名，今天上午却突兀地收到猎头面试的邮件。这说明，很有可能是有人想陷害他。"

"自打卫总把我单独叫到他办公室之后，您老从来没有像今天这么关心过我，左一句，右一句地套我的话。在我发现有人趁我不在动了我的电脑之后，我顺便查了一下您的上网记录，又顺便破译了您的外网邮箱，发现了您给猎头公司的邮件，落款却是景润生。"

廖经理睁大眼睛看着我，跟见了鬼似的。

"当然，就凭这些，还不能直接断定您就是内鬼。"我接着说，"还记得我第一天上班，算错了出勤工资吗？猜猜是谁到最后也没发现少算了他的出勤天数的？就是您啊！第二次修改的时候，我还是给您少算了一天，而您居然没有发现。因为您卖情报挣了好多钱，压根儿没把出勤工资放在心上。"

廖经理被我的一番话说得哑口无言。

我笑眯眯地看着他，估摸着他正在因图便宜把我给招进公司而后悔得吐血呢!

果然,他不甘心地问:"你,是不是卫总有意安排的?"

卫总朗声道:"那倒没有。廖经理,我一向待你不薄,为什么要干这种危害公司的事情?!"

廖经理满脸怨毒地说:"卫总,你自以为对我不错。但是,我问你,同是部门经理,凭啥技术部的收入要比我高好几倍?凭啥业务部门的人提拔得那么快?我廖某忠心耿耿,为公司卖命好多年,除了评个内部先进以外,升职、加薪、股权,哪样替我考虑过?连招个人都不给够工资额度!公司压根儿就没有把我当人,凭啥我非得要在这棵歪脖树上吊死?!"

卫总惋惜地摇了摇头,说:"我们在争取投资的时候,已经把你纳入高管层,股份也给你留了。可惜啊……"

没一会儿,接到我们报警的警察过来了,把廖经理、卫总、我和两个保安,一起带到派出所做笔录。直到早上九点钟,做完笔录,我们一干人才灰头土脸、头晕目眩地各自回家。

冰箱里还剩两个包子,我站在厨房,就着开水,狼吞虎咽地把包子吞下了肚子。吃完早饭,我这才发现,有股难以形容的臭味在周围缠绕,那味道若有似无,令人作呕。

我捏着鼻子,把垃圾拎出去倒了。

三个男人住一屋真不行,都不爱打扫卫生。

我回到自己房间。隔壁阿平的房间里,隐隐约约传来打游戏的声音,这家伙又翘班了。我和衣倒在床上,那股熟悉的臭味再次钻入我的鼻子,简直不是榴莲,胜似榴莲。

我抓过被子的一角捂住了鼻子。

今天晚上得去取草莓了,我想着,然后进入了香甜的梦乡。

此刻，在城市的另一端的市一中的教学楼里，却是另一幅景象。

高三七班的教室被课桌和椅子挤得满满当当。每张课桌上，各式教科书和参考书堆得像一座座小山。为迎接即将到来的高考，少男少女们纷纷埋头在山谷间，奋笔疾书。

教室里很安静，只有偶尔翻动卷子的声音，和"沙沙沙"的书写声。

王小川咬着钢笔头，盯着卷子上的题目发愣。他嘴唇周围长着细软的小胡子，脸上有几颗青春痘，眼里布满红血丝。一阵倦意袭来，他用手遮着嘴，压抑地打了一个哈欠。

"注意力！注意力集中！"他对自己说。

试卷上的数学公式、一段段老长的应用题却像活了似的，在洁白的卷面上扭动起来，缠成了一团。他定定神，烦躁地用笔在卷子上虚画着，嘴里念念有词，试图用读题的方式，驱散弥漫在大脑中的层层烟雾。

这道题老师好像讲过，补课的小老师好像也专门讲解过……但是，到底该如何求解，他却怎么也想不起来了。

讲台上的老师从手机上抬起头来，提醒道："还有最后五分钟，大家抓紧时间，别忘了写名字。"

完了，来不及了！

整张试卷上，完成的题目还不到一半。

王小川沮丧地把笔扔到桌上，猛地靠在椅背上，茫然地张开嘴巴，呆呆地望着天花板。

完了，这次全完了！

他心灰意懒地揪住自己的头发猛扯，似是想把题目答案从大脑中揪出来一样。然而这一切，都已经无济于事。考试结束的时间到了，他垂头丧气地交了考卷。

交完卷子，教室里的紧张空气一扫而光，同学们叽叽喳喳地议论着考题的难易程度和正确答案。王小川对此却充耳不闻，双眼木呆呆地瞪着窗外。

在北方冬天摧枯拉朽的寒流蹂躏下，夏日里再茂盛的绿叶，也只有百孔千疮凋落的命运，只留下干枯的枝杈在风中摇曳。此刻，王小川身上的全部精力，所有的斗志，都像那掉下来的黄叶，被寒风无情地卷走了。

一张轻飘飘的树叶，对于呼啸着席卷一切的寒风，完全无力抵抗。

班主任老师用钢笔轻敲桌子，说："同学们，安静。下面，我公布上周模拟考试的结果。全班平均分八十七点五分，上九十分的八人，八十到八十九分的十五人，七十到七十九的五人，六十到六十九的三人，不及格的一人。我们班在全年级排第二。如果不是有几位同学拖了后腿，尤其是六十分以下的同学，严重拖了后腿，我们班本来可以排名全年级第一的。"

叽叽喳喳的议论声响起，同学们互相询问："谁啊？谁没考及格呀？"

班主任再次敲敲桌子，说："高三是人生中最重要、最关键的时期，这一年将决定你们今后的人生道路，是平步青云，还是甘为人下。所以，掉以轻心不得……"

对于班主任的"高三决定人生论"，王小川早听得双耳起茧了，他头昏脑涨地闭上眼睛，心里为自己悲惨的未来默哀。

班主任终于结束了长篇大论，话锋一转，道："王小川同学，最近成绩下降得厉害，上学期还算得上中上游，这学期突然掉到最后一名，是什么原因？明天早上，请你家长到学校来。"

王小川有气无力地低垂着头，假装盯着桌子上的一本书，完全不敢抬头看老师，更是不敢看同学们异样的目光。

班主任终于结束了今天的课程，说："好，今天的课就上到这里。一会儿，课代表把上周的卷子发下去，今天的作业就是修改卷子上的错题，并且完成一张练习题。"

老师眼神严厉地扫视一圈教室，在王小川萎靡灰暗的脸上停留了至少两秒

钟，说："下课！"

头昏脑涨的王小川同学，用布满红血丝的双眼，瞪着刚发下来的试卷，上面红色圆珠笔写的"34"这个分数格外刺眼。

在某知名大学生物化学实验室里，天花板上的日光灯照得房间灯火通明，各种仪器发出轻微的嗡嗡声。实验室工作人员都下班了，偌大的实验室里，只有赵燕一个人。她身穿白大褂，坐在干燥机面前，有些神经质地用手指头有节律地敲着桌子。

干燥机发出"当"的一声。

赵燕打开干燥机盖子，用夹子夹出一只玻璃培养皿。培养皿中沾满了无色透明、味精一样的小晶体。她满意地吐出一口气，这次提炼的纯度不错。

此时，她兜里的电话响了，她小心翼翼地把培养皿放到桌上，仔细盖上玻璃盖，这才抓起电话，说："魏老师，您好。小川今天表现得怎么样？"

魏老师是个年轻人，每周的一、三、五下午，都会去她家里，给她儿子王小川"开小灶"，补习数学。他在电话里反问："我在你家门口等了一个多小时了，小川怎么还没回家？打他的手机，也关机了。是不是留学校了？"

赵燕面色一沉，道："我问问学校。"

她随即拨通了小川班主任的电话，还没等她开口，班主任便连珠炮似的说："小川妈，你们家王小川这学期成绩下滑得也太厉害了，上周数学模拟考试，才考了三十多分，拖了全班的后腿。怎么搞的？"

赵燕的脸色越发阴沉了。

班主任在电话那头继续发泄着不满："我看他在学校，整天跟梦游一样。上课经常趴在桌子上睡觉，有时候连书都不翻开，老师提醒也不听。你们做家长的，要担负起家长的责任来，在家里要督促他做作业，按时睡觉。不能把小孩往学校一扔，就当甩手掌柜，什么都不管了！"

"我没有,小川他最近有点……"

赵燕的话戛然而止,她把已经冲到嘴边的话又咽了下去,调整了一下呼吸,说:"老师,谢谢您的提醒,谢谢您把他留在学校补课,您辛苦了。"

"我没有留他啊!"班主任诧异地说,"别的同学都还留在教室里做作业,他可好,一放学就跑了!"

听到班主任的话,赵燕的脸"唰"一下变白了。她匆忙挂了电话,马上拨打儿子的手机。果然不出所料,手机关机。她慌忙找出平时跟儿子玩得好的几个同学的电话,挨个打过去,然而大家都说放学后就没见过王小川。

赵燕茫然地放下手机,整个人像悬在半空,只觉心惊肉跳。自从进入高三,儿子从原来精力充沛、调皮捣蛋的熊孩子,变得病恹恹的,成天有气无力,学习成绩更是江河日下。

她坐在实验室里发了会儿愣,便抓起书包冲出了大门,连干燥机也没来得及关掉。

市一中对面的"冲浪"网吧生意一直挺红火,来来往往的大多是年轻的学生家长,当然也少不了背着书包、穿着校服的学生。网吧装修得很简单,布局就像个大教室:三百多平方米的大房间里,电脑桌像课桌一样排列得整整齐齐,地板铺着屎黄色的瓷砖,天花板上挂着一排排日光灯。由于通风不畅,整个房间里弥漫着一股难闻的臭脚丫子味儿。每台电脑后面,都坐着一个头戴耳机、满脸青春痘的年轻人,他们敲打着油黑发亮的键盘,不是在打游戏,就是在聊天,或者上网看电影……

王小川坐在靠窗的角落里,除了握鼠标的手指头,身体雕塑般一动不动。他睁着两只兔子一般红的眼睛,正在玩射击游戏。面前的桌子上,摆着吃了一半的方便面。

赵燕站在乌烟瘴气的两排桌子中间,看着不远处已然走火入魔的儿子,不

禁红了眼圈，悬着的心总算落了地。

她走到正聚精会神打游戏的王小川身后，伸手直接按下了主机开关。王小川在游戏里激战正酣，电脑突然黑屏，他不禁握着鼠标，蹦起来，正欲发作，见到是赵燕，满肚子的怒气瞬间化作心虚。

他张口结舌半天，才惴惴地说："妈，你怎么来了？"

赵燕一言不发，抓起王小川放在电脑桌上的书包，转身便大步走开。王小川脸色苍白，低着头，缩着脖子，惶恐不安地小跑跟在后面，轻声喊："妈，妈，你等等我。"

赵燕对儿子的喊声充耳不闻。如果说儿子因为状态不好，学习退步，她也只是焦虑而已。然而儿子打游戏的时候却显得那么专注，跟平时有气无力的样子判若两人，这让她不禁怒火中烧。

她虎着脸，拎着儿子的书包，一阵风似的走出了网吧。

"妈，妈妈，你听我说。"

王小川连滚带爬地跟在后面。他知道母亲对自己的表现失望透顶，他十分懊悔，想拉住妈妈的手，想让她听自己解释，想让她再次燃起对自己的信心。

愤怒中的赵燕使劲甩掉了儿子的手，继续大步往前走。

王小川慌不择路，没看清台阶，脚下一滑，身体失去重心，摔了个嘴啃泥。他的脸结结实实磕在了地砖上。他只觉得鼻子酸痛，一些液体顺着人中流了下来。他手忙脚乱地爬起来，随手抹了一下鼻子，继续追赶在前面疾步如飞的母亲。

赵燕听见响动，转过头来，见儿子一脸的惶急，兔子般的红眼睛怯生生地看着自己，嘴巴和下巴上糊满了猩红的鲜血，十分可怕。

她不禁长叹一声，转身回来，掏出纸巾，团了两个长纸条，塞在王小川鼻子里，然后取出湿纸巾，仔细地擦掉了儿子脸上的血迹。

王小川一言不发，任由母亲处置自己的伤口，双手只是紧拽住母亲的衣襟，不肯放松。

赵燕扔掉手上带血的纸巾，摸摸儿子稚嫩的脸，不禁滴下泪来。

看着赵燕难过的样子，王小川惴惴不安地拉着母亲的衣角，说："妈，你别伤心，我以后再也不逃学了。我一定好好学习，一定集中注意力，一定上课听讲，一定好好睡觉。我再也不上网打游戏了，好吗？你别哭了，妈。"

赵燕看着儿子憔悴的小脸，看着他通红的眼里满是担心，一颗心柔软而又坚硬起来。

她擦了擦自己的眼泪，搂住儿子稚嫩的小肩膀，说："孩子，这不怪你，是你的大脑出了问题。妈妈虽然不是特别清楚到底是什么问题，但是我们一起努力，一定能解决它的。"

王小川抬起脸来，求助地看着母亲，说："妈，你帮帮我吧！我真的不想再这样下去了。我知道这是我人生最关键的时候，我知道应该努力学习，应该努力奋斗。可是，我的大脑就是不听我的，身上总没有力气。我真的想好好学习，想考个好大学，妈……"

儿子那无助的话语，那可怜巴巴的小眼神，让赵燕下定了决心。她咬着嘴唇说："没事，儿子。回去，妈妈就给你特效药。吃了药，你就会好起来的！"

第五章
记忆天才

老天爷是公平的。

回国这两年,我连滚带爬,一直顺着下坡路出溜,直滑到人生的最低谷,在连温饱都无法保证的烂泥潭里挣扎着。虽然我的生活烂得不能再烂了,但这也不是完全没有好处。其中一个好处是:我只需要稍稍努力一下,无论是朝哪个方向走,都会有巨大的进步。

没想到的是,幸运这么快就降临到了我身上。

廖经理被抓进公安局后没两天,我就升任行政事务部的新经理,工资涨了两倍有余。

我荣获了公司有史以来升迁最快经理的称号。不少人猜,我肯定是有特别硬的后台。对此,我既没承认,也不否认,心里自是暗爽不已。

然而,升官发财给我带来的喜悦并没有维持多久——我的拖延症复发了。

有好几天,一到办公室,坐在原来属于廖经理的宽大皮质老板椅上,我总是打开手机,连上 Wi-Fi,着了魔似的,一遍一遍地刷微信、刷 QQ、刷博客、刷淘宝、刷各种八卦新闻,一直到下班。

当我双眼发直、头昏眼花地站起来时,早已过了下班时间。由于长时间跷着二郎腿,血管受压,一条腿几乎失去了知觉。我一瘸一拐地走到门边,关掉办公室的灯。

第五章 | 记忆天才

黑暗中，熟悉的恐惧抓住了我，我几乎无法呼吸。

我突然意识到，我一整天都瘫坐在老板椅上，除了眼球顺着屏幕无意识地扫视以外，大脑里是一片空白和死寂，没有任何波动，没有任何思想！

而被这毫无生气的大脑所控制的身体，就是一具眼球会动的尸体。整整十多个小时，我什么都没做，甚至连午饭都没吃。我再次掉回了拖延、无意识地上网的深渊。

我僵立在黑暗中，冷汗瞬间湿透了后背。

在无尽的懊恼中，我用头狠命地撞向墙壁，只有那尖锐的疼痛，才能唤起一丝知觉。

我想起来，我已经好几天没吃草莓了。而且，在最近一段时间，一盒草莓带来的脑力激荡的愉悦时间也越来越短。

这次抓住内鬼，得到经理的职位，完全不是我自己真正有多么的优秀，全靠莫名其妙刺激脑神经的草莓。没了草莓，我又退回到原地，成了一摊扶不上墙的烂泥。

草莓已经成了我的"兴奋剂"。我对大脑急速运转的兴奋感，对干啥啥成功的极度愉悦感，对每时每刻都知道下一秒将会发生什么的安全感，产生了严重的依赖心。

我靠在墙上，简直无法原谅自己的疏忽和愚蠢，有了这么神奇的草莓，居然只顾着一心一意享受它带来的快感，却忘了追究它的来源和背后隐藏的秘密。走出黑暗的办公室，面对明亮的走廊，我决定要搞清楚那草莓到底有何玄妙之处，以及那个神秘的卖草莓的女人究竟意欲何为。

北方冬天里，早早降临的夜色给我的侦察行动提供了完美的掩护。我竖起衣领，拉低棒球帽檐，在地下通道昏暗的入口处靠墙而立，远远地观察着通道尽头那个卖草莓的女人。

她今天似乎有点焦躁不安，时不时地看手表，还时不时神经质地摆弄防水布上的几盒草莓。

位置不当道，光顾她生意的人也很少。然而，我没等多久，一位顾客就上门了。那是个戴眼镜的男人。他从我身边匆匆经过，径直走到她的摊位前，抓起一盒草莓，丢下十元钱，又匆匆离开了。

我注意到，他并没有开口询问价格，应该是位老客户。在这个戴眼镜的男人和我擦肩而过的一瞬间，我看见他眼睛底下大大的黑眼圈，以及与他年龄不相称的苍老而干燥的皮肤。

我在下班高峰期熙熙攘攘的人流的掩护下，挪到地下通道的中段，近距离偷窥卖草莓的女人。

一个身穿单夹克、身材壮硕的年轻小伙子，受草莓不错卖相的吸引，特意走到地摊前，用东北口音问道："草莓多少钱一盒？"

"五十！"

听到这高得离谱的报价，我愣了。她平时卖给我才十块钱一盒，刚才那眼镜男丢下的也是十块钱，怎么突然就涨了这么多？比一般草莓的正常价格还贵了一倍。

小伙子问："还能便宜点不？"

"不能！"

"人家顶多卖二十五一盒，你咋卖这么贵呢？我跟你说，草莓不能搁，今天不卖完，明天就坏了。"

那女人斩钉截铁地说："五十！少一分都不行！"

小伙子恋恋不舍地看了几眼娇艳欲滴的草莓，咽了口唾沫，犹豫了一会儿，还是转身走了。

在经过我身边时，我听见他嘟囔道："五十块，卖这么贵，你咋不去抢钱呢？！叫你都卖不出去，全烂掉！"

看他愤愤不平的样子，尽管我满脑袋都是官司，也忍不住笑了起来。

旁边卖红薯的大婶，见我老在她身边转悠，十分热情地说："小伙子，刚烤好的红薯，又软又甜，要不要来一个？"

我上网上得午饭都忘了吃，被她这一问，立马觉得饥肠辘辘。

"好嘞！您给我来个长溜儿的。"

我靠在冰冷的灰色水泥墙上，手捧冒着热气的红薯，吸溜着转圈啃。同时以卖红薯的胖大婶和她暖和的烤红薯大铁桶为掩护，继续偷窥卖草莓的女人。

胖大婶今天的生意不怎么好，闲着没事跟我聊八卦："我在这地下通道干了快三年了，来来去去，也见过不少卖各种东西的人，但是还真没见过像她那样成心不想卖货的人。"

胖大婶儿撇着嘴，朝卖草莓的女人方向点点头。

"哦？她怎么不想卖货了？我看刚才好像还有人买草莓呢。"

"她那是看人下菜！有小孩来买，只要五块钱一盒，有的大人买，只要十块钱。但是来来去去，就只卖给那几个小孩和大人。别人再想买，不管是小孩还是大人，好嘛！五十块钱一盒，有时候还喊一百一盒。我看她就没诚心做生意！"

胖大婶说着，有些激动起来："小伙子，你运气好，她肯卖十块钱一盒给你。我在地下通道卖了那么久红薯，跟她也算得上是半个同事了吧！要买她一盒草莓，都跟要她命似的，人家干脆就说不卖给我们。我就奇了怪了，她那草莓，是金子做的，还是钻石做的啊？只给皇上吃啊？！小伙子，你吃过，那草莓到底怎么样啊？"

我结结巴巴地说："也……也就是一般的草莓，没什么特别的啊。我也就是看它便宜才买的。"

我不太习惯撒谎，还好在昏暗的灯光下，应该看不出我的脸红了。我三下五除二，赶紧吃完红薯，从多嘴饶舌的胖婶身边逃开，走向草莓摊。几天没

见，走近了细看，她似乎有些憔悴。

我轻轻放下一张钞票，说："要两盒。"

她抬起头来看我一眼，犹豫道："两盒啊？这个……"

"你好几天都没来，害得我这几天都没吃上草莓。我在手机APP上预订了，也不管用啊。"

她犹豫了一会儿，勉强答应了。

我小心翼翼地抱着两盒珍贵的草莓回家。在路上，一时间没忍住，还没到家就消灭了一盒。

那种精力充沛、脑力激荡、感觉灵敏，能上九天揽月、能下五洋捉鳖的感觉又回来了。

一盒草莓下肚之后，我的鼻子变得异常灵敏，街边水果摊的苹果香味，麻辣烫的辣椒花椒和牛油味，供暖烧煤的煤烟味，街头拐角公共厕所的异味儿……味味入鼻。

我迈着轻快的脚步，鞋子里像安了弹簧般，蹦跳着回到了家里。大牛还没回来，阿平的房门倒是虚掩着。

当初穷途潦倒那阵儿，我没少蹭阿平的饭吃，如今我升职加薪，可以小小地回馈他一下了。

"阿平，阿平，我给你带了只外焦里嫩的烤红薯！"

我推开阿平的房门，他不在房间里。桌上电脑的显示器开着，显示着《绝地求生》的游戏界面，连接电脑的小音箱里传出打打杀杀的声音。电脑桌上摆满了吃剩的方便面和火腿肠残渣，用过的塑料袋扔得哪儿哪儿都是。一只蟑螂见有人进来，慌忙逃窜到桌子底下去了。

我看着满屋子乱扔的脏衣服、臭袜子，地上的食物残渣和废纸，以及床上揉成一团的被子，估计小静是好久都没来了。

我们三个中，大牛是最爱干净讲卫生的；阿平有小静帮着收拾，经常是干净一阵，脏一阵；而我的房间一直是脏乱差的代表。

不过阿平现在的房间还不如我的呢！我走进屋里，把桌上乱七八糟的东西推到一边，把红薯放在书桌上。

一股熟悉的、熏人欲呕的臭味儿，又钻进了我的鼻子。这味道说不清、道不明，像是榴莲，又似肉类腐烂发臭的味道，一阵阵地向我涌来，袭击着我格外灵敏的鼻子。

我在他杂乱的书桌上翻找臭味的来源。桌上有吃剩的泡面，里面漂着半条颜色可疑的火腿肠，半袋榨菜敞着口摊在桌上，边上还有一小块长了绿毛的面包，但这些都不是恶心臭味的来源。

莫不是有耗子吃了过期食物，中毒而亡？

我弯下腰，查看书桌底下，除了几只沾满灰尘、看不出原色的臭袜子，没找到其他可疑的东西。

就在此时，一股强烈的寒意从身后传来，我的后背突然一阵发凉，肌肉收缩，皮肤紧绷，寒毛竖立。

我迅速扭转脑袋。

阿平！

他就站在我身后，右手提着把明晃晃的菜刀！

他眉毛纠结，阴森森地说："你在找什么？！"

"你没觉得屋里有臭味吗？是不是有老鼠死了？等等，你怎么成这副模样了？！"我惊问道。

几天没见，我都快认不出他来了：头发油腻，蓬头垢面，脸色苍白，双眼深陷，毫无神采。最让人诧异的是，原本就不胖的他，现在更是瘦得皮包骨头，整个人都脱相了！

一股寒意从脚下升起，我打了个冷战。

我想起了最后一次见到我哥的情景，同样颓废的外形，同样无力、充满绝

望的眼神，以及腐臭的味道。而在阿平深陷的眼里，似乎还更有一丝哀痛……

"阿平，你怎么瘦成这个样子了？！我给你带了个红薯，趁热赶紧吃吧。我说，你是不是碰到什么事儿了？有事儿说出来，哥们儿能帮的，一定不推辞！"

阿平躲闪着我探究的目光，快速而愤怒地说："我的事你少管，给我出去！"

"你怎么这么说话呢？"我诧异道。

远亲不如近邻，在同一个屋檐下一起生活了两年，我们嬉皮笑脸，我们嬉笑怒骂，我们相互照顾，我们有福同享，我们有难同当。我以为大家都成了兄弟，从来没见他对我这么凶过。

"你是不是受什么刺激了？跟小静吹了？"

"不关你的事！你赶紧给我出去！"

他眼里闪过一丝悲痛？后悔？说不清是什么。

"别这样，阿平。你要还当我是哥们儿，有事儿就告诉我一声，我帮你摆平。"我拍胸脯起誓道，吃了草莓后的超级大脑，我感觉只要不是上月亮摘星星，没什么我摆不平的事儿。

显然，阿平可不这么想。

他扬起手上的菜刀，吼道："你走不走？！不走我动手了！"

好汉不吃眼前亏！

我在明晃晃的菜刀前败下阵来，"好好好，我走，我走。"

阿平跟见了鬼似的，"砰"的一声，猛地关上了房门。

我站在门外，心有不甘地大声说："阿平，等你平静下来，咱哥俩好好聊聊，啊？还有，桌上有红薯，你趁热吃啊。"

屋里一片死寂，没有任何反应。

我直愣愣地杵在门口，大脑高速运转着，无数个念头，升起又落下。哥哥的自杀让我一直很内疚，而且我有预感，我会背负这内疚一辈子。我一直觉得，如果当初我能早点发现他的异常，也许能救到他。阿平现在的状态，几乎跟我哥一模一样。

我决不能放任他这么滑向无可挽救的深渊！

"蚕头，站在这里干啥呢？别人都面壁思过，你怎么面门思过啊？"

我从沉思中惊醒，转过身来，却见大牛站在后面，笑眯眯地看着我。

"大牛，你啥时候回来的？"

"早回来了。就看见你站在阿平门口一动不动，想什么呢？"

"没想什么。最近几天，你见过阿平吗？"我问。

"没有，这两天都忙着跑业务的事情了。怎么啦？"

"就觉得这小子有点儿不太对劲，想关心关心他吧，结果被轰出来了。"

大牛哈哈大笑起来，嘴巴都快咧到耳根了，他愉快地说："他不理你，我理你啊。你知道，男人也有情绪低落的时候，俗称'大姨父来了'。这种时候，你尽量少惹他。"

看着大牛手舞足蹈，喜笑颜开，乐得合不拢嘴的样子，我问："怎么，你是碰到什么好事儿了？这么高兴。"

"还记得上回我跟你讲的那笔大业务吗？我签下来了！得了一大笔年终奖不说，还有升职的可能！"

看着他按捺不住沾沾自喜的样子，我也为他高兴。

"真不错啊，你小子！是不是得请客啊？"

"请客，那是当然的。说吧，你想吃什么，现在请你吃个鱼翅捞饭什么的，哥我都请得起。"

就在这时，一丝丝极其熟悉的、细微的香甜味道，飘进了我的鼻子。我循着香味，走近大牛身边，再次急促而短暂地吸了口气。可以断定，那股熟悉的香味是从他书包里发出来的。

我问："你买草莓了？"

"哟，你这狗鼻子还挺灵的。我发现颜色鲜红的草莓是我的吉祥物。上回吃完你的草莓，转头我就签了个大单子。今天，我在地下通道看见有卖草莓的，就定了五十盒，每天一盒，可以吃到春节。"大牛眉飞色舞地说，"红颜色带来好运气，大家本命年不都是兴穿红裤头、红袜子，系个红裤腰带啥的嘛。这草莓可是纯天然的，火红火红地吃下去，过年我没准就能升经理了。"

我见他掏出来的那盒草莓，正是地下通道那个古怪女商贩卖的。

"吃完草莓，你没觉得有什么异样？"

"当然有异样了！那运气是飕飕地往上涨。要不，我能不砍价就跟人订那么多吗？！"

"多少钱一盒啊？"

"八十，还不打折！"

"五十盒，四千块，财主啊！"我说。

焚琴煮鹤，把这么神奇的草莓当作招财猫，完全是暴殄天物！

回到房间，我打开用手机偷拍的卖草莓女人的照片。地下通道的光线很暗，再加上她又戴了顶大檐帽，脸上更是黑黢黢的一团。我用图像处理软件调高了照片的亮度，勉强能看清五官。

我把照片上传到度娘，开启度娘图像识别搜索。无数张头戴帽子的中老年女人图片扑面而来，把我淹没了。不过这些信息量，哪里难得倒一盒草莓刚下肚的我。我双眼迅速扫描，在浏览了几万张照片之后，终于找到了卖草莓女人的信息。

我没料到的是，这位趁着城管下班，在昏暗地下通道摆地摊的女人，其实是个名人，互联网上有她专门的词条，我兴奋地打开词条。

这女人不简单啊！

第五章 | 记忆天才

  姓名：赵燕

  职位：大学生物化学研究室主任，教授，博士生导师

  学历：博士

  获得的奖励：曾获国家科技进步奖，多次获得省部级科学技术进步奖

  她简介的最后，列出了一堆做过的项目和发表的文章。看着一堆的化学分子式，我一脸蒙圈，硬着头皮，读出了拗口的专业词汇"基于大脑海马蛋白质合成分析的脑细胞传递性突触结构变化成因研究"。

  这是什么鬼？

  每个字我都认识，合在一起就成了天书。

  我只得再次打开度娘，挨个儿查其中专业词汇的含义，大致搞明白了怎么回事。简单说，就是：人对某个事情产生记忆，需要改变大脑的某些细微结构，使原来互不相干的脑细胞，产生固定连接。而形成这些连接，需要用到大脑里一块长得像海马的东西制造的蛋白质。那个长得像海马的家伙，基本上负责人的短期记忆……

  我看到这里，先前种种诡异的现象串成了一条线。事实，隐隐约约浮出了水面。

  一年之计在于春，一日之计在于晨。

  据说，早上是人记忆力最强的时期。高三七班教室里，面带菜色的莘莘学子，纷纷争分夺秒，利用早上这段难得的时间背诵课文。同学们或低头默念，或摇头晃脑地大声诵读，嗡嗡声此起彼伏。

  王小川从书包里摸出小塑料袋，小心谨慎地打开，倒出里面的药丸。那颗红色胶囊在手掌心里滴溜溜转了两圈才停下来。

  他知道，这颗胶囊是妈妈的心血，是最后的一根救命稻草。它能让自己在

高考前这人生最关键的时刻，不至滑向拖延的无底深渊。然而，红胶囊最终能给自己带来什么样的结果，谁心里都没有底。

王小川抓起药丸，丢进嘴里，喝了口水，仰头把它咽了下去。然后，他翻开语文书，跟其他同学一样，开始默默诵读需要背诵的课文。

自古以来，人类都习惯通过大声诵读或默念，将书本上的文字一点点存入脑海。然而，脑细胞间建立固定连接的速度实在有限。

为了在最短的时间内，往大脑里塞进最多的东西，同学们往往从一大早起来，就开始记忆需要背诵的东西。这些东西包括语文课文、英语单词和句型、政治观点、历史事件发生时间、物理定律、化学分子式……

记住足够的知识点是在高考中能拿个好分数的基础，因此，他们吃饭的时候在背，走路的时候在背，甚至连上厕所的时间也不放过。

王小川机械地小声读着课文，此前已经塞了太多东西的大脑，很难再灌进东西。突然，一阵神奇的电流在大脑里流窜，原本拒绝更多内容的大脑开始膨胀，无限延展开来。

不知不觉中，他读书的速度也在加快。原本清晰的阅读声越来越快，他已经听不清楚自己在读些什么，只能听见喉咙发出的连续嗡嗡声。

再往后，嘴唇和声带的运动速度，已然赶不上眼球和大脑的运动速度。嗡嗡声消失了，他的眼球快速地左右扫视，目光所及之处的文字，全数存储于大脑之中。

王小川被这开挂的感觉震撼了。

兴奋之下，他一目十行，只需几秒钟，便可翻页。

如果说，开始进入大脑的只是点点滴滴，其后很快就变成了涓涓细流，然后成了消防水枪喷射而出的激流。最后，输入他大脑的信息，如咆哮的大河之水，波涛汹涌，连绵不断。

通过双眼进入大脑的这些文字，奔腾着，汇入大脑记忆库之中。而那记忆库，有着海纳百川的雄浑与浩渺。

王小川很快就翻完了整本语文书，他意犹未尽地放下书本，才发现教室里嘈杂得跟菜市场一样，各式朗读的声音高低不同、内容各异，纷纷通过耳朵进入大脑。

刚存储了整本语文书的大脑，完全来不及处理不断涌入的声音。瞬间，王小川只感到头部一阵剧痛，脑袋仿佛要炸裂开来一般。

他脸色苍白，冷汗止不住地往下滴，不禁满脸痛苦地捂住耳朵，扑倒在课桌上。

负责监督晨读的语文老师双手背在身后，踱着步，走进高三七班教室。在众多嘴里念念有词、认真背书的学生中，他一眼就看见了趴在桌上睡觉的王小川。

昨天的家长白请了！

"哼，哼，"语文老师清清嗓子说，"昨天，我们要求同学们回去背诵的古诗词，大家背得怎么样了？这些课文是高考的必考内容，大家一定要下苦功。把它们都记住，相当于稳拿送分题。"

他扫视讲台下那些青春的脸，敢跟自己对视的学生，都是信心满满背了书的；心虚低头不敢看自己的，多半都答不上来。而那个拖了全班后腿的王小川，居然捂着耳朵，还趴在桌上睡大觉。

"王小川，你来背一下《兰亭集序》！"

王小川睁开眼睛，摇摇晃晃地站了起来。他闭上眼睛，在大脑里翻到刚才看过的《兰亭集序》，照着其上的文字，开始流利地快读："兰亭集序，（晋）王羲之，永和九年，岁在癸丑，暮春之初，会于会稽山阴之兰亭，修禊事也。群贤毕至，少长咸集……"

他喘了口气，闭眼看着大脑里的文字，继续读道："夫人之相与，俯仰一世，或取诸怀抱，悟言一室之内；或因寄所托，放浪形骸之外……"

大脑中的语文书清晰无比，王小川快读着，吐出的音节跟机关炮似的，如行云流水，毫无停顿。他没时间去注意老师惊异的眼神，以及全班同学合不拢的嘴。

幸好文章不长，不然不换气地一直读下来，还真能憋死个人。

最后，他睁开眼睛，说："老师，我背完了。"

语文老师过了好几秒钟，才合上了嘴巴，不满地说："和尚念经啊？你说得太快了。同学们，你们听清楚了没有？"

同学们纷纷摇头。

王小川看着大家发懵的样子，几乎要乐出声来。这种头脑异常清醒，背书就是读书的感觉，前所未有，实在是太爽了！

"那，老师我重背一遍。兰亭集序王羲之永和九年……"

"停！"语文老师制止道，"《兰亭集序》就不要背了，你背《劝学》吧。"

"没问题！"王小川清清嗓子，挺挺胸部，深吸一口气，张开嘴，抑扬顿挫地"读"起来："劝学，荀子。君子曰：学不可以已。青，取之于蓝，而青于蓝；冰，水为之，而寒于水。木直中绳，𫐓以为轮，其曲中规。虽有槁暴，不复挺者，𫐓使之然也。故木受绳则直，金就砺则利，君子博学而日参省乎己，则知明而行无过矣。"

他背完《劝学》，看大伙都跟见了鬼似的看着自己，不禁偷笑，开始背下一篇："师说……"

"停！"

语文老师反应过来，制止了他摇头晃脑的背诵，说："看来人的潜力是无穷的嘛！昨天还因为考不及格请家长，今天所有的古诗词都能背了。我在想，是不是应该让班上所有的同学都集体请一次家长呢？"

同学们一阵哀号："不要啊，老师！"

王小川忍住头疼，心里早已笑翻了天。没有红胶囊，请一百次家长也不管用!

接下来的一整天,王小川都在没完没了地翻书中度过。为防止教室里的声音对耳朵的过度刺激,他临时找了两张卫生纸,卷成两个小纸团,塞在了耳朵里。

当大脑有了海纳百川的容量时,当它有了快速运转也不会溢出的内存时,那种碾压一切的感觉实在是太棒了。到中午的时候,王小川已经翻完了整本语文书、英语书、历史书,还有地理书。

下课铃响了,王小川感觉到前所未有的饥肠辘辘,他从座位上站起来,抓起饭盒,准备去食堂吃午饭。然而,高速运转的大脑消耗了体内大量的热量,早上那点可怜的稀饭,完全不足以提供所需的支撑,他低血糖了。

就在站起来的那一瞬间,他只觉得天旋地转,双腿发抖,头冒虚汗,便人事不知地一头栽倒在地上。

听到儿子在学校晕倒的消息,赵燕方寸大乱,心急如焚地赶到学校,一路上后悔得吐血。早知道如此就不给儿子吃这种有副作用的药了,考不上大学事小,吃出个好歹来,她会懊悔一辈子的。

第六章
荒野之尸

最近，发生在儿子身上的种种状况，让赵燕心事重重，整夜失眠，脸色苍白，疲惫不堪。为尽可能掌握红胶囊给儿子带来的副作用，在地下通道卖草莓变得越发重要。

赵燕走进地下通道，手里装着沉重货物的布包都快拖到地上了。在步履匆匆的人流中，她佝偻着背，缓缓而行。油腻的头发从黑呢帽下钻了出来，脚上的皮鞋沾满灰尘，她那副耷拉着脑袋、邋里邋遢的模样，完全就是个被生活压垮了的中年女商贩。

跟往常一样，她在冰冷的水泥地上摊开塑料布，将一盒盒诱人的鲜红欲滴的草莓拿出来，整齐码放成一排。然后她坐了下来，心不在焉地等候几个熟客上门。

地下通道就是一个缩微的小市场，叫卖声此起彼伏，讨价还价声不绝于耳。每个小贩都热心地向路人兜售自己的商品，烤红薯和煮玉米的香气，弥漫在四周。

几个老主顾的下班时间基本上都是固定的，他们也无须多言语，放下十元钞票，拿起一盒散发着香味儿的草莓，便匆匆而去。

这两天忙于儿子的事，她没来得及做实验数据分析。趁着此时难得的闲暇时间，赵燕打开APP，以管理员模式进入后台，启动了数据分析程序。她在屏幕上滑动的手指停住了。五号试验者昨天的手机跟踪轨迹显示，他曾在离自己不超过十米远的地方，待了半个小时。

他在 APP 上登记的名字叫陈哲，但是她更习惯叫他"五号"。

赵燕仔细回想了会儿昨天傍晚的情况，但是大脑空空，啥也想不起来。这两天，儿子忽喜忽悲、大起大落的情绪，闹得自己的情绪也跟着波动起伏，根本没有多余的精力来注意其他事情。

也许，他只是在等熟人，或者在附近的小餐馆吃饭。

她打开实验者实时定位模块，搜寻五号当前的位置。令她吃惊的是，地图显示，就在此时此刻，五号距离自己不超过十米。赵燕抬起头来，前后左右找了一圈，都没看到五号的身影。

这软件有漏洞，得修改。

又等了十分钟，五号还是没有来。她心里记挂着儿子，便拾起地上剩余的两盒草莓放入布包，折叠好塑料布，沿着地下通道的楼梯爬上了地面。

夜幕已经降临，华灯初上，地面寒风刺骨。赵燕裹好围巾，匆匆而行。她的车就停在附近的小区里面。

小区很有些年头了，狭窄的道路两旁，矗立着一排排高层居民楼。当年修小区的时候，设计者没有预见到在未来某一天私家车数量会爆发式地增长，所以压根儿就未曾考虑过停车的问题。大伙儿只能把车停在道路两侧和楼前的草坪上，使得原本狭窄的小区道路，更是拥挤不堪。

赵燕一面疾步前进，一面看手机上五号的定位信息。让她奇怪的是，地图上的五号小红点跟着自己在移动。

一种不祥的疑虑涌上心头，她有意顺着居民楼拐了个弯。没过几分钟，手机地图上的五号小红点也跟着拐弯，始终不紧不慢地跟在自己后面。

赵燕心里有些惊慌，她朝四周张望，高大的树木在道路上方合拢，将街灯遮了个严实。阴暗的路上，除了乱停乱放的影影绰绰的汽车外，并没有五号高大的身影。

她加快脚步，几乎小跑起来。而地图上的五号小红点，也加快了行进的速度。赵燕奔跑在昏暗的人行道上，安静的道路上，只听见鞋底与地面的撞击声，眼看着快到她停车的地方了。

突然，她脚踩到一坨软绵绵的东西，那坨黑乎乎的东西蹦起来，发出一声凄厉的尖叫。

在极度紧张之下，赵燕禁不住捂着耳朵，也恐惧地狂叫起来。而脚下的黑影，更响亮地惨叫着，离弦的箭一般，"嗖"地窜入了路边树丛的阴影中。

赵燕的叫声并未因此停止，她捂着耳朵，闭着眼睛，无法抑制地尖声狂叫。

"啊啊啊啊……"

然后，她听见一个稚嫩的童声说："神经病！"

赵燕放下捂耳朵的手，惊魂未定地低头看。叫自己"神经病"的，是个才刚到自己肩膀的小男孩，他一手拿着酱油瓶，一手拿着零钱。

"那是只野猫！"他鄙夷地说，"你踩到它尾巴啦。"

赵燕这才稍稍镇定下来，看着小男孩远去的背影，她不禁失笑。真是杯弓蛇影，连一只野猫都能把自己吓掉魂。她摇摇头，掏出钥匙打开车门，准备上车。

就在此时，一个巨大的黑影遮断了原本就不甚明亮的灯光。黑暗的突然降临，让赵燕再次感觉到背上阴森森的凉气，她僵立在打开的车门边，好像过了一个世纪那么久，才生硬地转过身来。

在她面前，是五号隐藏在阴影里的脸。

黑暗中，她看不清楚他的表情，却能感觉到他身上散发的带有威胁性的凌厉气势。赵燕打了一个哆嗦，手指头不自觉地抓紧了车门把手。

然而，在两人对峙的几秒钟之后，那股令人窒息的危险气息慢慢消散了。

五号开口道："我想要两盒草莓，你那儿还有吗？"

赵燕松了口气，说："正好还剩两盒，二十块。"

她轻松地从布包里掏出草莓，递给五号，接过他的百元大钞，仔细数了八张十元的钞票找给他。

五号彬彬有礼地说："谢谢您！今天我来晚了，真是麻烦您了。"

"别客气。"赵燕僵硬的脸微笑着，想转身上车。

然而，五号并没有离去的意思，反而斜靠在车厢上，用闲聊的口吻说："这草莓的味道挺不错的。"

"嗯。"赵燕心不在焉地回答道，打开车门，暗示对方自己要走了。

五号闲闲地说："我吃了草莓，头脑变得特别清醒。您往草莓里面放了什么，赵主任？"

赵燕一怔，心脏狂跳起来，她瞪着五号说："谁是赵主任？我不知道你在说什么，我得回家了。"

五号笑了，他意味深长地说："赵燕，生物化学实验室主任，教授，博士，博士生导师，国家科技进步奖获得者。一个堂堂的实验室主任，跑到地下通道，卖有神奇功能的草莓。用脚趾头也能想得出来，您在拿我们试验某种药物。作为一只人形小白鼠，我想知道，这是什么药？"

赵燕睁大眼睛道："您别开玩笑了，没有的事，您别无中生有。我卖草莓，只是因为家里种的草莓吃不完，不想浪费而已。"

五号歪起了嘴角，说："是吗？每天几盒草莓，送给亲戚朋友吃就可以了，为什么要卖给陌生人？卖草莓赚的钱，只怕也就够你的油钱和停车费。"

"我想体验体验生活，不行吗？！"

五号笑道："当然行！只是，为什么你只卖给小孩和年轻男人？我不晓得，要是那些小孩子的父母知道自家宝贝被当成'小白鼠'，当成某种不明药物的实验品，会有什么反应。那些年轻人，如果知道自己吃的草莓里面有某种药物，而药物的毒副作用不明，他们会不会也像我这样彬彬有礼地问您问题？"

赵燕脸色发白，闭紧了嘴唇。

五号接着说："再用脚趾头推论一下，既然您选择私下找'小白鼠'做试验，说明这药物大概不是正规项目的研究成果。也就是说，您利用公家的实验设备和原料，干自己的私事儿。我不知道，如果您所在的大学知道了，会怎么处理您这位德高望重的教授。"

赵燕的眼睛里露出了一丝惊慌。

这一切都太出乎她的意料了。以前，这五号试验者完全就是一具行尸走肉，每天沉溺于上网打游戏，"主动思维度"不超过千分之五。看来药物除了提高记忆力之外，还大幅增强了他大脑的自主活动，让他轻而易举地破解了自己的谜题。

五号好像猜到了她的想法，换了副口气说："赵教授，您其实不用担心，我并没有其他的意思。你给我的药，让我摆脱了行尸走肉般的极度拖延的生活，现在每天我都爽到飞起。我还挺高兴的，觉得被选中当'小白鼠'，其实是一种幸运。我就是想知道三点：第一，这个药是什么药？第二，它有没有什么毒副作用？第三，您准备试验多久？"

听他说得诚恳，赵燕放下了戒备之心，仔细打量面前的年轻人。跟第一次见到他时相比，他的形象有了翻天覆地的变化，突出的肥肚腩不见了，不再精神萎靡，现在的他显得自信而挺拔，一双眼睛在黑暗中闪闪发光。看来药物的效果还是很明显的。

"如果你不介意的话，我们上车说吧。"赵燕说。

她打开车载空调，在暖暖的气氛中，慢慢道："一年多以前，我儿子患上了拖延症，我不知道具体是从什么时候开始的，等我发现时，已经相当严重了。他睡眠不足，记忆力下降，学习成绩退步，有时候甚至连吃饭、上厕所这些必要的生理活动都会出问题。我很着急，也想了很多办法，比如带他去看心理医生，帮他制定严格的作息时间表，并监督他执行，但是都没能解决问题。"

赵燕长叹一声，继续说："你知道，一个孩子在妈妈心中有多重要。别人帮不了他，我只能自己想办法。我利用学校实验室的设备，做了很多次实验，也失败了很多次，终于合成了一种药物，它能提高短期记忆力，增强大脑的自主活动水平。最开始，我拿自己当试验品，有一些效果，但是并不明显。我想，对于有严重拖延症的人，可能会更有效。但是要做临床实验，需要的手续特别烦琐。小川，就是我儿子的情况越来越糟，我等不及了，只能铤而走险。他还小，我不敢贸然给他吃。就把它注射到草莓里，在地下通道出售，卖给那些看上去状态特别糟糕的人。"

听到这儿，五号挑起眉毛问："你是怎么采集被试者相关情况的呢？也不能抽我们的血。"

赵燕有些不自然地说："我花了点钱，找人业余开发了个订草莓的APP。APP的主要功能不是订草莓，而是采集被试者的身体状况和日常活动情况。通过监测被试者的位置移动、使用手机情况以及体重什么的，分析他们的睡眠、活动等身体情况和精神状态。采集的内容有纯数据的，也有图形图像的。当然，数据不完整，也不准确，但是基本能判断患者的拖延症是否有好转。"

"有好转吗？"

"每个人的情况都不同，有的人状态提高很快，比如说我儿子和你；而有的人吃了草莓以后，只是神清气爽而已，感受力和脑部活动水平并没有太大的变化。"

五号追问道："你儿子现在也在用吗？"

赵燕将王小川的情况大致说了一下，说："副作用因人而异。比较敏感的人，吃完以后可能会恶心呕吐，大部分人吃了是没有任何反应的。最近，我刚发现，它有可能会上瘾。毕竟感受过记忆力超群，智商超过一百七的人，是不会轻易忘掉那种感觉的。"

听到这儿，五号沉默了。他的眼神从最初兴奋地闪光，渐渐暗淡了下来。他语气沉重地说："我好像已经上瘾了。"

"陈哲，你是叫陈哲吧？"赵燕说，"很抱歉，没有经你同意，把你当成了实验对象。现在你知道了事情的来龙去脉，也了解自己的情况。是否选择继续当被试者，完全看你自己。因为现在一切都还不明朗，药物可能没有毒副作用，也可能会影响大脑的神经细胞以及神经细胞的传递介质分泌。停止服用后，甚至有可能会引起脑萎缩。当然，所有的一切都还是未知，但一定是有风险的。"

陈哲沉默了，半晌，才严肃地说："谢谢您的坦诚相告，我回去再考虑一下。"

他动作果断地打开车门，迅速消失在夜色中，一如他悄声无息地出现。

赵燕目送着他离开。她发现，他把刚买的两盒草莓留在了副驾驶座位上。

告别赵燕，我回到了家里。

客厅门口摆着阿平女朋友的红皮鞋，客厅里充斥着一股刺鼻的怪味。我轻轻吸了口气，是榴莲的味道，夹杂着恶俗的廉价茉莉花空气清新剂味儿，里面还混杂着说不清道不明的熏人臭气。我循着臭味的踪迹，走到阿平房间门口。

我敢打赌，这股子臭气就是从他房里传出来的！

自打上次被他提着菜刀轰出房间后，我就再也没见过他。

我推了推门，他的门上着锁。估计这小子不想打扫卫生，整了瓶空气清新剂来掩盖臭味。

廉价香精加上腐臭，那味道真是难以言表。

我回屋倒在自己的床上，仔细回忆和赵燕的对话。从头至尾，我也没跟她说起过我的名字，而她却直接叫了出来，估计是从 APP 的客户注册信息中看的。

草莓会上瘾，这事情我早已经发现了。刚开始吃草莓的时候，只要一盒草莓下肚，就能记忆惊人，思如泉涌。现在，至少要干掉两盒草莓，才能达到同样的效果。

仅就这一点，已经让我心里发毛了。再加上赵燕说可能会影响激素分泌，甚至还有可能会导致脑萎缩，让我越发觉得，如果继续吃草莓，完全就是饮鸩止渴，跟吸毒没什么两样。

胡思乱想中，我睡着了。

"咚咚……咚咚……"

我又被隔壁的撞击声吵醒，我抓起手机看了看时间，都快十二点了。

在有节律的撞击声中，夹杂着阿平的喘息。我已经很久没在半夜听到这熟悉的声音了，我想起门口看到的那双红皮鞋。阿平这家伙，估摸着跟女朋友又和好了。

小吵胜新婚嘛！

为照顾他们斗嘴后好不容易得来的亲密时光，我这次没有敲墙提醒，而是照旧默默地打开了手机录音。

这次隔壁的动静格外大，中间还停顿了几次。我听到拖凳子的声音，肉体撞击在墙上的声音。估摸着是为了不影响我这可怜的单身狗，自始至终，我都没听到小静的叫床声。

终于，一切停了下来。老规矩，会有人去洗手间冲澡，小静是个挺爱干净的女孩。

不出所料，我听见阿平的房门打开，有人出来走向洗手间，洗手间的门轻轻关上，里面传来"哗哗哗"的水声。

老房子的隔音真是一言难尽！

我躺在床上，昏昏欲睡。那股阴魂不散的恶臭，像幽灵一样，再次钻入我的鼻孔，几乎完全压倒了空气清新剂兑出来的茉莉花味，熏得我头晕眼花。

我在床上烙了会儿饼，还是睡不着，只得爬起来，打开房门，走到阿平房间的门口，却站住了。深更半夜的，他女朋友有可能就在里面，直接推门进去不太合适。

我敲了敲门，里面没人回答。

这两人可真够可以的！"运动"完，又一起去洗鸳鸯浴，叫我们这些单身狗情何以堪啊。

我轻轻推开房门，浓烈的臭味夹杂茉莉味差点把我熏了个跟斗，想要呕吐的感觉直冲脑门，真不知道他女朋友怎么能受得了。

房间貌似已经被他女朋友收拾过了，原来桌上没吃完的食物、地上的臭袜子都不见了，只是臭味还没消散。

我忍着恶心，循着臭味的来源，走到床边。床上灰色的被子和床单应该是刚换过的，那味道来自床下。

我撩起床单，就着不是很明亮的光线，查看床底下。床下并没有一堆散发着生化毒气的臭袜子，或者腐烂的老鼠尸体，只有一个鼓鼓囊囊的黑色塑料垃圾袋。我刚伸手摸到它，就听见洗手间门打开的声音，然后是穿过客厅的脚步声。

我全身的肌肉紧张起来，那脚步声走得很快，转眼就到了卧室门口。

"阿平。"我跟他打个招呼。

他头发湿漉漉的，还在滴水。

我俩间的空气瞬间冻结成冰。

他瞪着一双充血的眼睛看着我，不说话。那眼神，说不上来是什么，肯定不是友善。

情急之下，我找了个拙劣的借口："看见我的水杯没？"

他没点头，也没摇头，双眼仍然不错眼珠地看着我。

我后背发凉，喃喃道："只有拿嘴接着喝了。"

我走到客厅，弯下腰，就着饮水机，喝了几口凉水。尽管背对着阿平，我也能感觉到，他警觉的眼光充满敌意地落在我后背上。

"好了，早点睡吧。"我语焉不详地嘟哝着，慌忙回到房间，关上门，上了锁，熄了灯。

过了很久，我才听到隔壁关门的声音。

我惊魂未定地坐在床上，回忆刚才用手触摸黑塑料袋的感觉，里面是一种柔软而有弹性的物体，一小块一小块的，挤在一起。

榴莲？

榴莲没那么弹，味道也臭得不同。

我想破脑袋，也想不出那是什么。现在要是有两盒草莓该多好啊！

过了很久很久，阿平在门外轻轻叫道："蚕头，蚕头！"

我实在不知道开门该跟他说什么，说我又录了他和小静"啪啪啪"的音？说我摸了他床下的臭塑料袋？

我没开灯，也没回答，装睡。

阿平拖着沉重的脚步走到客厅，客厅大门打开又关上了。虽然他尽量小心翼翼地关门，在寂静的黑夜里，关门声还是如响雷一般。

"砰！"

这一声，像是敲在了我头上，敲在了我大脑的深处：小静呢？

我一直以为他们在洗鸳鸯浴，但是从他房里出来到客厅喝水时，我瞥见开着门的洗手间——是空的！

我从床上一跃而起，打开房门。客厅里，阿平的拖鞋在门口，皮鞋不见了。我推开他虚掩的房门，撩起他的床单。

床下的黑塑料袋也不见了。

我飞快地奔回房间，抓起一件外套，冲下了楼。

楼外夜色苍茫，寒风刺骨，呵气成霜，连一个鬼影都没有。

极度拖延

我拔腿向小区门口跑去。他拖着大塑料袋,不可能走得很远,也不可能走得太快。

还没到门口,我就远远看见了阿平的身影。他费劲地把黑塑料袋塞进一辆出租车的后备厢,然后转身上了车。出租车载着他往南疾驰而去。

我冲到小区门口,跳上一辆亮着顶灯正在待客的出租车,迭声说:"快,快追上前面那辆车。"

司机是个胡子拉碴的中年大叔,正躺在放倒椅背的座位上打盹,听到我的话,他清醒过来。在午夜空无一人的街道上,他把车开得左摇右晃,跟赛车似的,还连闯了好几个红灯。

我们跟着阿平的车,从北城直穿到南城,随着灯光渐渐稀疏,高楼大厦消失了,道路两边变成了低矮的平房。出租车驶出城乡接合部,路的两边则换成了开阔的庄稼地。

前面的出租车在一片茂密的树林边停下,阿平下车打开后备厢,吃力地拖出黑袋子,走进了暗黑的树林。

我让司机在离得较远的暗处停车,计价器显示的车费都过百了,比跑趟机场还贵。我上下左右摸遍了口袋,里面除了手机,空空如也。匆忙之中,我忘记带钱包了。好在手机信号不错,我用手机转账付了车费。

我刚一下车,出租车便掉转了车头,屁股冒烟,绝尘而去。

在这月黑风高、空无一人的马路上,我站在茂密的树林边,刺骨的寒风"呜呜"地穿过树林,几只破乌鸦被汽车发动机吵醒,盘旋在头顶上,发出凄厉的叫声。

我头皮发麻,壮着胆子,借着手机屏幕发出的光亮,走进了树林。

树林里雾气缠绕,能见度很低,哪有阿平的影子。

我踩着干枯的树叶,深一脚浅一脚,往丛林深处走。没走多远,就听见东面有响声传来。我关掉手机,蹑手蹑脚地走过去,躲在一棵大树后,往发出响动的方向偷窥。

黑暗中，阿平的身影影影绰绰。他挥舞着一只细小的铁锹，卖力地在地上刨坑。没一会儿，土质松软的地面上就被挖出个洞来。

他将黑塑料袋拖到坑洞边，停下了动作，木呆呆地望着塑料袋。月光昏暗，离得又远，我看不清他在干什么。我悄悄地往前走了两步，躲在一棵粗大的白桦树后，再次好奇地伸出脑袋。

阿平双膝跪在地上，全身一动不动，跟个木雕一样。

待了很久，他才用慢动作把塑料垃圾袋抱在怀里，低下头来，认真地、动情地亲吻起塑料垃圾袋来。

我惊呆了。

这个死变态！

他把自己的脸贴到黑垃圾袋上，全身颤抖，发出低沉的、受伤野兽般的呜咽声。过了很久，他慢慢放开了垃圾袋，把黑塑料袋小心翼翼地轻推进坑里。

塑料袋掉落在坑底，发出沉闷的"扑"的一声。

他撑着铁锹，喘了一会儿气，把坑给填上了。他又歇了一会儿，东张西望一阵，没发现有什么动静，这才低着头，拎着铁锹，慢慢往回走。

他身影消失后好一阵子，我才从粗大的白桦树后面走出来，活动活动冻僵的手脚，踩着枯枝败叶，踱到他埋东西的地方。

瞅瞅周围，啥工具都没有，只有手刨了。我拉长外衣的袖子，把它套在手上，开始"狗刨"。好在黑色的泥土土质松软，刨起来不算费劲，没一会儿工夫，就刨出了一个大坑。

这小子挖的坑儿还真不浅，我背上都冒汗了，还没看到黑塑料袋。

我跪在地上，双手上下翻飞。带着沙砾的泥土，雨点般纷纷掉落在我身后。终于，我摸到了袋子黑色光滑的外皮，我奋力又刨了几下，露出了更多的塑料袋。我兴奋地撕开袋子外层的塑料皮，里面居然还有一层。我再次撕开里层，抓出一把内容物来。

就着昏暗的手机屏幕，我研究着手上的三根小细棍。棍子是灰白色的，不直，中间弯折，一端散开，另一端则连在一起，像把只有三个又大又粗的弯齿的梳子。

这是什么东西？

我捏捏它们，手感有些硬，跟我在床底下摸到的柔软Q弹的物事不太一样啊？！我用两只手指头掂起它，左瞧右看一番，又放在鼻子下闻了闻，一股子血腥味混着腐臭味直冲大脑。

妈呀！

是砍断的人的手指骨！

我被火烫了一样，惊惶地把它们甩得老远。

面对一大袋发出腐臭味的碎尸块，我再也无法控制翻滚的胃，呕吐起来。

得，昨儿晚上的牛肉咖喱饭白吃了！

我跪在厚厚的、冰冷的枯叶上，把隔夜饭吐了个干净。

树梢上的乌鸦受到惊吓，扑棱着翅膀飞了起来，在头顶的天空上，"哇哇"叫着，盘旋着。

吐干净隔夜饭菜后，我擦擦嘴角，抬起头来，却看见面前杵着一双脏兮兮的皮鞋。顺着皮鞋往上，是同样脏兮兮的长裤，上面粘着小块泥巴色的污渍。再往上，在手机昏暗的光线中，是阿平惨白瘦弱、扭曲恐怖的脸，还有泰山压顶般劈面而来的铁锹！

我肾上腺素飙升，抬起手臂，抱住脑袋，狼狈不堪地向前滚倒在地。铁锹失了准头，砍在我后背上。尽管穿着厚厚的羽绒服，但我还是感到后背火辣辣地疼。

没等我反应过来，第二击铁锹又横扫过来，直接戳在了肋骨上，疼得我两眼直冒金星，缩成一团。

阿平像疯子一样，闷哼一声，手起锹落，那铁家伙搅起寒风，冲着我面门而来。

天哪，这小子是要下杀手啊！

我跟他拼了！

我躺在地上，收缩双腿，对准他的小腿，使出吃奶的劲儿，死命一蹬。

想当初在健身房，"兔子蹬鹰"是我最拿手的，最粗壮的白人也蹬不动我挂的铁块！

阿平没防备到下路的偷袭，猝不及防，受了这么一下，如断线风筝般，往后退出足足两米，才摔倒在地，手里的铁锹也飞了出去。

我捂着绞痛的肚子，从地上翻身爬起来，走到他跟前，不客气地一脚踩在他脸上。

"说！袋子里面，是不是小静的尸体？！"我喘气不匀地问道，每吸一口气，肋骨处都是一阵剧痛。

出乎我的意料，在我棕色翻毛皮鞋的下面，居然传出了呜咽声。

我诧异地把脚放下来。脸上印着污脏泥脚印的阿平，是真的在咧嘴哭。

这是抽哪门子疯啊？！

见我把脚移开，阿平索性悲痛地扯着沙哑的嗓子，放声大哭起来，眼泪把他脸上的泥灰冲出了两道白印。

林间，更多的乌鸦被惊飞，聒噪着，在天上盘成一团。

我莫名其妙地瞪着他，这一看不打紧，我给吓着了，什么时候阿平瘦成了这样：脸上的肉都没了，只有鼠须似的几根胡子，眼眶深陷，牙齿突出，像具骷髅。

看着他骨瘦如柴的脸和身体，呼吸着挥之不去的恶臭，我额角冒出了冷汗，这不正是我哥自杀前的样子吗？！

"我没想杀她啊，我爱她还来不及呢！"阿平呜咽着说，"那天晚上，她到

我房间来,很生气地质问我:为什么答应了跟她结婚,又食言,不带她见我爸妈,不买戒指。她质问我是不是有别人了。"

我想起那天偶然碰到他们激烈吵架的情景。

"我真的没有别人啊,我是一心一意喜欢她的!我也不知道怎么回事,最近干什么都提不起劲来,饭也不想吃,觉也不想睡,只想躺在床上,打打游戏、上上网。每天什么都不想干,就想混时间。连着好几个星期,我每天都睡不到三个小时,累得要死。本来心情就烦,她一吵,更烦了,我就推了她一下……"

他停住了,眼里露出疼惜混合着恐怖的目光。

"她摔倒了,头撞在书桌角上,流了好多的血。我吓坏了,赶紧把她抱到床上,用毛巾堵住窟窿。开始她还能说话,说不去医院。我想着问题不大,可能睡一觉就好了。等她睡着了,我就接着打游戏,等我打完游戏想起来,都第二天下午了。我去叫她,她没回答我,于是我又接着打游戏。到晚上,我想叫她起来一起去吃饭,她不应我。我过去一摸她,都凉了。"

听着阿平的恐怖故事,我不禁瑟瑟发抖。

"那个时候,我已经两天两夜没睡觉了。我想怎么办呢?我还是先睡一觉再说吧。然后我就睡了一觉,一直睡了二十个小时,醒过来的时候,又是晚上了,她都已经发臭了。都这样了,我肯定不能报警啊,不然警察肯定以为是我杀的啊!我就想着把她分成几块,把她埋了,然后好好孝敬她爸妈吧。然后我去厨房拿刀,回来看见你在我房间里面,把我给吓了一跳。"

我回想起他提着刀站我身后的那一幕,有点懊恼,这么失常的表现,我怎么没有及时想到这个可能呢?还以为他只是和小静吵架,心情不好而已。

"就这样,又拖了两天。昨天晚上,我想不能再拖了,因为臭啊,喷了空气清新剂也压不住。我就把她给分了,装在塑料袋里。分的时候不小心,身上溅上了东西,然后我去洗了个澡。"

听到这儿，我忍不住又恶心得想吐，干呕了几声，胃里空空，什么也没吐出来。

"回来看见你在我门口，我害怕你发现，就想着，干脆趁着半夜没人，把她给埋了吧。路上我老感觉不对，总觉得后面有人跟着，埋好后，我舍不得，想再看她一眼，哪怕是看看她在的地方也好……"

他的声音渐渐低了下去，受伤野兽般的呜咽声再次响起。

"我真的不知道，我这是怎么了。我怎么就成了一个废人，这么好的姑娘不要，天天都上网打游戏，干啥都没劲，我，我……怎么就成了……行尸走肉……"

他把头埋在双腿间，瑟瑟发抖。

看着他消瘦的双肩，在满是污渍的外套下不停耸动，我想起了那个缠绕我多时的梦境。

我最亲爱的哥哥，那个充满阳光和热情的精英哥哥，最后的形象，跟眼前的阿平是何其相似啊！如果不是草莓挽救了我，按我以前混吃等死的劲头，最后怕是也会落得类似的下场吧？！

到底是什么东西，麻痹了我们充满活力的神经系统，让我们变成苟延残喘、形容枯槁的人形僵尸？

当年，我那样样出色的哥哥，估计就是无法忍受变成了一个无用的废人，才从楼上跳下去的吧？！

当年我没能救哥哥。现在的阿平，我能挽救他吗？

"抬起头来，阿平！"

他抬起被眼泪染花的脸，定定地看着我，嘴唇毫无力度地张开着，眼里全是悔意和无限的倦意。

"小静虽然死于意外，但是当初如果你能马上把她送到医院急救，她可能就不会死。所以，小静的死，你绝对逃脱不了干系。"

他面如死灰,说:"如果可以,我愿意用我这条贱命换她的。我现在是废人一个,活着,毫无意义。死,是最好的解脱。你把我送公安局吧,让我一命抵一命。"

"好,是你自己不想活的!"

我面孔扭曲,狞笑着,扑上去,用力掐住了他干瘦的细脖子。

他没想到我会有这么一着,求生欲让他拼命扭动身体,试图用手掰开喉咙上的手。我掐得越使劲,他挣扎得越激烈。不过,就他那被拖延症掏空了的痨病鬼身体,哪扛得住我这肌肉猛男的蹂躏啊!

看到他脸色发紫,双眼上翻,我赫然放开了手。

他抱着脖子,面红耳赤,剧烈咳嗽起来。

"看到了吗?你其实并不想死!在我掐住你的那一刻,身体深处的本能,强烈地要你继续活下去!"

他看着我,懵了。

"我哥,特别优秀的一个人,跟你一样,感染上了极度拖延症,当着我的面跳楼自杀了。我很后悔,没有及时发现原因,没有能够救到他。你现在的情况,跟他简直一模一样,极度拖延最终会引导你走向死亡!而在你的身体、你的意识深处,有强大的活下去的愿望,你要时刻燃起这种愿望!每次拖延的时候,就想想今天被掐死的感觉。"

阿平的眼睛开始闪光。

"记住,极度拖延,就是掐住你脖子的那只手!它偷走你的生命,偷走你所爱的人的生命。"

我们一齐看向那个泥坑,那里埋着他最爱的女人。

"如果你能答应我,今后和拖延症做坚决斗争,也许我会给你一个机会。"我说。

一种热情从他眼里升起,他从地上爬起来,双手紧握我的手,拉扯中,我的肋骨再次剧痛。

"哥们儿，谢谢！"他喃喃地说。

我忍着肺部的钝痛，垂下眼帘，说："今天的事情，我就当什么都没看见，什么都没听见。你走吧，越远越好。"

此刻，天已蒙蒙亮。在太阳快要出来的微光中，我看到他的眼里，有泪光在闪烁。

"你知道吗？你哥有个好弟弟！"

他再次紧紧地握了一下我的手，转身奔跑起来。

目送他消瘦的背影消失在茂密的树林中，我慢慢走到坑边，动一下歇两下，把土坑给填平了。

等我回家，天已大亮。隔壁阿平的房间已经人去屋空，房间的地板、家具被冲洗得异常干净，桌上整齐地摆着房门钥匙。

第七章
竞争败落

我把这两年身边的拖延症患者——我哥、阿平和我的事情从头到尾捋了一遍。从时间维度看,我哥先出事,然后是我,最后是阿平。这拖延症,好像能传染似的。

但是,大牛为啥又没事儿呢?

如果我哥是最开始的传染源,那他又是怎么染上的呢?

如果不是我贪便宜买草莓,被赵燕当成了"小白鼠",只怕下场和阿平是一样的。如今戒了草莓,不知那极度拖延的症状会不会卷土重来?

这些谜团纠结在一起,我想破脑袋也没想出答案来。

要是有两盒草莓就好了。

我打开计算机,上网搜索我哥的公司,看了半天,也没找到有价值的信息。只搜到公司在某大型招聘网站上的广告,招聘行政事务部经理。同是行政事务部的经理,他们公司给的工资,比我这只有一个"兵"的经理,要高出一大截。

都是行政事务部,都是经理职位,干的都是吃喝拉撒睡打杂的活儿,我没理由不去工资高的地方啊!而且,没准还能趁机挖出老哥自杀的原因。

我把个人简历好好地润色了一番,发给了通德康来。在简历里,我把自己吹嘘成既能干又谦虚,舍我其谁的应聘者。然后,我从柜子里面翻出很久没穿

第七章 | 竞争败落

过的西服,在褶皱处喷上水,就等通德康来的面试通知了。

通德康来看来是真的着急招人,面试通知很快就来了。

我再次站在CBD中央区直刺蓝天的高楼下,抬头仰望天空。光滑的玻璃幕墙像块巨大晶莹的宝石,映现着湛蓝的天空和棉花一样的白云。四周脚步匆匆的男男女女们,纷纷缩着脖子,裹紧长呢子大衣,穿过我身边,只留下若有似无的香气。空气中飘着手磨咖啡的香味,温暖着这寒冷的冬日。

一切都是那么的祥和、太平、欣欣向荣。

楼前的大理石地面打了蜡,光滑得能照见人影。当年哥哥从高空跌落,摔得破碎的肉体和血迹,早已了无痕迹。

我站在大门口,发了阵呆,才收起思绪,走进金碧辉煌的大堂。

社会财富流到哪儿,哪儿就美女扎堆。

CBD的美女明显比我们公司附近要多得多,而且完全不是一个水准。我们公司技术部的那些码农们,连前台鲍牙妹都视为天仙,真该让他们来开开眼,叫他们看看啥是真正的美女!

比如,和我一起上电梯的这位,个头娇小,玲珑有致,敞开的黑色羊毛大衣下,是大红紧身套裙,胸以下全是腿,直让人喷鼻血。

大概发现了我直愣愣地口水滴答地盯着她,她用黑白分明的大眼睛,朝我翻了个白眼,转过身去,拿背对着我。

连白眼都翻得这么好看!

发现要去的楼层已经被我按亮了,她又补了一刀,扭头朝我,又翻了一次白眼。

电梯到站,她抢着下了电梯,往通德康来公司的反方向而去。我站在原地,目视她踩着高跟鞋,摇曳生姿的远去的背影,口水流了一地。

两年了,通德康来公司大门没啥变化,连前台的女孩都还是那个。

她颇有礼貌地问我:"先生,您有什么事?"

"我是来应聘的。"我说。

"招聘会在会议室，往前直走到底左拐。"

走进"通德康来生物制品有限公司"的大门，走在铺着又厚又软地毯的走廊里，我百感交集。

老哥原来的办公室就在走廊尽头。

像着了魔似的，我脚步僵硬，直接走到走廊尽头，推开了办公室的门。

办公室还是那间办公室，不过室内布置已经完全不同，原来波浪形的老板桌和真皮沙发，换成了两大排白色实验桌，桌上摆满了试管、烧杯、显微镜和小型电子设备，以及盛着白色粉末的玻璃培养皿。

这里是老哥待了五年的地方。他从最底层的技术人员，做到了副总经理的位置。然后，从这扇能望见西山美景的大落地窗，一跃而下，身后留下无数的谜团。

我慢慢走到窗边，极目远眺。视线尽头，蓝天下的西山峰峦叠嶂，连绵起伏。从落地窗往下看，地面的深绿色松树、人和车都像玩具似的。突然，我感觉一阵晕眩，几欲栽倒。我死死地抓住窗框，脸色发白，嘴里不知为何，满是腥味。

这时，身后一个阴仄仄的声音说："你是谁？怎么进来的？！"

我转过头来。说话的人是位高个戴眼镜的男人，他的下巴尖得像鞋拔子，浓黑的眉毛下，一双锐利的眼睛，从金丝眼镜后紧盯着我。

"我，我来面试的，请问厕所在哪里？"

他上下打量我，秃鹫一样的眼睛，看得我浑身发毛。我勉强挺起背，故作镇定地回看他的眼睛。

紧张的气氛在我们目光的对峙中升起。

终于，他说："出门右拐。"

我垂下眼帘，乖巧地答道："哦，谢谢。"

在他的虎视眈眈下，我顺手顺脚地溜出房间，上了趟厕所后，直奔会议室。

人力资源部经理是个四十多岁的半老徐娘，在我报上姓名后，她低头看看表，说："迟到了十五分钟。赶紧坐下答卷子吧，过半个小时交卷。"

想当初，被炒鱿鱼和参加应聘对我来说都是家常便饭，过几个月我就要应聘一回，早就对应聘的事情熟门熟路了。当行政事务部经理后，经我手也招过两三个人，也给来应聘的人出过笔试题目。

笔试就是套路！

翻开试卷，我心里暗笑，果不其然：最前面的几道题，考处理问题的思路，全是没有标准答案的网红题。再往下看，是流行的性格测试。

但凡公司笔试，不出几道性格测试题，都不好意思在HR（人力资源）界混。

这些烂大街的心理测试题包括：你走路的脚步是大是小？笑的时候露不露牙齿？坐着的时候双腿平行还是交叉，还是二郎腿？睡觉爱不爱用被子蒙头……

一般公司绝不会为了招几个人，专门请心理咨询师出考题。几乎所有的HR都会在网上扒考题。当然，我这半吊子兼职HR也不例外。

套路，全是套路！

这次招聘的行政事务部经理，说白了就是公司打杂的头儿，天天处理的全是吃、喝、拉、撒、睡的小事。在这个岗位上，没人要你创新，必须以稳健为主，稳健为辅！

"迟到的，要抓紧时间，赶紧答题了。"HR在后面好意提醒道。

我回头冲她点点头，抓起笔，唰唰唰，开始写答案。

笔试成绩很快就出来了，我遥遥领先，以十五分的差距甩了第二名好几

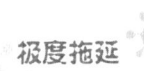

条街。公司很快安排了面试。据风韵犹存的 HR 说，参加面试的一共三个人，都有很强的竞争力。

"好好准备，小伙子，我看好你哟。"她鼓励道。看得出来，她对我有好感。

对这个职位，我是志在必得。

面试这天，我穿上了老哥送我的价值昂贵、一直都舍不得穿的西服，配了条暗红色的领带，专门打车而不是坐地铁，准时赶到了 CBD。

一进会议室门，我就发现我高兴得太早了，事情没想的那么容易。

等待面试的另一位帅哥，年纪跟我差不多，很低调、很温和地跟我微笑打招呼，看上去就是一般人。然而，他手上的黑色劳力士腕表不像是冒牌货，身上的 Huntsman（亨茨曼）西装也不像冒牌货。

不少人都以为阿玛尼西装是最贵最好的了，在成衣里面，它确实能入顶级之流。然而，量身定制的西服，随便一套都可能要比阿玛尼贵得多。

他身上没有暴发户的金项链，没有奢侈的鳄鱼皮鞋，整个人低调得像白开水。这样有教养、不炫耀的富二代，才是最可怕的竞争对手。

我不禁好奇起来：第三个竞争对手会是什么样的人呢？

富二代先被叫进去面试，时间并不是很长，然后就轮到我了。

面试官有三个：风韵犹存的 HR，坐在左边；笑眯眯的中年男人，坐在中间；看见坐在右边的那个人，我不禁虎躯一震。

他，就是在我哥办公室碰到的那个人。

当他精明而阴鸷的目光射向我时，我知道他认出了我。我没有掩藏惊异的神色，夸张地瞪大眼睛，憋出个最灿烂的微笑。

"真巧啊！"我笑着说。

他没理我，只是把目光转到了自己面前的材料上。

我松了一口气。

HR 说:"范总、张总,我们先开始吧。他后面还有一个参加面试的,说是要稍微晚点到。"

坐在中间的男人说:"我还得准备下午的董事会报告。老规矩,人力资源部和张总主要把握吧,我打打酱油就好。"

他的话,说得在座的人都笑了起来。我却对这范总另眼相看,别看他语言轻松诙谐,其实是在以商量的口吻下命令。

这屋里,铁定是他说了算。

自从哥哥自杀后,我有意无意地一直在关注通德康来。公司行事非常低调,在网上,找不到公司的博客,没有微博,也没有微信公众号。公司网站倒是有一个,而上面只有简单模糊的介绍,什么组织机构、董事长、总经理等信息一概没有。

由此可以推断,通德康来的客户不是一般大众,不需要通过广告的形式招揽顾客。

我正思索间,HR 发话了:"好的。陈哲,请你先简单介绍一下自己吧。"

我简单介绍了自己的情况。当然,"不小心"遗漏了多次被辞退的经历。

"说说你对我们公司有哪些了解。"瘦脸张总说。

想起他发现我在哥哥办公室时,满是探究和怀疑的眼神,显然,通德康来并不是个氛围开放的公司。

"来应聘之前,我上网查了一下公司网站。通德康来公司是做生物产品的,公司生产治疗多动症、精神病的药。我不是专业人士,也不是很懂。说到我应聘的职位,我觉得,行政事务部在公司是一个很重要的部门。做好后勤保障,让一线业务部门没有后顾之忧,是行政事务部经理的不可推卸的责任。"

张总紧绷的脸部肌肉放松了些,他抛出了另一个问题:"看你的简历,你已经是部门经理了,为什么想要跳槽呢?"

对大部分公司来说,这个问题的标准答案是:感觉原公司不能提供良好的

上升平台,我想在事业上有更大的发展……所以跳槽。

但是对于通德康来这么个神神秘秘的公司,这个回答不见得是好答案。

三个面试官中,如果坐中间的范总是正头儿的话,张总顶到头也就是个副职。部门经理若显出过强的进取心,只怕日后对张总会是个威胁。从这点出发,"想在事业上有更大发展"的答案,基本上就是"自杀"。

我犹豫了几秒钟,才期期艾艾地开口道:"这个,咳咳。按正常说,我应该回答说我希望有更好的平台,有更好的机会,发挥自己行政方面的特长。但是,其实这并不是最主要的原因。"

范总的双眼还在他面前的笔记本电脑上,眉毛却挑了起来。

我继续说:"真实原因是:现在公司的工资太低了。我的生活压力大,房价年年都涨,工资岿然不动,要买车、买房,工资压根不够花的。说来不好意思,也有点俗,我不怕苦,累一点也没关系,就是希望能多赚点。"

一直埋头的范总抬起头来,跟张总交换了一个眼色。张总瘦脸上的肌肉更放松了,现在的表情几乎是平易近人的了。

看他们的表情,我晓得押对宝了。

"如果我们定下来要你,你最快什么时候能上班?"HR问。

我心里一阵欣喜。

"我和现在公司签的合同马上就要到期了。我明天,不,今天来上班都可以。"

其实合同还有半年多,如果提前离职,要提前一个月通知公司,还得赔一千块的违约金。不过,跟两边的工资差额相比,一千块钱也就是毛毛雨。

张总脸上现在都是微笑,说:"好,回头人事部会给你通知的。"

从他们几个的表情看,这职位我应该是十拿九稳了。我谢了三位面试官,站起来准备离开,屁股还没离开椅子,会议室的门被打开了,一个红彤彤的人影火急火燎地冲了进来。

"对不起，对不起！堵车，来晚了！"

来人身材玲珑，黑发红唇，大眼睛黑白分明，正是电梯上翻白眼的女神。

会议室里原本欢乐祥和的气氛，突然发生了微妙的变化。

看到她，张总倒抽一口气，杂乱的浓眉纠结在一起，阴鸷的双眼死死地盯着她的脸。

范总抬起头，对着她的脸也呆了几秒钟，笑道："来得正好！请坐。"

我突然有种不祥的预感，想再讲几句场面话挽回一下，然而两位老总的注意力早都不在我身上了。我只好把屁股下的椅子让出来，一步三回头，离开了面试室。

晚上，接到 HR 的电话，我落选了。那位红衣白眼的女孩夺走了本该属于我的位置。优秀的灵魂抵不过一张好看的脸啊。

我对着墙上的镜子，顾影自怜。除了脸上有两颗"青春咖喱豆"，肚子稍微有点肉，影响了形象以外，我还是挺帅的。

我脱掉衣服，仔细观察自己：前一段时间减肥效果显著，原来的纺锤体变成了不甚标准的倒三角，现在也还算得上膀大腰圆，大腿上也还有几两肌肉，至于皮肤嘛……

镜子已经很久没擦过了，镜面上全是灰尘。为还原我白嫩的肌肤，我扯了张面巾纸，用力地擦拭起镜面来。有些陈年污渍很难去除，我朝纸巾上吐了口唾沫，正待继续……

大牛推门进来说："蚕头，明天晚上你有时间没？"

我光着上身，拎着湿纸巾，扭头看他。

"咦，我不知道你在……你继续，继续。"他眼里是一副我懂的意味，猥琐地笑着，上下扫视我一番，"砰"地关上了门。

还继续个鬼啊！

我拉开门说："我就是在擦镜子。你以为我在干吗？"

"你说什么就是什么啦。"这家伙满脸淫笑,"阿平走了,他那屋空下来了。我在网上打了出租广告,明天晚上六点有人过来看房子。明晚我有饭局,想问问你能不能早点回来。"

"没问题。"我说。

第二天,想着答应大牛早点回家,要等租房子的人,我一下班就直接回了家,连晚饭都没敢在路上吃,而是叫了外卖麻辣烫。

六点钟,外卖小哥把我点的餐送来了。我坐在客厅沙发上,一边看电视,一边吃麻辣烫。我特意把电视开得很小声,生怕有人敲门听不见。

看房子的人说好六点到。我吃完饭,《新闻联播》都开始了,还是鬼影都没一个。我给大牛打电话,他手机没人接,估摸正忙着跟客户觥筹交错呢。我郁闷地放下手机,这时候,有人敲门。我从沙发上跳起来,打开了房门。

"对不起,对不起!堵车,来晚了!"门外的女孩迭声说。

她抬起头,我们俩眼对眼,一齐都愣住了。

这不是那个抢了我工作爱翻白眼的红衣女嘛!

只是眼前的她没穿高跟鞋,比我整整矮了一个头。她身着运动衣、白球鞋,头发扎成马尾,完全没了昨日前凸后翘的凌厉气场,也就是个普通的邻家女孩。

仇人相见,分外眼红!

我居高临下地看着她,她白皙的鼻子上,有几颗小雀斑。

我讥讽道:"迟到成习惯了。你就不能换个理由吗?"

这次,她没翻白眼,而是耸着鼻子,眯起眼睛,反唇相讥:"咦?你不是昨天的手下败将吗?大牛呢?"

提到应聘的事情,我更是不忿:"才华横溢不如脸长得好,怪我咋?"

她对此嗤之以鼻:"二十岁以前的脸是父母给的,二十岁以后的脸是自己决定的。连自个儿的相貌身材都管理不好,能管好部门吗?"

她有意无意地瞟了一眼我凸出的肚子。

我深吸一口气,收紧了腹肌。

"大牛呢?"她再次问道。

"大牛晚上有应酬,让我带你看房子。"

我闪开一条路,让她进屋。当她甩着马尾从我面前走过时,我闻到了她头发的清香。

我推开阿平房间的门,说:"就是这间,你看看吧。"

一想到几天前,阿平就在这里把小静分成很多块,塞在床底下,我简直无法直视屋内的一切,刚下肚的麻辣烫也在胃里跳舞。我忍住呕吐的冲动,后悔答应了大牛带人看房。

她背着双肩包,站在屋子正中,环视四周。

跟所有出租屋一样,大牛的房间布置得很简单:一张床、一张书桌、一把椅子和一个小衣柜。屋里的家具摆设,透着冷冰冰的气息。

"你们有养宠物吗?"她使劲呼吸几下,"怎么有股臭味?"

"额,没有啊。"

我使劲吸吸鼻子,一股若有似无的、甜丝丝的腐臭味钻入鼻孔。想起被这尸臭包围了整整十多天,我肚子里面的麻辣烫跳得更起劲了。

如今,这味道仍然阴魂不散。

我忍着恶心,憋住气,大步跨到窗边,推开了窗子。

凛冽、寒冷的新鲜空气,一拥而入。我吐出一口浊气,大口呼吸起来。

我故作轻松地解释:"长时间没开窗子,有点味道很正常。"

她耸着小鼻子,像只猎狗似的,满屋子到处嗅着。

"这儿味道特别浓。"她指着书桌的一角说。

我顺着她手指的方向看去,原来木本色的书桌一角,被血液浸泡过,血液已经渗透进桌面的毛细孔中，木本色也变成了深棕色。

我凑近去，轻轻闻了一下，一股血腥味儿和肉腐烂的味道直冲大脑。

我扶住桌子，强笑道："可能是以前住这儿的人，吃东西撒了酱油、番茄酱什么的。没事，回头我让大牛把桌子给擦擦干净。"

她满脸狐疑地看着我，勉强道："好吧。"

我放松下来，退到门口，头昏脑涨地靠着门框，看她继续审视房间。

"这墙又是怎么回事？"她指着墙上的几处污点问。

我定睛一看，心里不禁咒骂起阿平那小子来。墙上溅了无数的血渍点点，已经变成了深褐色，可以想见当初血溅四方的惨烈场面。

我脸色发白，哈哈一笑说："几百块钱，租间市中心的房子，您不会期望是新的吧？"

她朝我翻个白眼，气鼓鼓地不说话了，却又扭头走到床边。

想着当初躺在床底下被砍成无数块的尸首，我的心不禁提了起来，催问道："你到底是租还是不租啊？"

"嗯，我看看。"她还在没完没了地巡视床周围，"等等！这是什么？"

看着她两根葱白般的手指头，提着一块干瘪、深红得发黑的肉皮，我顿时魂飞魄散，肝胆欲裂。

不晓得是小静身上的哪块皮肤，此时已经风干了。

我强颜欢笑，接了过来，那手感无法形容。我想都没想，抡起胳膊，突然发力——那片变色发黑的皮肤碎片，划出一条抛物线，飞过她头顶，消失在窗外。

我苦笑着说："牛肉干，没掉地上，还可以吃的。"

她做了个恶心的表情，理直气壮地宣布："再便宜一百块！我现在就交定金！"

在写收据时，我才知道她的大名：叶琳。

第七章 | 竞争败落

收了定金,交了钥匙,送走叶琳,想着天天睡在"剁肉"现场的隔壁,我立马进入了疯狂打扫模式。

我拎着一大瓶洗洁精进了阿平卧室,把洗洁精倒在书桌上、床板上、墙上、窗台上、地板上,然后我抓起马桶刷,撸起袖子,开始用力洗刷。书桌上很快堆起了一层乌红的泡沫,陈年污垢在刷子下无处可藏,全变成了一摊摊臭烘烘的油泥。

消灭完桌上的污垢,我用同样的方式清理了床板、床头和窗台。墙上的污垢清洁起来有点费劲,洗洁精很快渗进了墙里,刷子一上去,脏东西随着洗洁精浸泡到更深的地方去了。再使劲一刷,整块泡软了的墙皮全都掉了下来。我只好更换工具,用小刀小心翼翼地刮去脏的地方。

我一边干活,一边狠狠咒骂阿平这挨千刀的。这小子倒好,把女朋友大卸八块,拍拍屁股一走了之,留下一堆又脏又臭的烂摊子,我还得给他擦屁股。

不知道这家伙逃到什么地方去了,极度拖延的症状有没有好转。日后要是有机会见到他,怎么也得让他补偿我一下!

好不容易清理完毕,我看着凹凸不平的墙面,打算搞点腻子给重新糊上。这时候,我听到大门响了,大牛回来了。

我把叶琳的押金给他,跟他说我答应叶琳,每个月房租便宜一百块。

大牛笑骂道:"你小子,倒挺会做顺水人情的啊!咱们的房租本来就够便宜了,这片儿小区,你要能找到比我便宜的,我跟你姓!"

"我这不是替你着想吗?现在又不是租房高峰期,你晚租出去一个月,损失的钱不比这多啊?"

"谁说我租不出去?要是放出风声去,抢的人不要太多!"他看着我,贱兮兮地问道:"那女的长得怎么样?"

"还行吧。"

他淫笑道:"你对她有意思吧?平时,你连自己的房间都从来不打扫,现在居然还帮别人打扫房间。"

"没有的事。"我否认,"哥们儿,我真的是为你好。"

他双眼盯着我,笑道:"哥们儿,你知道吗?人在说谎的时候,眼珠会向右上方转。你刚才就朝右上看了两次。没事儿,你要对她有意思,我肯定帮你!"

"谁说我看右边了?!"

说这句话的同时,我突然意识到,自己的眼珠不受控地瞟向了右边的天花板。

"哦,哈哈哈哈!"大牛笑着,回他自己房间去了。

我看着他的背影,心里突然一惊:大牛一直神经大条得碗口粗,什么时候观察力变得这么强了?

城市冬日的早晨,冉冉升起的太阳,把天上的云彩染成了金红色,远处暖气站高大的烟囱里冒出的白烟连绵不断。宽大的城市主干道和辅路上,赶着上班的车流挤得水泄不通。

赵燕开着两厢小汽车,跟在车流中一点一点往前挪。她手握方向盘,一边频繁地换着脚踩油门和刹车,一边从后视镜里察看儿子。

王小川扯长了双腿,躺在车后座上,头枕书包,手里拿本英语书,念念有词地在背课文。

"小川,坐起来,吃颗胶囊。"赵燕提醒说。

王小川听话地坐起身来,喝水吞下胶囊,重新躺倒在后座上。

赵燕驾着车,一步三歇地挤上了主路,她小心避让过一辆横冲直撞的公交车,再次从后视镜中察看儿子。

自从上了高三,儿子的日子过得很辛苦。每天回家,他都要写一堆作业,复习白天的功课,常常熬到深夜十二点,在自己的催促下,才爬上床睡觉,早上五点多就又起来背单词。由于睡眠不足，他小小年纪，眼睛下面就挂着两个大大的黑眼圈了。

王小川躺在后座上，尽力忍住想要呕吐的感觉。然而，腹部刀绞般的疼痛，让他脸色苍白。他闭上眼睛，弓着背，蜷成一团，豆大的汗珠从额头上滴了下来。

赵燕心疼地看着痛苦中的儿子，却束手无策，只有低声问："小川，还是有反应啊？"

王小川勉强"嗯"了一声。

赵燕试探着问："要不，咱们以后不吃了？"

王小川无力地摆摆手。

看着儿子懂事地强忍药物带来的副作用，赵燕双眉紧拧，眼睛都红了。她悔不当初，为治好儿子的拖延症，更主要是为了提高儿子的成绩，把没经过正规大规模测试的药物，贸然给他服用。儿子对药物的不良反应，似有越来越严重的趋势。

好容易挨过了剧烈的腹痛，王小川坐起来，用衣袖擦了擦额头上的汗水，勉强笑着说："妈，我没事，你放心好了。你看，我只用看一遍，就能把课文全都给背下来了。虽然过几天又忘了，但是再背一遍也不是啥难事。上次模拟考试，老师都没想到我的成绩能提高得这么快呢。"

赵燕强颜欢笑道："嗯，儿子，你是最棒的！"

小车终于挨到了学校门口，在王小川收拾书包准备下车之时，赵燕抓紧时间，叮嘱儿子多喝水，看会儿书要休息下眼睛等，这才目送着儿子瘦高的背影消失在校门后。

赵燕从书包里摸出小本和签字笔，记下儿子服药的时间、剂量和副作用。

为了儿子的健康，她必须改进药物配方。而首先要解决的是原材料的来源和资金的问题。

第八章
疑似传染

前几天忙着去通德康来公司笔试和面试,自己办公室的事情堆了一堆都没做。高薪职位被那个叫叶琳的女人给抢了,我只得老老实实回来干活。我从早忙到晚,以最快的速度做完了积攒的杂事儿,这才下班,赶到装修材料市场买糊墙的腻子。

没想到市场四点半就关门了。吃了"闭门羹"的我,只得去了隔壁某高档的装饰之家,高价买了一小袋死贵的防水腻子,才急急忙忙地回家。

地下通道照旧热闹非凡。

自打我上次跟踪赵燕之后,就没在地下通道再见过她。如今,占据她那块地盘的是个卖鲜花的小女孩,梳着麻花辫,戴着文艺的黑框眼镜,左手一束百合花,右手一束玫瑰花,在大声招揽顾客。地下的纸箱子里,塞满了配着满天星的康乃馨,香气扑鼻。

自从戒了草莓之后,我的头脑确实不如原来转得快了。但值得庆幸的是,吃草莓时打通的任督二脉还在起作用,建好的脑细胞神经链接还在工作,那时候常有的思维方式和多角度的观察力也一直在延续,只是记忆力远不如过去强悍。

不过,好记性不如烂笔头。我专门买了几个硬皮小本子,平时就放在裤兜里,有啥想法的时候,随时掏出来记录一番。

第八章 | 疑似传染

我对赵燕教授并无恶意，相反心里还暗暗感激。如果不是被她当成实验品，我铁定会在极度拖延的泥潭里越陷越深，无力自拔。我会终日在游戏中醉生梦死，如行尸走肉般，挣扎在贫困线上，最后了此残生。

大概，赵燕也是预见到她儿子在极度拖延里不会有任何的未来，才会不顾一切地研发出药物，冒着危险给他服下吧。不知道她儿子现在情况怎么样了。

我一路胡思乱想着，回到了家。刚出电梯，就看见家门口的走廊上堆着一只纸箱子，纸箱子被塞得满满当当，盖子都盖不上了。我往里一瞧，最上面搁着一口烧得黑黢黢的铁锅，下面还有几只黄不拉叽、缺了口的盘子和碗。

我认出了一只磕掉了两个小口的劣质青花碗，我经常拿它泡方便面吃。

这是什么情况？

开门进客厅，我严重怀疑自己走错了房间：雪白的沙发垫巾，锃亮的地板，能看出木纹的茶几，上面还摆着一盆怒放的小花。我第一次发现，原来厅里的电视柜不是灰色的，而是灰蓝色的。

窗明几净的房间里，没有乱扔的外套，没有吃剩的食物，没有隔夜茶水。到处像五星级酒店一样干净整洁，让我这习惯了脏乱的人浑身不自在。

厨房里飘来一阵香气，同时飘过来的，还有一声怒吼："换鞋！看，又把地板踩脏了！"

我无奈地换上小两号、带小花的粉色旧毛绒拖鞋，走进厨房。

地上的陈年老油渍不见了，抽油烟机上流淌的黄黑色的污油也消失了，整个厨房崭新锃亮。闪闪发光的灶台上炖着东西，热气冉冉升起；米饭的清香和红烧肉的香气，替代了盘旋多日的尸臭。

叶琳扎着丸子头，身穿花围裙，动作娴熟地翻炒着青菜。

她头也不回地命令："去，把手洗了。拿碗把饭添上，我马上好。"

我的肚子不争气地"咕咕"叫起来。我听话地洗了手，打开橱柜。

橱柜里，原先的劣质碗和缺口盘子都不见了踪影，取而代之的是各色图案

讲究的碗，以及形状各异、有方有圆的骨瓷盘子。

添好饭，我又拿出方形大盘子，从高压锅里盛出满满一盘红烧肉。红烧肉切成大小划一的方墩子，每一块头上都顶着老抽上色的深棕色肉皮，下面深棕色的瘦肉与浅棕色的肥肉相间，非常诱人。

我的肚子再次不争气地叫起来。

手头没筷子，这点小事一点儿也难不倒我，直接上嘴！

我从盘子里叼起一块颤颤悠悠的红烧肉，仰头，让它以自由落体的美妙姿势滑入我嘴里。

在嘴里，我一口咬将下去，只感觉咸鲜回甜，瘦肉不柴，肥肉不腻，肉皮有嚼头，好吃得让人恨不得把舌头都吞下去。

一块红烧肉下肚，我又叼了一块，还没来得及仰头让它进嘴巴，就见叶琳端着只汤碗，站在厨房门口，似笑非笑地看着我。

我保持嘴刁红烧肉这炫酷狂霸拽的姿势好几秒钟，才尴尬地囫囵嚼了两三下，赶紧吞下肚。

那味道，简直美得要上天。

我含含糊糊地说："这是我吃过的，最好吃的红烧肉！"

她递给我一双筷子，笑道："别急，慢慢吃。你还可以使用筷子这种辅助进食工具，这样不容易烫到嘴巴。"

就这样，我穿着可笑的粉色毛绒拖鞋，坐在窗明几净的客厅里，对着一桌色香味俱全的晚餐，和美得不敢直视的女孩，大快朵颐。

食物的香气，黄色的灯光，温暖的氛围，让我恍恍惚惚，有回家的感觉。

"你慢点吃，没人跟你抢。"叶琳说，随手夹了块红烧肉里的鹌鹑蛋给我。

我看她一眼，丸子头有点散了，几缕发丝耷拉下来，时常挡住眼睛。她伸出细长的手指，把发丝捞起来，卡到耳朵后面去。

餐桌上的灯光投射下来，她脸颊上的红晕非常温柔，完全感觉不到第一次见她时那股美艳至极的凌厉杀气。

"哦,对了。我把厨房里面破了的碗啊,盘子啊,锅啊什么的,都给扔到走廊了。你一会儿看一下,如果没有需要留下的,就扔了吧。"

"进门的时候我看到了,没啥要留的。"

"还有啊,我把冰箱里面的陈年芝麻酱、辣椒酱也扔了,都长绿毛了!"

"嗯。"我的嘴巴忙得很,不太有时间跟她说话,"你做的红烧肉都放什么了?太好吃了!"

她笑道:"那是祖传秘方,我爸教的,不传外人!"

我被拒绝,有点尴尬,没话找话说:"你爸今年多少岁了?"

叶琳面色沉了下来,扁着嘴说:"他几年前去世了。"

我更不安了,不知道要说什么才能安慰她,只得不停地往嘴里填塞各种食物。

沉默了一会儿,她强笑道:"没事儿。这顿饭,一来是谢谢你帮我打扫房间;二来是请你消消气,别为我抢了你的职位怨恨我。"

"不客气。我从来没怨恨过你。只是我一直搞不明白……"我打住了话头。

"不明白什么?"她问。

"不明白,为啥一个明明可以靠脸吃饭的人,偏偏要靠……"我又打住了话头。

她看着我,问:"靠什么?"

"偏偏要靠嘴吃饭!"

"哈哈哈,去你的!"她用筷子头狠敲我的碗。

我手一哆嗦,碗都差点掉了。

"曾经,过去,以前,我也是靠脸吃饭的。"她认真地解释道,"后来差点饿死,然后就靠嘴吃饭了。"

我俩一起哈哈大笑起来。在欢乐祥和的氛围中,我风卷残云,把红烧肉、蔬菜和一碗汤扫荡得精光。

叶琳性格开朗，快人快语。没一会儿，我就洞悉了她的生辰八字、所学专业、家庭环境，甚至中学时暗恋她的男孩的名字我都知道了。她出生在南方一个多水的城市，老爸去世后，家里只有妈妈了，她是独生女。

吃完晚饭，我主动承担了洗碗的任务。她强迫我戴上一双幼稚的粉红色橡胶手套，并要求我使用一只同色的塑料刷来刷碗。

在整洁的厨房里，食饱饭足的我，愉快地刷洗着碗筷，旁边电水壶烧的水开了，"嗤嗤嗤"地翻腾冒着热气。听着叶琳在客厅里轻哼着歌收拾桌子，我有些恍惚了，只觉夜色如水，氛围很美，原本冰冷的合租屋，温馨得跟自个儿的家一样。

"你们的衣服都臭了，我给洗了。一会儿洗完碗，去把衣服给晾了啊！"

"嗯呢。"

"晾完衣服，过来吃水果啊。"

"嗯呢。"

"以后别连名带姓叫我，叫我小琳。"

"嗯呢，小琳……"

"哎！"

……

大牛跟往常一样，回来得晚，一进门就嚷嚷："谁把我祖传的饭碗给扔了？那可是老物件儿，可值钱了。"

叶琳正坐在沙发上看电视，听他这么说，没好气地怼回去："是哦，只比天桥上讨饭的乞丐的碗破一点点哦。"

"嘿，你！"

大牛怪叫一声，正待反驳，转眼看见饭桌上的一碗剩饭和茶几上吃剩的香蕉、苹果，"怎么，做了饭也不给我留点，我还是二房东呢！"

"你是大房东也没用！我本来做的是三个人的，谁知道他这么能吃啊？！"叶琳朝我努努嘴道。

大牛脸青面黑，双眼直冒饿痨鬼的绿光，估计的确是饿狠了。我不好意思地说："哎哟，哥们儿，实在对不住。我请你吃麻辣烫吧？！"

"算了，我来点老干妈拌剩饭吧。蛋头，你有钱请我吃饭，不如把我垫的房租还我。"大牛说，疲倦地倒在沙发上。

"老干妈已经让我给扔了。你等着，我帮你热一下。"叶琳端起饭，进了厨房。

我掏出手机，把钱转给大牛。

我挺感激地说："欠你一年多的房钱，都转给你了，外加百分之十的利息，剩下百分之九十的利息，过一阵儿我再给你。谢谢你，哥们儿，请我吃了无数顿饭，不然我铁定营养不良。那个钱算不清，你说个数，我回头一并都给你。还有，你今后一年的饭，我都管了！"

大牛脸红了，有点不好意思地说："咱们是好哥们儿，当初给你垫房钱，请你吃饭，我也没想着要回来。只是最近手头紧，不好意思了。如果你那还有余钱，能不能借我？我给你打借条。"

"借条就不用了，想当初你帮我付房租，付饭钱，也没要我的借条啊。我看看，我这儿还有一万多，够吗？"

大牛心事重重地苦笑一声，说："算了，还不够塞牙缝的。你自己留着吧。"

"你的牙缝够宽的嗨！"我瞪他，"要这么多，你打算买房子啊？前段时间不是刚做了个大单子吗？怎么，公司扣着奖金不发？"

说到大单子，大牛眉飞色舞起来，自鸣得意地说："那可是我们公司年度第二大单啊！因为这个，我还得了优秀员工奖呢！奖金倒是发了，但是我不能吃独食啊。客户关系得维持，得用票子做润滑剂；几个帮忙的小兄弟，都得分点。到我手里只剩一小半了。哎，你刚升经理不久，余钱也不多，那点钱我拿了，起不了多大的作用，算了，你还是自己收着吧。"

我说："苍蝇再小，它也是肉啊！钱虽然少，但是也能管点用不是？你打算买哪儿的房啊？"

"不是买房子，是一个……一个朋友要，我算是投资入股吧，这钱还要得挺急，一个礼拜就得交，不然就没机会了。"

"你行啊！现在往老板那条路奔了。那到底还差多少啊？"

大牛说了一个数，我不禁倒抽一口冷气。我不吃不喝攒五年，才能勉强凑到这个数，难怪他看不上我的那点钱。

他反过来安慰我："算了，哥们儿，你踏踏实实的，别管我了。我再跟爸妈借借看。"

我还不知道他家的情况！以前，他爸妈东躲西藏，生出兄弟姐妹六个。现在还有一个小弟和小妹在上中学，他爸妈不跟他借钱已经谢天谢地了，能借钱给他才怪！

他越不让我帮他，我还就越想帮他。

想当初，我人不人鬼不鬼的时候，不是靠他养着，我早得去睡地下通道了。他不但负担了我全部的房租和伙食费，还毫无怨言地帮我交了电话费。

厨房里，叶琳结束了热火朝天、锅碗瓢盆叮当作响的操作，端着一碗扬州炒饭出来。那米饭油光发亮，颗粒饱满，中间撒着翠绿的葱花、红色的火腿肠丁和嫩黄的鸡蛋粒，香气扑鼻。

大牛双眼贼亮，流着哈喇子，从沙发上蹦起来，冲着蛋炒饭就去了。

叶琳灵巧地一扭身，避过大牛，把盘子放在桌上，翻了个白眼，喝道："洗手！"

大牛笑眯眯地、屁颠屁颠地洗手去了。

我看着他的背影消失在厨房门后，心里决定，这回一定竭尽全力帮他。

第八章 | 疑似传染

心里有事儿,那个晚上我没怎么睡好。躺在床上,我胡思乱想着隔壁如花似玉的叶琳,想着大牛的巨额资金需求,辗转反侧,过了十二点才睡着。

"起床啦,起床啦!"

有人大力敲我的房门,嚷嚷道。

我吓得猛地从床上坐起来,迷迷糊糊抓起手机看看时间,还不到七点半。我咕哝:"还早呢!我再眯会儿!"

我又倒了下去,把被子掖掖好,继续睡。

新来的邻居叶琳小妞居然推开房门,硬闯进来,完全不顾"男女授受不亲"之嫌,站在床前大声嚷嚷:"蚕头,快起来!一会儿我上班该迟到了!"

我睡眼惺忪地看着床前穿着件奇大无比的米老鼠套头睡衣、光着半截白皙大腿的叶琳,好奇道:"你上班,跟我有啥关系?"

她理所当然地宣布:"你得送我上班啊!"

我用被子捂住脑袋,闷头闷脑地说:"妹妹,我们俩不顺路啊!"

我的举动不知怎的惹怒了她,她大力拉开被子,大声说:"哎,拿人手软,吃人嘴短!你天天吃我做的饭,开公司的车,拐个弯,送我一下,又怎么啦?!又不要你自己掏油钱!"

我瞪着她,十分后悔昨天把公司的车开回来。再说,我就吃了她一顿饭,咋就变成"天天"了呢?

她干脆把被子一拉到底,命令道:"快点儿,再晚就更堵车了!"

对她动不动就掀被子的大胆行为,我暗自庆幸,幸好还穿了个短裤,没全裸睡,不然都让她看光了。

她瞪着眼睛,上下打量我半裸的身体。

我挺胸收腹,双臂暗暗用力,好让胸口的肌肉看起来鼓些。

她憋住笑,评论道:"海绵宝宝不错!赶紧的啊!"

说完,她转身扬长而去。

我颓然泄气,鼓起来的胸大肌和背阔肌随即消失,我又恢复了圆润的身材。我无奈地看看自己的内裤,上面无数只嫩黄色的海绵宝宝在冲我挤眉弄眼。

被叶琳这么一闹,我再也睡不着了,只得悻悻然爬起来,穿上衣服,去洗手间洗漱。一推洗手间的门,居然锁上了。

我使劲儿敲门说:"哥们儿,快点儿!尿急!"

厕所里面,叶琳扬声道:"别急,十分钟。厨房里有早饭。"

过去我们三个大老爷们儿合租的时候,基本上就没锁过洗手间的门。早上起来,两个人同时在里面,一个洗脸,一个刷牙是常有的事。现在多了个女生出来,真让人有点不习惯。

我只得夹着腿走到厨房。厨房里,煮了热气腾腾的豆浆,蒸了白白胖胖的包子,煎了微微焦黄的心形鸡蛋。盘子里盛着凉拌拍黄瓜,还有一只精致的玻璃小碗里装着勾人口水的泡菜。

我眉开眼笑,屁颠屁颠地盛了碗粥,把食物端到客厅饭桌上,抓起一个包子,就着滚烫的豆浆,大口吃起来。

叶琳在洗手间说:"包子有两种口味,褶儿多的是蔬菜馅的,褶儿少的是猪肉大葱馅儿的。你给我留个蔬菜的。"

我嘴里塞满了吃食,含含糊糊答应一声,自觉地又抓起一个褶儿少的。一口咬下去,满嘴流油,清香的大葱混合着肉糜,在嘴里弥漫开来,舌头幸福得找不到北。

好久都没吃过这么正宗的早餐了。

大牛也闻着香味出来了,一屁股坐在桌边,抓起只热气腾腾的包子,大口吃起来。

我跟他说:"牛儿,昨天我把公司的车开回来了。你的车今天限行,要不要一起走?"

大牛摇摇头,说:"不用了,我上午不去公司。再找几个熟人,看能不能借到钱。"

我闭嘴了。

在我落难的时候,大牛把我当成自家兄弟,伸出援手。而他有困难的时候,我却没帮上忙。

他瞄一眼我的脸,猜到我在想啥,故作轻松地说:"兄弟,没事儿。我认识的大老板多着呢,肯定能借到。"

不说这个还好,他一说,我心里更难受了。他所说的大老板,不是甲方,就是挟天子以令诸侯的大供货商,是平时都得笑脸相迎,生怕一不小心得罪了的主儿。这样的大老板,就算是再富有,怎么可能随便借钱给他呢?!

我决定使出洪荒之力,一定要帮到他。

吃完早饭,我开着公司的车,绕着弯,把叶琳送到她公司的楼下。

今天,她又恢复了我第一次见到的白领丽人的形象。她穿了套深蓝色的西服裙,身材照例是凹凸有致,腿上就一条黑色丝袜,我看着都替她冷得慌。

我看着她两条纤长的腿说,小心得关节炎,顺手把后座上的羽绒服盖在她腿上。

"没事儿,坐车又不冷。"她顽皮地吐了下舌头,"你几点下班过来接我啊?"

我……

"今天晚上我给你们做回锅肉吧。祖传绝技,只传女不传男的哦。"

想到昨天的红烧肉,我咽了口唾沫,说:"你责任重大啊,不生儿子没事,不生女儿,这菜谱就得失传了。"

"可不是嘛!你很有可能吃的是绝版祖传菜哦!所以,晚上几点过来?"

极度拖延

"六点半!"

到了通德康来楼下,叶琳拎着大挎包,蹬着两条黑丝小细腿儿,风摆杨柳般地进了办公楼。

我坐在车里,把认识的人挨个儿筛了一遍。然后掏出手机,给张旭拨了个电话。

张旭是我在英国的同学,我俩在一间宿舍里一起住了半年。那时候,我们好得跟穿一条裤子似的,一起追女孩,一起泡图书馆找资料,一起参加派对喝得烂醉,一起深夜歪歪扭扭地在大街上引吭高歌。

他算是个小富二代,老爸是某上市公司高管,家里很有钱。跟我住了半年后,他嫌校舍条件不好,自己到外头租了大房子住。

刚回国的时候,我们还经常来往。后来我不停失业,不,是不停换工作!混得不尽如人意,就很少找他玩儿了。

他为人豪爽,借点钱应该没啥问题。

电话响了很久,他也没接电话。但几分钟前,我看见他在微信朋友圈里还发了条消息,下面定位的位置正是他家。

我挂了电话,决定直接去他家找他。

我驱车开到张旭家小区联排别墅的尽头,在白色栅栏前停下来。周围是郁郁葱葱的松树和柏树,一只肥胖得估计有脂肪肝的绿眼睛白猫,蹲在小石头雕像上,目光炯炯地盯着我。

我按响门铃,一位脸上有着两坨高原红的阿姨模样的女人出来开门。

她一见我,就说:"王大夫,您好。"

"我不是王大夫,我姓陈,是张旭的同学。张旭在家吗?"

她请我在客厅的沙发上坐下,端来一杯热茶,说:"你先喝杯茶,稍等,我去叫他。"

第八章 | 疑似传染

坐在花式复杂的欧式布艺沙发上，我环顾四周。张旭家跟两年前没啥变化：偌大的带巨型落地窗的客厅里，孤零零地放了两组沙发，沙发前是一个巨大的大理石茶几，两层楼高、看不出个所以然的长条抽象派油画下面，是一个大理石装饰的壁炉。壁炉架子上放着他们一家三口的照片。沙发边的欧式小木桌上，散乱着几本书，我随手翻看，都是有关心理学的，有《伯恩斯新情绪疗法》《拖延心理学》《终结拖延症》等。

看着这几本书，我突然有一种不祥的预感。

"蜇头，你怎么来啦？！"

我还没反应过来，就被张旭来了个熊抱。我闻到酸臭汗味和浓烈香水混合在一起的味道，这味道太魔性了，熏得我头晕。

"好久没见了，过来看看你。"我说。

张旭长胖了好多，下巴都成双成对了。想当初在英国的时候，为了吸引女孩们，我们曾经一起在健身房里挥汗如雨，还经常比谁的胸肌大。而现在，他完全就是个软绵绵的胖子，老长的头发油腻地搭在脑门上，眼睛里都是红血丝，眼泡老大，看上去比真实年龄要老十岁。

看得出来，我的到来让他还挺高兴的。

他问："怎么不先打个电话来？"

"我打了，你没接啊！我看微信里，你分享的游戏下面带着家里的地址，知道你在家呢，就直接过来了。"

他不安地看了一眼在楼梯间打扫卫生的阿姨，尴尬一笑，说："哦，嘿嘿。去我房间聊吧。"

他的房间比大牛租的三室一厅还大，干净整洁得不像人住的，除了床上有只屏幕满是划痕的破旧手机外，其他什么都没有。桌子上清洁溜溜，没有笔记本电脑，没有电话，没有小玩意儿、小摆设，甚至连一张照片都没有。让人羡慕嫉妒恨的开放式衣帽间里，只挂着几件牛仔裤和套头衫。

跟我那狗窝一样的房间相比，他这性冷淡风格的卧室才像人住的，我羡慕地说："家里有人打扫卫生，真不错啊！"

他咧嘴苦笑，说："我还羡慕你呢，一个人自由自在。不像我，天天关监狱。"

我嗤之以鼻："你这是身在福中不知福！"

他摇头说："围城！围城！你想进来，我想出去。你不知道，有个要求巨高的老爸，可不是啥好事！你想轻轻松松、安安稳稳地过一生都不成，他总得折腾你。"

听到他这话，我很是诧异。虽然我俩的成绩都烂得可以，但是他一直是雄心勃勃的。在英国读书的时候，就憋着要回国干一番大事业，经常跟我说要充分利用他爸的人脉圈和资金，做出点样子来。

今天，不知为何又出此言。

我问他："你受啥打击了？不是一直奔着福布斯榜去的吗，啥时候你开始想安稳过一生了？"

他手摸着油腻的头皮，说："反正怎么过都是一生，能享受就享受，干吗把自己搞得那么累？！就我爸那样，成天不见人影，每天工作十六小时，吃饭都在打电话，那能叫幸福吗？！他说等退休后，要找个安静的海边，吹吹海风，散散步，看看书。这种日子需要等到退休吗？现在也可以有啊！你看我，现在每天打打游戏，睡睡觉，上上网，早就实现了他的理想。"

我看着他肿大的眼泡，不时飘向床上破手机的目光和臃肿的身材，不安的感觉再次涌上来。

他现在全无斗志，混吃等死，就像几个月前的我自己。

比我强一点的是，他为自己的行为找到了一套理论根据，而且对他爸这种勤奋工作的"劳模"嗤之以鼻的理由也很充分。

我正琢磨怎么开口劝他，就听见有人敲门。

阿姨隔着门说："王大夫过来了，先生请您现在就下去。"

只见张旭从椅子上一跃而起，以与肥胖身材极不相称的速度，冲到床边，把那只破旧的手机揣进怀里。看见我惊诧的表情，他把手指头竖在嘴唇中间，做了个"嘘"的姿势，示意我不要告诉别人。

一只破手机，有啥好宝贝的？！

门外阿姨还没有走，再次敲门，说："您现在能下去吗？先生说请您快一点。"

张旭再次苦笑，说："对不住，你难得来一趟，我们应该多聊会儿的。"

我琢磨着这还没开口说正事儿借钱呢，他就要匆忙离开。看他对个我都瞧不上的破手机那么宝贝，只怕手里根本就没有可动用的资金。

我不禁问："没关系，你这是要去哪儿呢？"

他还没来得及回答，房间门被打开了，一个两鬓斑白的中年男人大步走进来，略带愠怒地说："怎么还不下去？！"

来的人正是他爸。

我站起来，叫了一声："张叔叔好！"

看见我，他有些吃惊，道："小哲？你来了？"

"我路过，顺便来看看张旭。"

"哦，好好。你还好吧？"

看得出来他其实很焦急，但还是花了点时间跟我客套。

"挺好的。"

"你哥哥也还好吧？"他问道。

我记得他就见过我哥一面，看来我哥给人的印象还挺深刻的。我说："他两年前没了。"

"啊？节哀节哀。"他皱起眉头道歉，"是意外事故？"

"他是自杀的，可能是因为心理的问题。"

极度拖延

他一惊,着意看了一眼张旭。后者低着头,正无聊地绞手玩。

"这样啊,是什么心理问题呢?"

"当时我在国外,也不是很清楚。有可能是抑郁症,行动极度拖延。当然,这只是我通过后来了解的情况猜的,不一定准确。张叔叔,不好意思,我不知道张旭和您正要出门,打扰了。"

"是张旭要出门。"他纠正我的说法,转身对张旭说,"走吧!你的行李都拿上车了。"

我再次追问:"张旭要出差吗?"

张旭看他爸爸一眼,模模糊糊地"嗯"了一声,算是回答。

我把借钱的话咽回到了肚子里,跟着他们下楼,和张旭握手告别。张旭的手绵软无力,全是冷汗。他嘴唇翕动想跟我说点什么,看看在旁边注视他的老爸,最后还是欲言又止,匆匆说声"回头联系",心不甘情不愿地上了一辆黑色的SUV。

我在车外朝他挥手,透过车窗玻璃,隐隐看见后座上还坐着两个男人。

一种奇怪的感觉在我心里升起。从见到张旭起,到上车,他都是一副不情不愿的模样。他爸也就罢了,他家阿姨跟他说话都跟管教小孩似的,这也太不正常了。

目送着SUV离开,我跟张旭爸告别,准备回办公室。

张旭爸说:"小哲,你要是没急事的话,可以留下来,我们谈谈吗?"

我点点头,跟着他进了一楼的书房,他小心翼翼地关上了房门。他的书房布置得很简单,明媚的阳光透过白色纱帘照进来,整个房间都暖烘烘。我注意到靠墙的一排书柜上,密密麻麻摆满了各式心理学的书。

灿烂的阳光下,他花白的鬓角和眼角的鱼尾纹特别明显,我发现这两年,他衰老了不少。他垂下眼帘,瘦长的手指轻扣桌面,似乎在考虑如何开口。我很有耐心地等待着。

第八章｜疑似传染

他终于开口，问道："你听说过拖延症吗？"

"当然！好像借了钱的人，在还钱的问题上，多半都会患上拖延症。"

他笑了起来，说："不，不是故意拖延。是那种完全控制不了自己的行为，对什么事情都极度拖延，这种拖延影响到了工作和人际关系，有时候甚至会影响到生存。"

我大脑里闪现出哥哥那皮包骨、瘦得跟骷髅一样的脸，以及深夜寒冬的树林里，阿平跪在满是黄叶的土地上，哭泣着变态地亲吻黑塑料袋的情景。

我把哥哥自杀前的异常表现告诉了他，说："我很懊悔，在哥哥最艰难的那段时间，没有陪在他身边，不然……"

"从你说的情况来看，你哥可能死于严重拖延，还有并发的抑郁症。"他自嘲地笑道，"我最近看了很多心理学书，也和心理医生有很多交流，都成半个医生了。张旭刚从英国回来的那段时间，很有雄心，对工作、对生活的态度都很积极，他在投行的进步也很快。但是，这种状态只保持了一年左右，后来就有点不对劲了。"

我点点头。张旭拖延症的发作时间比我晚了半年左右。

张旭爸说："当时，他负责一个投资项目的审查，需要去企业做尽职调查。他手头明明没有别的工作，却莫名其妙地拖了很久才去。去了也是心不在焉，做事浮于表面。本来只需要五天时间的工作，他愣是做了两个星期才完成。受调企业的产品有专利纠纷问题，也没有查出来。按他调查的结果，公司决定投资。资金到位之后，才发现，企业使用了别人的专利技术，主线产品名字还侵犯了一家同行的商标权！那家企业被几个原告先后告上法庭，赔了一大笔钱，最后倒闭了，公司的投资自然也打水漂了。"

他皱起眉头，表情严肃地继续说："公司给了他一个处分。我本以为他会吃一堑长一智，可是情况却越来越糟。他根本就不去上班，天天在房间里面打游戏、上网、刷微博或微信。饭不吃，觉不睡，澡不洗，房间脏乱得像垃圾场。我这才发现，他其实是这儿出了问题。"

他指指自己的脑袋。

"如果没人管他，没人强迫他吃饭、睡觉，他能把自己给饿死。我带他去看精神科，才知道，在官方心理疾病分类里面，就没有拖延症这种病。医生给的结论是，轻微抑郁症。我又专门带他飞到美国，重新做了检查，结果也差不多，说是因缺乏某种神经递质，大脑前额叶皮层不活跃导致的。"

我挑起了眉毛。一直以来，我都以为拖延就是懒，是意志力不够坚定，只要下定决心，克服万难，就能争取到快如闪电的胜利。还真的从来没想过这是一种病，即使在拖延症最严重的时候，我也没想过上医院。

"张旭前后吃了好几种药。也不能说这些药没有作用，就是吃完后，人变得特别狂躁。我们找不到其他更好的办法，只得联系了家私人医院，让他住到那里，不给他手机，不让他上网，不让他玩游戏，不让做所有造成拖延的事情，当然，也不能给他钱。专人辅助他进行行为矫正，希望能管点用。"

我现在是明白张旭为啥偷偷摸摸地把个破手机当宝贝了，同时也失望地想，借钱的事儿这下也泡汤了。

张旭爸心情沉重地叹了口气，说："只是他一个人这样，倒也罢了。可周围还有其他人也这样，这才是最可怕的。他们公司的一个司机，国庆长假后一直没上班，也联系不上，结果被发现死在自家沙发上了，手里还抱着游戏机操纵杆。拖延症，这个东西难道会传染吗？"

他的话触动了我内心深处的怀疑，想起我周围一连串的人，我哥、我、阿平、张旭、司机……

在温暖的冬日阳光里，我却如坠入冰窖，全身发冷。如果不是偶然的机会，吃了特殊的草莓，在没有外力帮助下的我，会是什么样子呢？

我打了个寒战。

从张旭家出来，我直接驱车来到赵燕所在的大学。我把车停在实验室门口的停车场，穿过一小片修剪整齐的灌木丛，拉开实验室沉重的铁门，发现自己站在两扇玻璃门前。玻璃是全磨砂的，门后影影绰绰有人影在晃动。

我拨通了赵燕的电话，告诉她我有事想见她。

她在电话里嘀咕着吐槽："怎么又到实验室来找我啊？！"

我退回到铁门外，琢磨她刚才那句话。我是在网上查到的实验室地址，第一次过来，何来的"又"？

难道除了我，还有其他试验者，也来实验室找过她？

两分钟后，她出来了，裹着大衣，缩着脖子，不是很友好地看着我，说："以后找我，不要在工作时间来！实验室是无菌环境的，我出来一趟，又要重新换衣服，换鞋子，戴帽子，戴口罩。太麻烦不说，还耽误时间！"

我只好道歉说："哦，对不起，我下次一定注意。不过，今天是有急事。"

"什么事？"

"涂在草莓上的那种药，您还有吗？我可以出钱买。对了，这个药叫什么啊？"

"大脑海马蛋白质生长促进……"看我一脸的懵圈，她说："算了，这么长你也记不住，就叫'大海'吧。这个药能增强短期记忆，合起来叫'短大海'。英语就叫'SSEA'！你不是戒了吗？戒的时候，感觉难过不？"

"还好，"我自吹自擂了一小下，"吃了草莓，做智力超人的感觉真的很让人难忘。不过，我意志坚强，一个多星期就习惯了。"

在我脑子转不动的时候，后悔得不行这种事情，我会说吗？

我摸摸下巴说："草莓虽然戒了，但是之前养成的好生活习惯，还有思维方式，多少还是留下了一些。虽然记忆力和分析力有所下降，但看问题的角度，分析问题的能力，倒是比以前进步了很多。"

她双眼闪闪发亮，惊喜地说："对啊，我怎么没想到这个！"

我把阿平和张旭的事情简短地告诉了她，当然，隐去了不宜让她知道的

部分。

"这次来找您要点 SSEA,一来是我自己碰到点难题,需要吃几天,解决问题就停药;二来想给我同学一点。我可以出钱买的。另外,赵教授,您有没有想过,如果把 SSEA 商业化,可以救下多少人?没准会推动整个人类社会的巨大进步!"

在廖经理手下工作时,拍马屁我是张嘴就来。但这次,绝对没拍她的马屁!

要是人人都跟我吃了 SSAE 一样,智商暴涨,能上九天揽月,能下五洋捉鳖,解决任何难题都跟玩儿似的,只怕人类称霸银河系也是指日可待。

赵燕微微一笑,道:"你把事情想得太简单了。我做这个药,只是想解决儿子重度拖延的问题,压根儿没考虑过商业化。不瞒你说,这些样品,是利用实验室剩的一些原材料制成的,产量很小。原材料非常昂贵,现在,我手头的存货也不多了。"

我热情洋溢地劝说道:"这么神奇的东西,要是能商业化,肯定能赚好多钱的!"

赵燕摇头道:"说起来容易。第一,想要商业化,肯定不能只靠实验室,得工业化。要建厂,或者建生产线,这些都需要大量的资金支持。第二,要大规模提供给民众,必须解决副作用的问题。第三,服用 SSEA,短期记忆不能转化为长期记忆,效果很有限。当然,如果能开发出增强长期记忆力的同类药,市场前景应该会更好些。"

她讲的这几条里面,我只关心钱的问题:"如果想扩大产量,需要多少钱呢?"

赵教授略微沉吟了一下,说:"初期可以少一点,用于购买必需的材料、简单的生产设备和租场地就可以了。研发费、人员费,加上生产设备和材料,省着用,最少得要……"

她说了个数，不算小数点后面的就有八位。

我倒抽一口冷气，我一辈子都挣不到这么多，还说只是启动资金。

真是贫穷限制了我的想象！

回想起我吃完 SSEA 后清朗的大脑，细入毫发的观察力，无所不能的思维力，如果把这些能力用于挣钱，会怎么样呢？

不行，这种高大上的事儿，我怎么也得掺和上一脚！

我说："赵教授，我去想想办法筹钱吧。"

她将信将疑地问："你，行吗？"

我把胸脯拍得山响，信誓旦旦地保证道："只要有 SSEA，没我办不到的事情！"

在我死皮赖脸地要求下，她给了我两颗 SSEA。

"每日一颗。我做了些改进，副作用比以前小些，但是不能保证对每个人都是这样，毕竟，个体的情况千差万别。你省着点用，原材料都用完了，这是我手头的最后两颗了。"

我接过一只透明小自封袋，里面有两颗白色胶囊。我小心翼翼地把它放进内衣口袋，问："你刚才说原材料特别贵，那是什么东西啊？"

她启动双唇，以极快的语速，吐出一长串化学分子式。我只听得懂几个字：碳、氢、氮啥的。

赵燕看我发懵的样子，笑道："原料控制得很严，大部分都只能在黑市上买，价格不是一般的贵。买回原料来，要提纯，去掉几个羧基……算了，说多了你也不明白，有事情随时联系吧。"

我谢过她，驾车回到公司上班。今天已经过去了一半，为保证 SSEA 充分发挥效力，我打算明天早上再吃。

第九章
激战商场

我很早就醒了，躺在床上，想到今天又能在 SSEA 的作用下，厉害得飞起来，兴奋得都躺不住。赶在叶琳之前，我先上过洗手间，然后在厨房忙活开了。

"哟，蜇头，今天怎么这么勤快啊？"叶琳站在厨房门口问。

她身上还是穿着那件米口袋，凌乱的头发散落在肩上，有种奇怪的慵懒和性感。看到她，不知为何，我的心脏漏跳了一拍。

我手忙脚乱地煎着鸡蛋，说："就许你勤快，我就不能勤快一次啊！别过来，油烟大。"

她迷迷瞪瞪地后退了一步，说："昨天半夜起来，见你屋里的灯还亮着，加班啊？怎么不多睡一会儿呢？"

"不是加班，上你们 CBD 贴吧和微信群玩了一会儿。"我把煎鸡蛋铲到盘子里，再淋上酱油。

叶琳洗漱完，坐下来跟我一起吃早饭。她一刻也不得空闲，顺手打开了电视。地方台的早间新闻中，一群群看着已经不年轻的大哥大姐们，前胸贴后背地排着长队，等着买大歌星寇士跨年演唱会的票。从他们身后地上堆着的小帐篷和睡袋来看，不少人头天晚上就来排队了。

这帮大哥大姐，还挺有激情的嘛！

第九章 | 激战商场

电视里，拐弯的长队没一会儿便散了。一个胡子拉碴的大哥在镜头前失望地抱怨说："官网上的票，不到一分钟就被抢光了！我说今天早点来现场买吧。五点多到的这儿，还是没买到，早知道就昨天晚上过来排队了。"

他身后，还有几个拖着行李箱专程从外地赶来的，也没买上票，坐在行李箱上七嘴八舌地说："我就一直在演唱会外面等，没准还能一睹巨星的身影呢。"

画面切换到那些买到票的歌迷们，一个个脸上喜气洋洋欢天喜地的。其中有个女人，涂得血红的嘴巴笑得都咧到了耳根。

叶琳捧着稀饭碗，张着嘴巴，双眼扎进屏幕，都拔不出来了。

我提醒她："哎，醒醒。哈喇子滴碗里了嗨！"

她回过神来，甩给我个大白眼。说："寇士，可是我从小的男神啊。我从小听他的歌长大的，还以为他金盆洗手了呢。"

我讥讽道："这几年，他忙着离婚、结婚、谈恋爱，都快十年没唱歌了吧？还唱得出来吗？！"

叶琳那恨不得舔屏的样子，让我很有点儿不舒服。

大牛端着稀饭喝了口，感慨道："这逆天的票价……我们累死累活干一个月，还抵不上人家一张门票。当明星真好！"

吃完早饭，大牛主动承包了洗碗的任务。我照例"拐弯"把叶琳送到CBD，今天出门早，路上车不是很多，比昨天提前了近四十分钟。

"哎，来这么早。"叶琳看看手表说，"估计我们公司都还没开门呢。"

"那我请你喝咖啡吧。"我说。

虽然离上班的时间还早，叶琳公司楼下的咖啡厅却已经有不少顾客了。我们寻了个卡座，我去柜台买了两杯咖啡。和着咖啡，我吞了一颗SSEA。

"你吃的是啥？"叶琳问，她真是个好奇宝宝。

"维生素。"我含含糊糊回答道。等着突如其来的，超大量的信息从眼睛、

舌头、鼻子和皮肤涌入。

照例,最先潮水般涌入的是各式味道,咖啡的苦涩和焦香、牛奶的香气、蛋糕里放的香草增味剂、草莓增味剂和可可增味剂,遥远角落里飘来的厕所异味,叶琳身上独有的女人香,桌上纸巾漂白剂的味道,大门转轴处的机油味,服务员走过时飘散的洗发水味,远处帅哥的头发定型喷胶味,对面一个三十多岁白领丽人的蜜桃唇膏味……

这次,脑仁并没有涨疼。潮水般涌入的信息,被高效地分类、处理好,放在适合的地方,超大量的信息瞬间泥牛入海般,消失在我的脑海中。

可以开始了!

我掏出手机,调好角度,照了张帅气的自拍照,发在微信朋友圈,配上文字"到了"。

叶琳笑眯眯地看着我,说:"看不出来,一个男人,还这么爱臭美。"

"那是必须的!像俺这种——我自盛开,蜂蝶自来的帅哥,应该多留点照片才对。"

她朝我翻了个大白眼,张嘴正欲讥讽。

"对不起,您是陈大师吗?"刚才坐在旁边的蜜桃味白领丽人,站在我们桌边,轻启朱唇问道。

我上下打量她,说:"我就是。您是?"

"我是桃谷仙子。圈里把你吹得神乎其神,你怎么这么年轻啊?!"她眼里透着明显的不信任。

"仙子,你要知道,一个人的水平和年龄无关。莫扎特三岁弹钢琴五岁作曲,扎克伯格二十岁创立'非死不可',爱因斯坦二十六岁提出狭义相对论,自古英雄出少年啊。再说,我要算得不准,你可以一分钱都不付的。"

桃谷仙子听了这话,当下就挨着叶琳坐了下来。叶琳鼓起眼睛,看看我,又看看她,十分好奇。

第九章 | 激战商场

我问:"可以开始了吗?"

她点点头,伸出了左手。我伸手握住她的手,闭上了眼睛。

信息,无数的信息,似有无数条金蛇出洞,奔涌而来。

首先进来的还是味道,唇膏的蜜桃味压倒一切,是她身上最突出的标志。而蜜桃味里,有很细微的檀木香,那味道细若游丝,很容易被忽略掉。这么个时髦的白领,居然会喜欢用我老妈最爱的檀香皂。

我深呼吸第二口气。在细微的檀木香里,还夹杂着白麝香的味道。我才反应过来,这檀香并非来自香皂,而是来自经过调制的男用香水。喜欢这种香水的男人,性格多半不喜张扬,有些闷骚。

我闭上眼睛,再次深呼吸。

檀香里,似乎还有另外一种味道,异常微弱,就像在水里游弋的蝌蚪,调皮的小尾巴一闪,转眼便消失了。我再次深呼吸,捕捉到隐隐的粉质味儿,橙花混着琥珀和热带伐木味道,那是款纯度很高的香精香水,十分昂贵,深得五十岁以上贵妇人的喜欢。

呼吸完味道,我睁开眼睛,开放所有的神经细胞,去感觉手上传来的信息。

从她洁白丰腴的手腕上传来繁杂的波束,让我全身一震。我被火烫了似的,放开了她的手腕,用怜惜的眼光看着她。

她并不知道我发现了什么,一脸你说啥我都不信的表情。

我低声道:"你这是何苦呢?"

她瞅着我,"你说什么啊?"

"跟一个不可能的人在一起,还有了他的孩子。"

她像被电击一样,瞬间呆住了。旁边的叶琳听到我的话,"哧"的一声,把咖啡喷得满桌都是。

两个女人一起张着大嘴巴,傻傻地看着我。

桃谷仙子突然崩溃流泪，用纸巾盖住脸，抽泣起来。

我无奈地和叶琳对视一眼。

"我也不想啊，大师！我爱他，我放不下这段感情……"她断断续续地说，"他，他要我把孩子生下来，他负责养，他说永远不会抛弃我们娘儿俩的。"

她双手掩面，失声痛哭。等她哭完，我伸出手，说："可以吗？我再看看。"

刚才，在无数触觉信息的冲击下，再加上极度震惊，我忽视了好多的信号。毕竟，这是我生平第一次算命，实在是没啥经验，稍微有点意外就能吓我一大跳。

她再次伸出手腕来，让我握住。几秒钟后，我放开了她的手，沉吟起来。

她擦掉眼泪，红着一双兔子眼，眼巴巴地望着我，说："大师，我的命脉走向怎么样？他会离婚吗，会娶我吗？"

我装模作样地闭上眼睛，半天都没说话，知道她等得心焦，良久才说："让我看看你的未来。嗯，不是很清晰，等等，我看到它向我飞来……"

我听到叶琳在旁边喘着粗气，知道她憋笑憋得挺辛苦。

"很多很多年之后，你住在一个小公寓里。嗯，你的脸上都是皱纹……周围没有别人，只有你。你躺在床上，好像是睡着了。不，没睡着，我看到眼球在动……"

"她的孩子呢？"叶琳焦急地问。

我摇头，"没有什么孩子，你做过产检吗？他心脏有杂音，瓣膜关闭不严，他会在你之前走掉。你等的那个人，最后也不会在你身边。因为那时候，你早已经年老色衰，他却永远都只喜欢青春的肉体。"

桃谷仙子被我的描述震惊了，脸色苍白，半响说不出话来。

我看了她一眼，幽幽地继续往下说："不过呢，这厄运也不是完全不可破。"

在两个女人的注视下，我从口袋里掏出一只黑色绒布袋，又从布袋中掏出一条蛋黄色的木头珠子穿成的手串。

那是我前年去郊区旅游，景区小女孩跟了我一路，非要卖给我的一条手串，价值三块五毛整。

桃谷仙子早被我的一席话说得如坐针毡，毛骨悚然。此刻见到佛珠，就像看到了救命稻草，伸手便抓。

我的速度更快，"嚯"地缩回了手，讪笑道："要请神，怎么也得有点诚意啊。"

"哦，对不起！我忘了。"桃谷仙子从随身背的名牌小坤包里，拿出一个信封，说，"大师，这里有五千块，不成敬意。谢谢您的教诲。"

她恭敬地双手把信封递给我，又双手接下手串，小心翼翼地戴在手上。

紧接着，她又从书包里掏出一只信封，说："我本来打算跟他一起去听寇士演唱会的，现在票用不上了。大师，您帮我处理掉吧！"

目送着她离开，叶琳吸了吸快掉到桌上的哈喇子，劈手夺过信封，往里一瞅，低声叫道："寇士的演出票，第一排贵宾座啊！"

她又打开另一只信封，兴奋地说："货真价实，五千现金，你可真行！"

我微笑着说："这算啥，我的好多本事，你都还没见识过呢。"

她白我一眼，"你咋不上天呢？！跟我说说，你是怎么知道她当第三者，还有了孩子的？你原来认识她？"

"不认识，今天才是第一次见面。不过，我只需要掐指这么一算，就全在掌握中了，啥都逃不出我的掌握。这是祖传秘诀，传男不传女的。"

她又翻个白眼，不屑地说："我才不信呢！那你给我算算，我今天会有什么状况。"

还用算吗？！那腥甜的味道，都快把我熏晕了。

我免费送她几句箴言："你需要少运动，多喝热水，最好是红糖水，再吃点蜜枣，补血！"

她的脸色由白变粉红,由粉红变成大红,连耳根都成朱红的了。

"流氓!"她骂道,甩下我,上班去了。

看着她婀娜的背影,我咧嘴"嘿嘿嘿"傻笑了一阵儿,结了账,开车来到公司的合作酒店。

酒店是我千挑万选出来的,环境优雅,交通方便,因为刚开业不久,人不多,还算清静。最关键的是,它既有经济适用的三星级客房,也有装潢华丽高大上的五星级房间,能满足不同层次的客户需求。

今天有重要的欧洲代理商客户过来。卫总亲自跟我说过,所有的安排都得是最高级别的。

这个好办,花钱到位就行。

公司打算请老外吃中饭,我特意来到酒店餐饮部,预订了酒店装修最豪华的大包间,并绞尽脑汁点好了菜。欧洲人吃饭讲究多,不吃动物内脏,觉得恶心;不吃刺多的鱼,因为他们完全不会挑刺;甚至不吃大蒜这种中国人民喜闻乐见的调味品。

我回想起以前在英国上学的时候,找遍大小超市,都找不到能拿来裹了面粉油炸的小鱼。但凡市场上卖的鱼,刺都剔得干干净净。那些老外没有用舌头剔小刺的本事。白人同学来国内旅游,但凡碰上吃鱼,吃一次,卡一次,动不动就得上医院。

我点好菜,看看时间尚早,便坐在大堂里等着客人。最近我新招了个专职司机小强,他负责把老外从机场接到酒店。看着大堂里来来往往的人,我不禁有些膨胀,像我这么一专多能,既能当行政事务部经理,又能当英语翻译的优秀人才,是不是应该要求涨涨工资了?

正琢磨呢,小强来电话了,他气急败坏地嚷嚷着:"头儿,不好了!"

"怎么啦?别急,慢慢说。"

第九章 | 激战商场

"我不是举着牌子站出口等吗？那帮老外出来，刚跟我接上头，不知道从哪儿杀出来几个女的，一拥而上，拖箱子的拖箱子，挽胳膊的挽胳膊，把他们给抢跑了。"

他喘了口气，接着说："我哪受得了这个啊！冲上去，说我是来接他们的，他们该跟我走！那几个老外听不懂中文，偏偏那帮女的英语讲得倍儿溜。我一大男人，也不好上去拉老外的胳膊，就这么眼睁睁地看着她们把老外给拖跑了！真是气死我了！"

电话里，他火冒三丈，嚷的声音不用外放都能直接听见。我把手机拿远点，脑补了一场女人们公然在机场抢老外的大戏，心里琢磨：这次接人确实有点大意了。国内的视频处理软件公司不止我们一家，外方行事又高调，对这个欧洲最有实力的代理商，大家都虎视眈眈的，有人觊觎也很正常。

我镇定地安慰他："没关系，你也别闹，悄悄儿地跟在他们后面，随时向我报告行踪。"

"好嘞，经理！"他咬牙切齿地说，"不把他们给夺回来，我的名字倒着写！"

我马上给卫总去了个电话，报告了情况。

他听完马上紧张起来，如临大敌地说："极有可能是全线视公司的人。他们占据了国内市场的半壁江山还多，市场能力和公关能力都非常强。"

"我让小强跟着他们，摸清住在哪里。回头，可以直接上老外的房间去谈，全线视的人总不能一直在门口把守着吧。"

卫总说："好！也只能如此了，有情况随时向我报告。"

我定好的包间和午餐怕是得泡汤了！

我跟酒店取消了预订，好在还没交定金，没啥损失。

小强这小子挺机灵，开启了微信的位置共享功能。我无聊看着手机上的地图，等待他们穿过机场高速拥堵路段。按我的经验，这个点儿从机场到市区至少得一个小时以上。

　　早上算命得的那五千块，相较于赵教授需要的天文数字的资金，还不够塞牙缝。想到我还想帮大牛，不禁满脑子都是两个字——挣钱！

　　小强共享的位置在香格里酒店停了下来，没一会儿，他发来短信，是老外住的房间号。我马上通知了卫总，然后走出酒店，开车向老外下榻的酒店驶去。

　　车还没进到香格里酒店的停车场，大老远就看见小强站在路边等我。我打开车窗，他火急火燎地说："陈经理，卫总和唐主任已经到了。刚才卫总给老外打电话，他们没接。现在卫总直接上楼敲门去了。"

　　卫总那人，平常多高冷啊！今天卑躬屈膝地去堵人家的门，可见为抢夺这欧洲代理商，他也真是放下面子豁出去了。

　　我锁好车门，跟着小强来到酒店大堂。大堂装修得很是豪华，挑空至少有三层楼高，天花板上垂挂着一大片土豪金的水晶吊灯，照得地上黄黑镶嵌的大理石金碧辉煌。

　　小强一路汇报道："老外开房间的时候，我就站在后面。他们刷了三天的押金。"

　　想要深入考察一家企业，就短短三天时间，哪里够呢？！在这之前，对企业已经知根知底还差不多。他们来之前，并未让我们公司准备和提交详细的资料。这回，只怕是有备而来，考察目标并非我们公司。

　　果不其然，卫总带着穿得跟圣诞树一样的唐主任和销售部的几个人，黑着脸，从电梯里出来。见到我，他说："走吧，这里已经没事了。"

　　我向销售经理投去征询的眼神，他凑到我跟前，低声道："半年前，全线视公司就已经跟他们勾搭上了。欧洲那边的董事会已经确定，要做全线视的代理。这次来，不过是补点材料而已。我们是彻底没戏了。"

　　唐主任大声说："我就说，跟代理商要早点去勾兑嘛。这事儿就是执行层面的事情，没必要上我们公司的董事会讨论。结果好嘛，董事会还舍不得让我们花出国商务谈判的钱。现在好了，连跟人家递材料的机会都没有了。"

唐主任的马后炮，让卫总的脸拉得更长了。

我见势不妙，当下安排唐主任和销售部的人坐小强的车回公司。让卫总上了我的车，我亲自开车送他。

卫总上了我的车，脸色比哪天都冷。好在我已经习惯了他那个鬼样子，根本就无所谓，该干啥干啥。

他说："我不回公司了。"

我等了半天，也没等到下句，只得开口问："好的，那卫总您去哪里？"

"你就随便开吧！"

他说是随便开，要是我真把车开到二环那个大停车场去吃废气，他的脸还不得拉长成手擀面啊！

我转动方向盘，拐了个弯，打算往西边的山里去。那边不堵车，空气清新，是个消气儿的好地方。

车里气压很低，卫总的脸色始终阴云密布。

我忍不住出言安慰道："卫总，其实没关系的。欧洲那边，代理商又不止他们一家，咱们还能在这棵歪脖树上吊死不成？"

他长叹一声，说："他们的销售网点数量，在整个欧洲占到百分之七十，剩下的市场，由一百多家代理商瓜分。差别太悬殊了，哎！"

"那，他们就不能同时代理两家吗？我们的和全线视的，可以同时做嘛。"

他摇摇头，"提过，今天他们明确拒绝了。"

得，所有的路都给堵死了。

我抠破头皮，也替他想不出什么好办法来。

对于我这么个靠死工资为生的穷鬼，公司效益不好，肯定会影响工资收入的。

我试探着说:"要不,您再让我试试?"

他拧起眉毛,一副不相信的样子,"你?"

我一不懂技术,二没做过销售,就是个管杂事儿的,前一段时间才靠着揪出廖经理这个内鬼才上到经理职位的,那眉毛拧得很有道理。

"您就死马当成活马医呗。反正让我试试,也不会有啥损失。"

"呵呵,好吧。签下这个单子,我给你百分之三提成。"

"百分之三,那是最低限了吧?"我说。

他从后视镜里看我一眼,苦笑道:"你倒是挺懂行情的。好,给你百分之五。"

"这本来就是没戏的生意啊,卫总!"我真的很需要那笔钱,"我相当于干两份工作,只占您一个工位,还少上一份五险一金。"

他皱着眉头道:"那就百分之七吧。不过你得保密,不能让销售部知道。"

我欢快地回答说:"好嘞,您就放心吧。"

他从镜子里面看着我,问:"你打算怎么办?"

我嘿嘿一乐,说:"虾有虾道,蟹有蟹道。全线视市场占有率高,不一定就是优势。"

我把卫总送回公司后,就忙活开了。我打了几个电话,又去了趟平时合作的展览公司,让他们给做了几个条幅。

香格里饭店行政套房中,巨大的落地窗前,站着一位身材高大的白种人,他正是两家公司争夺的欧洲代理商希尔德。

他居高临下,向远处眺望,心里不禁升起一阵感慨。几年没来中国,这里的变化太大了。原来低矮杂乱的四合院,以及铺着黑色油毡顶的小砖房都不见了踪影,取而代之的是鳞次栉比的办公楼,以及纵横交错的道路网。

更令他感慨的是：过去，他们把大量的欧洲产的低端品卖到中国。而如今，中国将通过他们，将更先进的产品卖到欧洲。

就在这时，希尔德身后响起了敲门声。他打开厚重的房门，门外站着一个西装革履的男人。几年未见，那男人也由一个年轻小伙子，变成了眼前这位颇有气度的中年男人。

"蔡京！"希尔德叫出了他的名字。

蔡京听到他唱歌一样的声调，笑道："好久不见，希尔德。"

多年前，蔡京还是全线视公司的一个小技术员，希尔德也还是一个小销售员。蔡京暗地里贬损了两个竞争对手，才争取到一次宝贵的去欧洲出差的机会。当时，到伦敦希斯罗机场接他的，就是希尔德。他陪着蔡京度过了整整一个月，甚至还请蔡京去他家里过了圣诞节。

当时，西方繁华的花花世界，以及在那里接触到的人，都给蔡京留下了难以磨灭的印象。

两个人当年都没料到，多年之后，希尔德成了公司副总裁，而蔡京也成了中国视频监控市场占有率最大企业的总经理。

两人热烈握手之后，蔡京说："听说今天在机场，有别的公司差点把你们给抢走了？"

希尔德笑开了花的脸上，换上了副严肃的表情，说："京，我很了解全线视。知道在中国，它是最好的公司，所以希望能代理全线视的产品。但是，并非所有人的想法都和我一样。"

说完这句话，他朝着左边快速挤了一下眼睛。

蔡京在市场上摸爬滚打多了，对希尔德的意思秒懂。

他回转身，小心翼翼地关上房门，轻声问："我看到名单上，这次和你一起来的还有公司副总汤姆·莱恩。他是什么时候任的公司副总经理，以前好像没有见过，是新空降来的吗？"

希尔德点点头,说:"公司前期接受了 C 轮融资,汤姆是资方派来的,空降到公司还不到一个月。"

蔡京立马明白了,原本两家公司已经谈定了代理合同中的所有细节,而现在对方又重新调查,重新商谈合同,就是为了过新副总这关。想到此处,他有一丝的忧虑。

希尔德颇有深意地说:"这次来中国,除了全线视,我没有跟其他任何公司联系过。"

蔡京很明白,这话的言外之意是,汤姆向国内的竞争对手透露了行程和航班时间,虽然全线视公司在机场抢人成功,但这事儿恐怕不那么简单。

希尔德的话更加重了蔡京的忧虑。不管汤姆是真的在寻找第二家合作伙伴,还只是为了给全线视施加压力,以便在谈判桌上占得先机,他都需要小心应付,不能让国内对手公司有一丝的可乘之机。他们必须严防死守,首先,得把老外在中国的三天时间都塞得满满当当的,免得再整出什么幺蛾子来。想到这儿,蔡京说:"既然汤姆先生是第一次和我们全线视公司接触,那我们就从最基本的情况介绍开始,多方位、多渠道地展示我们的实力。这三天时间,我们会安排得比较紧凑,初步包括有一个新产品发布会,参观我公司的研发中心和制造厂,再去看看国内的几个区域销售点。时间紧张,事情安排得有点多,汤姆和你会比较辛苦。"

希尔德笑了,说:"我喜欢和聪明人打交道。京,你就是那个聪明人。"

两人对过了眼神,这才打开房门,说笑着,敲响了隔壁汤姆的房门。三个人一起到楼下餐厅吃饭,一路上,蔡京主要都是在跟汤姆交流。

蔡京闲聊似的问:"汤姆先生,您以前来过中国吗?"

汤姆道:"这是我第三次来中国,我很喜欢香港和上海。"

蔡京趁机显摆说:"全线视在上海有分公司。下次您多留点时间,我请您到上海分公司去参观一下。"

第九章 | 激战商场

汤姆笑道："希望能合作成功，这样我就有更多机会去上海了。"

蔡京听汤姆口气友善，似乎对与全线视合作并无芥蒂，心下高兴，继续自夸："在中国，全线视占市场份额的百分之八十以上。目前，我们在一线城市和二线城市都建立了分支机构，下一步准备在三四线城市也都建立分支机构。"

汤姆赞许地点点头，说："很有雄心啊。中国人口众多，公司有这么多用户，是怎么进行客户管理和服务的呢？"

这个问题正中蔡京下怀。跟欧洲公司相比，全线视的技术可能不是最顶尖的，但中国用户的规模在那儿摆着呢！要论客服规模，没哪个欧洲国家的同类产品能赶得上。

于是，他打开了话匣子，滔滔不绝地介绍了公司新升级的 ERP（企业资源计划）系统，尤其是其中的客户管理功能，以及公司产品中最重要，也是最值得称道的"远程客户在线管理系统"。

汤姆津津有味地听完他冗长的自吹自擂，说："全线视建立了世界上最大的客户管理体系，让人印象深刻。更让我意外的是，大客户一次的订单会这么大。"随后，他轻飘飘地抛出个问题："那么，保证产品信息安全的初始密钥是如何管理和设定的呢？"

见汤姆问的问题相当专业，蔡京知道他来中国之前，一定做了不少功课，他认真地解释说："为方便客户管理，设备的初始密码都是一样的，用户可以自行修改密码，保证摄像机的控制权和图像信息传输的安全性。"

汤姆一双湛蓝的眼睛，无邪地看着蔡京，问道："如果大客户，一次购买几百台设备，他们一台一台地去修改初始密码的概率有多大？"

不得不说，这个问题提得相当尖锐，蔡京一下子被噎住了。

然而，就凭他在商场上和专业领域摸爬滚打这么多年。一个刚入行、完全不懂中国市场的老外，怎么可能难倒他呢？！

他笑着使出"太极推手"的功夫，说："我们只是产品供应商，负责提供

质优价廉的产品。至于客户拿到产品之后,如何使用,那是客户自己的事情,他们并不希望供货商干涉。"

汤姆客气地笑笑,并未继续追问下去。

蔡京带领两位外国人来到早已预订好的餐厅包间,尽管客人只有三位,但服务却一点也没打折。一时间,传菜的服务员、上菜的服务员、分菜的服务员、倒酒水的服务员,来来往往,川流不息。每过十来分钟,就有旗袍露到大腿根的服务员,端着一叠带金边的餐盘,殷勤地帮客人更换盘子。

几个人谈谈吃吃,一顿饭足足用了一个半小时才结束。酒足饭饱,一行人走出酒店大门,上了全线视公司安排好的商务车。

在路过酒店金碧辉煌的大堂时,他们都没注意到,大堂里一个头戴棒球帽的男人,将手机藏在花花绿绿的杂志后面,追随他们,偷拍了一路。

为彰显公司雄厚的实力,全线视公司大手笔地在三环内闹市区的高档写字楼里,买了好几层作为总部办公室。为了让外宾少走几步路,商务车司机特意把车开到了写字楼的大门口。

蔡京第一个跳下车,亲自拉开后面的车门。希尔德和汤姆一下车,发现全线视公司的总经理已经站在车门外迎接了。蔡京介绍道:"这是我们全线视公司的总经理王总,这是希尔德先生、汤姆·莱恩先生。"

王总笑容满面,热情地和二位外宾握手、寒暄,气氛十分友好。

就在此时,旁边突然扑上来个五六十岁的女人,她上身穿着一件艳红的大花珊瑚绒保暖睡衣,下穿一条黑色紧身踩脚裤,脚上是一双俗称"抱鸡母"的棕色毛边保暖棉鞋。她身材臃肿,头发蓬乱,哭哭啼啼地揪住王总笔挺的阿玛尼西服,喊道:"你还我孙子来!你还我孙子!你还我孙子!"

在这高规格、国际范儿的场合,居然被一个身穿俗艳保暖睡衣的老年妇女揪住,脱身不得,王总不禁懵了。那老女人一边哭着,一边顺手把白色的鼻涕抹在王总昂贵的深蓝色丝质领带上。

原本肃穆的商务活动场所,被老女人这一撒泼打滚的哭闹一搅和,直接变成了菜市场。两个外国人呆呆地站在一边,瞪着大眼睛看着眼前的闹剧。

还是蔡京反应敏捷,他一个箭步冲上前,用力拉开女人的手,将她推在一边,将王总从撕扯中解救了出来。

没想到那女人顺势往地上一躺,哭喊得更大声了。

"总经理打人啦!全线视公司打人啦!"

她一面嘶哑着嗓门喊叫,一面在地上打起滚来。叫喊声像磁石般吸引了"吃瓜"看热闹的群众,旁边走过路过的行人,纷纷掏出手机,录下了这"动人"的一幕。

眼见两位外国客人皱着眉头,想要上前去搀扶那女人,王总只得抢上前去,欲把女人扶起来。

那女人正在地上滚得十分来劲,见有人来扶,顿时使出千斤坠的功夫,直往地上出溜。王总手上加了把力气,才勉强把女人的上身提离了地面。

女人身上的珊瑚绒睡衣本来就吸土,在地上滚了几圈之后,就跟墩布似的,沾满了灰尘。她的脸上也是左一块灰右一块黑的,头发更加蓬乱得像鸡窝。她仍不愿起来,把全身重量都挂在了王总身上。

王总强压怒火,沉声问:"这位大婶,我根本就不认识你,你为什么要拉扯我?认错人了吧!"

那女人用袖子擦了擦脸,气呼呼地指着他鼻子质问:"你,是不是全线视公司老总?你们公司产品出了问题,是不是应该你负总责?!"

"我是总经理。如果你购买的产品出了问题,可以找公司的售后客服。你放心,如果产品有问题,我们绝不推脱,一定帮你解决!"

"客服,你是猴子派来逗我的吗?!"大妈脸上挂起嘲讽的笑,"全线视是不是装不起电话,啊?!客服的电话,我打了好几天,每天至少二十几个电话,永远占线。好不容易打通了,你猜她说啥,她居然让我把产品拿到维修点

去修。"

蔡京在一边诧异道:"产品坏了,当然是送到维修点了。这有什么问题吗?"

大妈杏眼圆睁,双目喷火,说:"我们那个小地方,哪有什么维修点!为了个破机器,让我坐火车,跑到百公里外的地方去修,还不晓得修不修得好!"

无理取闹!

蔡京道:"设备坏了,不修,还能咋办?"

女人"哇"一声,重新哭了出来,她大喊道:"我安监控设备,是为了看住保姆的。现在,那个杀千刀的保姆,把我孙子抱跑了!你们的设备坏得还真是时候,警察调图像都调不出来。你说咋办?!你说咋办?!"

她喷着唾沫,直问到蔡京的脸上。满是褶子的一张胖脸,都快碰到蔡京的鼻子了。蔡京有了刚才的教训,不敢伸手碰她一小下,只得频频后退。

那女人扭身再次抓住了王总的阿玛尼,哭喊道:"你还我孙子!你还我孙子来!今天,你要不给我找到孙子,我,我就死在你面前!"

在城市中心区,尤其是繁华商业中心旁边的写字楼,从来都不缺爱看热闹的群众。没一会儿,周围就堆起了里三层外三层、唯恐天下不乱的看客。

王总沉下脸来,说:"大娘,我的办公室就在楼上,我请你到公司去,一起商量个解决办法,好不好?"

一听这话,刚才还挂在王总身上,哭喊得梨花带雨的大妈,瞬间安静了下来,她放开阿玛尼,退了足足一尺远,防备地说:"你当我傻啊!我才不跟你上楼呢!到你们公司,你找两个人把我给狠揍一顿。那我是叫天天不应,叫地地不灵。不去,咱们就在这儿解决!"

王总不禁哭笑不得,问:"你想怎么解决?"

大妈满是皱纹的肿眼泡一挤,又开始嚎开了车轱辘话:"孙儿哎,可怜我当奶奶的，把你一把屎，一把尿，养得这么大啊。你被人骗走了，现在影子都找不到啊！都怪千杀刀的监视器坏了啊！全线视，你们生产假冒伪劣产品，可把我给害苦啦！"

王总被她扯住衣服，走也不是，留也不是，乱成一团。

女人继续嚎："全线视的总经理，你为虎作伥，害了我孙儿，你的良心就不会痛吗？！"

蔡京见两个外国客人表情各异，希尔德一脸迷糊，不知道女人和王总扭成一团，到底在干什么。而汤姆面色凝重，皱着眉头，看着悲惨哭喊的女人，不知在想什么。他赔笑道："希尔德，汤姆，看来这个女人的事一时半会儿还解决不了，我们先上楼吧。"

汤姆一边挪动脚步，一边问道："全线视打算怎么处理这个事情呢？"

"如果的确是我们的设备有问题，我们一定会竭尽全力，恢复数据，配合警方把孩子找回来。这个，您尽可放心。"蔡京说得非常诚恳，就差拍着胸脯，指天发誓了。

然而，汤姆显然对这个答案并不满意。

三人上楼后不久，王总在公司客服部的帮助下，总算金蝉脱壳，成功地摆脱了那个老年女人的纠缠，赶到了会议室。蔡京找来大楼的物业管理公司和保安公司的头儿，要求他们加派三个保安，在公司门口站岗。

会议室里，气氛尴尬。在有些古怪的氛围中，两个老外简单浏览了全线视公司准备的各项材料。汤姆直接提出希望增加关于产品质量和服务的专项报告，包括产品返修率、服务点人员和设备配备，以及故障响应时间等详细内容。

按说，汤姆提出的这个要求也算合理，尤其是在楼下发生的顾客闹事事件之后。王总一口答应下来。

按原定的日程安排，两个代理商代表将参加全线视公司的新产品发布会。

极度拖延

在蔡京的安排下,站在门口的保安对每个进入会场的人都重新核对身份,尤其是各媒体的记者。碰到有的媒体临时更换参会记者的情况,工作人员挨个给本部打电话确认后,才放人进会场。

在一阵激动人心的音乐声中,新产品发布会开始了。

主持人简单介绍了参会嘉宾后,全场的光线暗了下来。舞台中央幽蓝的光柱中,从地底缓缓升起一个圆柱体,圆柱体顶端的丝绒台布上,放着一只体积小巧的监视器。

配合其后的大屏幕上的影像,一个富有磁性的男声介绍道:

"这是迄今为止,人类历史上最智能的监视器。它不但能保障你的财产安全,还能保障你的人身安全。有了X0555新一代监视器,你可以解雇保安,解雇警卫,甚至省下照顾老人的护工。X0555可以安装在办公室、家庭和任何不希望有外人闯入的地方,一旦有外来生物闯入,不管它是人、是小猫,还是小狗,甚至是一只老鼠,X0555都能发出报警。X0555的报警可以设定为现场报警,也可以远程报警,只要你有一部智能手机,你就可以全程、全天候远距离监控。不可多得的红外摄像头,不管是阴天、黄昏还是晚上,都能保证你的安全。"

黑暗中,台下的客户和记者们发出了惊叹。

"在我们的生活中,意外事故时有发生。如果能得到及时救援,意外事故的死亡人数会大大降低。X0555引入了人工智能图像识别技术,如果你家里的老人和小孩摔倒了,几秒钟之内没有站起来,监视系统会自动发出报警。报警系统还可以直连到急救中心、社区医院,以及实施救助的任何机构。X0555可以取代护工,取代保姆,为你省下大量的费用、时间和精力,是居家、办公不可多得的好伙伴!"

银幕上,画面旋转,三百六十度无死角地展现着X0555,黑色精致的机身,幽蓝的大光通量镜头,简便的按键,以及手机控制界面。

第九章 激战商场

影片放映完毕,灯光骤亮。刚才鸦雀无声的人群,开始喧闹起来,在场的观众都兴奋地窃窃私语。

蔡京欣喜地发现,两个老外眼里也放出了兴奋的光芒。

会议主持人高声说:"刚才在台下有人问我,X0555真的有这么强大的功能吗?我们在现场安装了两台X0555,就在主席台前面。下面,我们做一个现场试验,看X0555是不是真的有这么神奇。"

他指着主席台前的位置,道:"工作人员在左右两边的墙上安装了X0555,两台设备形成了一条虚拟的警戒线。一旦有人穿越这条警戒线,X0555就会报警。有没有人毛遂自荐,来做第一个闯入者?"

台下不少观众都跃跃欲试。

"来,我们有请这位先生。对,就是你,请你上来,实验一下。"

一个又高又胖的男人站起来,拉拉西服下摆,慢吞吞地走上台去。在穿过虚拟警戒线时,喇叭里发出了尖利的报警声。

观众们热烈地鼓起掌来。

"还有哪位,愿意上来试一下?"

一个年轻男人从观众席上站起来,走到主席台前停住了。大伙儿正奇怪他为何不往前走时,他突然以百米冲刺的速度,冲过了警戒线。

喇叭马上发出了尖利的警报声。台下的观众都哄笑起来。

主持人笑道:"看来,X0555很强大啊。不管你是慢慢走,还是以闪电的速度冲,都逃不过X0555的火眼金睛!还有哪位愿意上来一试?这次可以尝试摔倒在地,看X0555能不能识别成功?好的,这位年轻女士,请你上台。"

一个干瘦的年轻女记者贴着墙边走到台上,喇叭照例发出了尖叫声。

主持人笑道:"看来贴着墙走,对X0555也完全不是问题。请技术人员把监视图像投到大屏幕上。这位女士,你可以表演一下摔倒,让我们看看测试效果。"

女记者姿势优美，缓缓跪倒在地板上，又慢慢侧躺到了地上。

全场的人都屏住呼吸，等待警报声响起。

时间一点点过去，喇叭里却静默无声。

会场里，充斥着紧张的氛围，整个大厅都鸦雀无声。

一分钟过去了，就在所有人都以为X0555出问题的时候，警报声却突然响了，同时有一个女声提示道："有人摔倒，请尽快救助！"

大家都松了一口气，会场里迸发出热烈的掌声。蔡京见两位老外代理商也在鼓掌，按捺不住地得意。

主持人笑道："刚才报警延迟，正是X0555智能化的体现。如果你蹲下去捡个东西，系个鞋带，或者做几个俯卧撑，它是不会报警的。X0555通过人工智能算法，能识别出真正的危险情况，减少误报警。X0555的这项反'狼来了'技术，还获得了国家发明专利！"

台下观众这才恍然大悟，再次情不自禁地鼓起掌来。

汤姆竖起大拇指，冲着王总大声说："Exellent（真棒）！"

王总双眼放光，希望经过产品发布会之后，两个老外能把之前大妈要死要活扭着骂的事情尽快给抛在脑后。

待热烈的掌声渐渐减弱，主持人说："我们还有一点时间，请最后一位志愿者，有谁愿意再来体验一次。"

会场上，客户们和记者们群情激奋，举起的胳膊像片小森林。

主持人指着汤姆说："这位外国朋友，请你上来！"

汤姆站起身来，大步跨到主席台上，警报却并未如期响起。

主持人诧异地看了一眼屏幕，其上的画面还是刚才女记者摔倒的位置。他想起来，摄像头的位置需要复原一下。

"请技术人员复原监视器的位置。"

后台全线视公司的技术人员操纵着手柄，控制摄像机下的云台，将摄像机

第九章 | 激战商场

位置复原。随着他手柄的转动，屏幕上的画面也变化着。当摄像头位置垂直于墙壁时，他放开了手柄。

然而，前端的摄像头并未停止转动，云台继续旋转着，经过主席台前的虚拟警戒线，继续转向人头涌动的会场内部。在摄像头扫视的过程中，后台算法检测到了多如牛毛的"入侵者"，警报尖利地响了起来。

摄像头的运动并未就此停止，其监测范围越过主席台前的一排排观众，继续向门口移动。识别算法不停地检测到有人穿越虚拟警戒线，尖利的警报声继续鸣响，越来越大，越来越刺耳。在座的众人纷纷捂上了耳朵。

在刺耳的警报声中，主持人大喊："停下，赶紧把摄像头停下。"

主席台的后侧方，负责操作的技术人员手忙脚乱，狂拉云台控制手柄，疯狂敲打着键盘。但摄像头根本不听指挥，继续不慌不忙地缓缓移动。

大颗大颗的汗水从技术员额头滴了下来，他说："控制台失灵了！"

坐在蔡京旁边的技术总监离开座位，猛力推开站在走廊上的服务员，冲到主席台后侧，高声道："切换控制矩阵！切断 X0555 电源！"

技术人员在计算机键盘上一阵狂敲之后，刺耳的警报声终于停止了。

面对两个老外征询的目光，王总脸上红一阵，白一阵，正在琢磨着如何解释时，只听主持人鼓动三寸不烂之舌，解释道："各位，刚才我们见识了 X0555 的强大威力！这也正是 X0555 最可靠的地方。只要有人闯入警戒线，它就会一直报警，直到吓跑小偷为止。"

听到主持人的解释，王总松了口气，给蔡京使了个眼色，让他把主持人的话翻译给两个老外听。

主持人继续说："刚才，我给大家介绍了 X0555 的炫酷功能。而 X0555 最实用的地方是可以进行远程无线监控。你无须拉网线，只要有一部智能手机，无论在世界哪个角落，都可以看到你要的监视图像……"

主持人用连绵不绝的赞美之词，对 X0555 的特点大肆夸赞了一番，完全没有注意身后屏幕上正在放映的图像：一位身穿红色珊瑚绒睡衣上了年纪的妇女，匆匆行走在堆满杂物的狭窄小巷中。她不时惊慌回头看身后，好像后面有可怕的怪物追赶似的。她没走多远，几个身穿白色衬衣的年轻人就追上了她，其中一个膀大腰圆的男人飞起一脚，把她踢倒在地，她躺在地上挣扎着，还没爬起来，另外几个男人一拥而上，对着羸弱的老妇人一阵拳打脚踢。

面对如此暴力的场面，会场的观众都惊呆了。有的胆小地捂住了嘴巴，防止自己惊叫出来，更有人在轻声惊呼。

全线视公司放出来的这些图像过于刺激，引起了很多人的不适。

蔡京正在给两位老外翻译主持人的话，见他们皱起了眉头，脸上露出了极度厌恶和担忧之色，不禁顺着他们的视线往台上看去。不看还好，一看之下，立马变了脸色。

银幕上的图像拉近，放大，可以清晰地看见打人的恶棍狰狞的面孔，老年妇女蓬乱的头发，流淌在地上的鲜血，以及恶棍胸前挂的工作证，上面赫然写着：全线视公司！

会议室里突然嘈杂起来。众人都懵了，不知道全视线公司为何要播放这段录像。

投影屏幕上令人糟心的图像消失了，画面切换，变成了当地电视台的节目。在墙上挂着巨大显示屏的地铁中央控制室里，一位监控人员徒劳地摇动着控制手柄，然而墙上大屏的图像却纹丝不动。记者画外音语速很快地报道道："据悉，全线视公司生产的网络监视器，由于初始密码泄露，监视器被海外黑客远程操纵，地铁工作人员失去了对监视器的控制，给地铁的安全运营带来了巨大的隐患。"

画面上，地铁监控人员无可奈何地说："这些摄像头，本来是用来监视站台和列车内部的，但是现在完全不受控制，我们也不知道，这些图像会不会泄露出去。为了保证行车安全，我们停发了二十多趟列车。"

第九章 激战商场

镜头切换到地铁站台。站台上,人山人海,万头攒动,密密麻麻的人头能叫密集恐惧症患者口吐白沫,当场晕倒。

画面切换回播音室,主播表情严肃地说:"据悉,一位在全线视公司门口要求解决产品质量问题的中老年妇女,在离开大楼后,受到全线视员工的袭击。目前,案件还在调查中。"

接下来,画面切换成刚才在会场上放映过的视频:老妇人躺在地上,被几个身着白衬衫的全线视员工群殴的血腥场面。

会议室里在座的各位这才明白,刚才看到的视频,并不是全线视公司事先安排的。然而,这些视频是如何进入会场放映系统中来的,还是一个谜。

王总和蔡京被当头的几闷棍打得晕头转向,此刻已无暇顾及欧洲代理商的想法。蔡京丢下翻译了半截的话,站起来,冲着主席台边的技术总监大喊:"关机!关投影!"

然而,视频还在继续播放着。

画面再次切换,出现了一幅在座各位都十分眼熟的场景:就在全线视公司总部写字楼的门外,一群人高举着红色横幅,横幅上大书着"全线视,还我合格产品"几个字。

那群人在一个年轻男子的带领下,举臂高呼。

"还我隐私!"

"销毁不合格产品!"

"还我安全!"

"把全线视的劣质产品驱逐出市场!"

看到这些视频,会场一下子炸开了锅,嗡嗡之声不绝于耳。老客户们忧心忡忡,媒体记者们则满脸兴奋。希尔德脸色阴沉至极,汤姆也拉长着脸,二人低头耳语几句之后,一同起身,离开了会场。

第十章
死亡阴影

我忙乎了一整天,动用了所有的脑细胞和关系,总算把全线视欧洲代理的事儿给搅黄了。

汤姆当即直接打电话给卫总,两人谈得情投意合,约好第二天,两个老外过来考察我们公司。

我陪着在这次行动中光荣负伤的群众演员温姨,从医院出来。温姨坐在我车子的后座上,手里捧着她的软组织挫伤报告,鼻子里塞着纱布,龇牙咧嘴地说:"这次要不让全线视赔钱,我就不姓温!居然把老娘打破了相!"

我万分抱歉地说:"温姨,对不起。我没想到他们会这么黑,居然跟踪袭击您。早知道,就应该找人陪您一起走。"

"小哲,这个不怪你。别看那总经理文质彬彬的,没想到是个黑心肠!你这回得好好整治整治他们,给你温姨出口恶气!"

我连忙答应了,付了她双倍的演出费,把她送上居民楼,看着她安全进了家门,这才离开。

极度闹腾、极度忙碌的一天总算过去了。我开车到CBD叶琳办公室的楼底下,掏出手机给她打了个电话。

"蚕头儿,你怎么才来啊?可急死我了!"她声音欢快,完全听不出要急死的样子。

第十章 死亡阴影

"今天事情多，又出了个小意外，多花了点时间处理。"

对着后视镜，我发现自己的嘴角莫名其妙地往上咧着，露着个二得很的傻笑。

"哦！我今天也加班呢，你上来等我吧。"

每次去通德康来，我都会不由自主地想起我哥的事儿。对于叶琳的邀请，我在心底是抗拒的。我坐在车里发了会儿呆，决定还是要直面自己的恐惧。

我刚出电梯，发现叶琳已经在电梯厅等候多时了。

"你是坐乌龟上来的吗？"

她翻我一个白眼，扭头带着我，向她的办公室走去。我跟在她身后，自然不会放过这个趁机偷看她窈窕背影的好机会。

叶琳带我七拐八拐，进了她的办公室——一间大通铺样的办公室里面，用玻璃隔出来的小房间。她的办公室纤尘不染，一排文件夹整齐地靠墙而立，桌子上放着只粉红色的鼠标腕托。

落地玻璃窗外，华灯初上，车水马龙。我忽然一阵晕眩，仿佛又回到了那年那时，在哥哥的办公室，眼睁睁地看着他在我的眼皮底下一跃而出……

叶琳从柜子里端出一套盒饭来，用手摸了下，说："还好，没全凉，赶紧吃吧。我还有半个小时就好。"

她善解人意地打开电脑，唠唠叨叨地说："吃完饭没事干，可以上上网，看看电影。网络速度超快，看超清版电影完全不卡。那边有饮水机，喝完水自己接。"

"知道了，阿姨！妈妈！奶奶！"

她鼓起眼睛，瞪我一眼，关上玻璃门出去了。

通德康来公司长期在 CBD 都租得起房子，和我那小公司相比，实力不在一个档次。我只能和司机挤在窄小的办公室里面，窗子外面不到五米就有一堵墙，根本别想有什么风景；同样是办公室主任，叶琳却好歹有自己的独立办公

极度拖延

室,窗外的景色也相当不错。

我坐在叶琳的座位上,东张西望,环顾四周。贴在墙上的一张公司人员联系表,吸引了我的注意。表上的第一个名字,似曾相识,我喃喃念叨:"总经理,范有进,范有进……"

我低下头,闭上眼睛,使劲想让活跃了一整天现在正在苟延残喘的脑细胞再次活跃起来。然而,大概白天用脑过度,早上吞下去那粒 SSEA 的药效连渣渣都不剩了。

我打开叶琳留下的盒饭,匆忙扒了两口,同时在网上搜索范有进的照片。他是个国字脸,额头有点儿秃,正是那天面试坐在中间的男人。对着屏幕上的这张脸,我突然想起来,我哥曾经跟我说到过他。我绞尽脑汁回忆,好像当时他还只是研发部经理。

这家伙,爬得也真够快的!

我刚刨了两口饭,就放下了筷子。那菜不是炒过了,就是还夹生,尤其是红烧肉里面的土豆,啃起来跟生土豆没啥差别,比叶琳做的差了十万八千里。

我极度无聊地搜索着电脑中的文件。不得不承认,叶琳对各种资料的分类管理,做得比我强多了,因此我很容易就看到了通德康来公司历年的人员联系表。我手欠地打开了文件,不出所料地看到了我哥的名字。

我呆呆看着那两个字,心莫名揪紧,就跟有人狠狠捏了一把我的心脏就跑了似的。我从书包里摸出只 U 盘,这只 U 盘为今天黑进全线视的系统立下了汗马功劳,上面有十几种木马程序。

我把人员联系表文件拷到 U 盘上,顺便运行了下 U 盘根目录下的一个程序。刚从计算机上拔下 U 盘,叶琳就风风火火地回来了,嘴里嘟囔着:"忙疯了,忙疯了!咦,你没吃多少嘛,吃饱了没?"

"饱了,我不太饿。"

她一把推开我坐的椅子,蹲下身来,翻抽屉找资料。找到资料,她发现饭盒里居然还有剩菜，就着我用过的一次性筷子，扒了几口剩饭剩菜。

她那狼吞虎咽，三天没吃饭的饿痨样，让我突然意识到，她把自己的晚餐给了我。看着她纤细妙曼的身体，在我眼皮底下勾成美妙的角度，不知为何，我有点心疼。

吃了两口饭之后，她拿着从抽屉里翻出来的几张纸，急急忙忙地出了门。

我把U盘放妥帖，坐电梯下楼，开车，到叶琳最喜欢的粥店买了她爱吃的凤爪、手抓饼和几个小凉菜。回到她的办公室，她还没回来。我继续在她的电脑上胡乱搜索一气，居然发现了一些公司的产品手册。我兴奋起来，掏出U盘，准备都给拷出来。

可惜天公不作美啊！

我还没把U盘插进去，叶琳就推开玻璃门，快步走了进来。

她叨叨着："总算搞完啦。最近加班也太多了，还不给加班费。蚕头，你等急了吧？"

我跟摸了电门似的，"嚯"地缩回手，把U盘握在掌心里，讪笑道："不急，不急。你说你，当初要死要活，非得跟我争这行政事务部经理的位置。现在成功地把加班的机会留给了自己，把休息的机会留给了我。我对你的感激，有如滔滔江水，连绵不绝啊！"

"我呸！"她说。

我慷慨地提议道："说正经的，要是你觉得这份工作太辛苦，可以考虑到我那儿去上班。"

她踢掉高跟鞋，揉着脚丫子，满脸期待地问："那，你打算给我多少钱一个月？"

我正色道："年轻人，要严格要求自己，要不断地学习成长，要有远景职业规划，更要有远大的理想！怎么能只看钱呢？"

"我的远大理想就是不费劲，都能挣好多好多的钱。你能给我多少工资？"

"咳，这个嘛……两千五？"

她瘪嘴，做了个鄙视的表情。

"三千？"

她还是那个鬼样子。

我狠了狠心："三千五！"

她不屑一顾。

"还不到我工资的三分之一。"她嬉皮笑脸地说，"要不，你来跟我干吧。工资上，保证不会亏待你。"

"我好端端的经理不当，来给你这小丫头片子当手下？我是不是脑子进水了？！哎，我就不明白了，本来是你跟我吐槽，说工作辛苦的，怎么说到最后，变成要我当你的手下了？"

她嘻嘻一笑，发现了桌上我给她买的晚饭，美滋滋地说声"谢谢"，就大快朵颐起来。吃完饭，她从文件柜里抓出一只脑袋有五个身子大的嫩黄色毛绒小熊，郑重其事地双手捧给我。

我一脸发懵地接过来，问："这是啥？"

"玩具小熊啊！"

"我知道这是玩具小熊，为什么给我这个？"

我一钢铁直男，要玩也是玩刀、玩枪、玩炮。这软绵绵、毛茸茸，长着个可笑大脑袋的玩具，只有女孩子才喜欢。

叶琳看着我，说："想想，今天是什么日子？"

我莫名其妙，"周二啊！"

我一拍自己的大腿，突然想起来，今天是我的生日。

她笑眯眯地说："生日快乐！"

我诧异地问："你怎么知道今天是我生日的？哦，对了，租房子的时候，我给你看过身份证。"

第十章 死亡阴影

她笑着点点头。

我都好几年没过生日了。我抓着那娘兮兮的小黄熊，心里涌起一阵感动。

回到家，叶琳没跟我多话。看样子，她是累得够呛。她直接侵占了洗手间，然后就回屋没了动静。

我打开计算机，远程登录了叶琳在公司的电脑，又通过她的电脑，登录了他们公司的内部网。

我没有遭遇到任何阻碍，直接进入公司服务器，找到了新药实验数据库。

灯火阑珊的首都夜晚，在离 CBD 不远的一个高档公寓里，范有进穿着浴袍，头发湿漉漉地从浴室里出来。宽大的卧室里，高档欧式雕花大床上，一个裸体女人斜躺在真丝床单上，雪白的肌肤在黄色灯光下，闪着诱人的光。

范有进眼里闪动着欲望，他坐在床沿，伸出一根指头，顺着女人滑腻的肌肤，从小腿滑到大腿，再从大腿滑动到丰满圆润的臀部。

女人被他的手指头弄得发痒，咯咯地笑出声来。

这时候，卧室里的电话响了。在这静谧的夜晚，铃声显得格外刺耳。范有进缩回手指，走到床的另一边，不顾女人的撒娇阻拦，伸手拿起了话筒。

电话里，一个男声结结巴巴地说："范，范总，不好意思，这么晚打扰您。我打您手机，您没接。请问，是您在下载公司的实验数据吗？"

范有进皱着眉头说："实验数据不是在内网上吗？！我在家里，怎么可能下载内网的东西？"

"是，是啊。我正好加班，看见系统日志里，显示您在下载实验数据。可您并没在公司，所以，我打个电话，跟您核实一下。"公司网管有点混乱地解释道。

范有进一惊，说："我记得下班的时候，关了电脑的啊！莫非是我记错了？你去我办公室看看到底是怎么回事。"

网管应道:"您稍等,别挂电话。"

范有进听见网管急促奔跑的脚步声,以及大力推门的闷响,随即那脚步声又奔了回来。

网管在电话那头气喘吁吁地说:"范总,您的办公室锁上了。"

"当然锁上了,笨蛋!"范有进急了,骂道,"你去行政事务部,拿钥匙开门啊!"

"哦,好的。"

半分钟后,电话里的网管都快要哭出来了:"行政事务部也没人。"

范有进想,那些保存了多年的秘密药物实验数据,一旦外泄,后果不堪设想。他不禁焦灼起来,说:"你,把门撞开!马上!"

网管迟疑着:"这……"

范有进吼道:"这是我的命令!你今天要不砸开门,看好我的电脑,就给我卷铺盖滚蛋!"

范总是公司老板,要砸,也是砸他自己的办公室,算不得破坏公物。网管不由得兴奋起来,说:"好嘞,您就等着瞧吧!拿什么砸呢?!对,灭火器!"

范有进听到电话那头,网管奔跑的脚步声,接踵而来的是灭火器和门把手撞击的巨大声响,网管喘粗气之声,以及门锁在重击之下金属"咔嚓"断裂的声音,最后是网管的欢呼声。

几秒钟过后,网管气喘吁吁地回来报告道:"范总,我看了,您的电脑根本没开机。"

范有进见闹出这么大的动静,结果是虚惊一场,有点哭笑不得。他松了口气,暗自决定,明天一上班,就把数据转移到安全的地方。

"那,到底是怎么回事?"范有进问。

"可能是公司内部的其他电脑,冒用了您的IP地址。让我再查查,看看通过上网端口号能不能查出来。"

第十章 死亡阴影

"好，一个小时向我汇报一次你查的结果！"

范有进挂上电话，一脑门子官司。他琢磨着，最有可能是当初的担忧应验了，那个他一直怀疑的人，在跟挖祖坟一样，下载公司多年前的药物实验数据。

这些数据必须马上转移，或者干脆直接销毁。

作为一个技术研发出身的人，一想到要销毁这些花费了巨大代价才得来的数据，范有进不禁一阵肉疼。它们记录着自己的青春，记录着一条条为实验献身的鲜活生命，更遑论投入的大量金钱了。若不得不销毁它们，实在是太可惜了。

床上的女人受了冷落，扭动着身体撒娇，半抱怨，半邀请道："亲爱的，人家等你好久了，快来嘛。"

范有进满脑子的担心，思考的都是生死存亡的大事，早把床上的女人忘到脑后了。此刻听到女人的话，反而吃了一惊，说："咦，你怎么还在这儿？今天我没心情，下次吧。"

女人自然是不甘心，她从床上爬起来，赤裸着身体，扭着腰肢，走到范有进身前，伸出白皙的双手搂住他脖子，撒娇道："不嘛，人家衣服都脱了……"

范有进一动不动，脸色阴沉，眼神冰冷地看着女人。

那锐利的眼光，让女人后背起了一层鸡皮疙瘩，她禁不住打了个冷战。刚才，卧房里充斥的横流的欲望和情色氛围已然消失无踪。

范有进的声音却很温和："听话，我今天有急事。下次再约你。"

女人像猫一样温顺地放开他，双手抱胸，走进了衣帽间。

看着女人赤裸的背影消失在厚重的柚木门后，范有进再次拨通了网管的电话："找到是谁在下载数据没有？"

"您稍等，我正在查。找到了！下载数据的电脑的网络端口号，号码段好像是行政事务部的。嗯……是新来的行政事务部经理——叶琳的电脑。没错，

就是她的。"

范有进突然有种心里悬着的石头落地的感觉,多日以来的怀疑得到了证实,果然是她。从见到她的第一眼起就产生的怀疑,终于得到了印证。

网管继续说:"刚才,我去过行政事务部了。里面黑灯瞎火的,办公室没人啊。"

"那是怎么回事?"

"叶经理的电脑可能中了木马病毒,被远程控制了。黑客通过叶经理的电脑,破解密码,登录了公司的服务器。"

"马上断网,关闭服务器!剩下的事情,由我来处理。今天的事情,不能向任何人透露,一点都不能说,明白吗?"

网管迭声答应,放下电话,直接冲进机房,拔掉了服务器的网线。

正在顺利下载的数据突然莫名其妙地断掉了。

我只得退出程序,重新远程登录叶琳的电脑,试图通过它,再次连接公司服务器。然而"PING(连接)"了无数次,发出去的消息都石沉大海,服务器跟死了似的,没有一丝反应。

我只好退而求其次,把叶琳电脑的 E 盘和 F 盘做个备份。还没下载两分钟,她的电脑也"PING"不上了。

我只得偃旗息鼓,爬上床睡觉。

第二天早上,我把最后一颗宝贵的 SSEA 吞进了肚子。我哪儿也没去,坐在办公室里,打开昨天下载的实验资料,试图在几十万条实验记录中,找出其中的蹊跷之处。

通德康来公司研发的几乎所有药物,都有长达最少六个月的实验期,而只有代号为 6S6S 的某种药物,实验进行到四个月时却戛然而止。在药物毒副作用总结一栏,是一片空白。不知是药物在实验的第四个月就停止了呢,还是因为昨天临时断网，我没把数据下载全。

我盼星星，盼月亮，在卫总门口探头探脑地侦查了数次之后，终于发现他回办公室了。我推门进去，发现我们公司，不，整栋写字楼的男神，平时以高冷范著称的卫总，竟然嘴角含笑。

我还没来得及开口，他就先问我："陈哲，你是怎么说动那两个代理商人的？"

我咧嘴一乐，说："我没有说动他们啊，我见都没见过他们。"

卫总诧异地扬起了眉毛。

这么难得的表现机会，不狠命自吹自擂一番，简直天理不容！

我举重若轻，"谦虚"地说："我只是掌握了事物发展的普遍规律，就是：长江后浪推前浪，前浪死在沙滩上！所以，我用铁一般的事实，告诉欧洲代理商，只有我们公司，才是他们最好的合作伙伴。"

卫总抿嘴笑起来，说："我大概风闻了那些铁一般的事实是什么。这么短的时间，你就策划，而且实际操作了这么多的动作，真是个人才！"

"卫总，这次闹腾过后，如果老外不能给个好的代理价格，别轻易和他们签独家协议！"

他笑道："你放心，我们的人力成本，是他们想都不敢想的。昨天，双方已经谈定了大的条款。经历过这次全线视的事，他们也无心提出苛刻的条件。陈哲，这次签下欧洲的代理商，你功不可没啊！"

"谢谢您的肯定。既然合同已经谈定，那我的酬金是不是可以发了？"

卫总看着我，说："合同一签，我马上把酬金打给你，决不食言。"

我觍着脸说："卫总，最近我家里有点事儿，急需用钱。能不能预支一部分奖金给我？合同的事情，再有什么问题，您可以随时告诉我，我一定想办法帮您搞定。这两天，相信您也看到了我的能力。其实，为搞定代理商，我还有计划 B 和计划 C。"

看卫总惊异地扬起眉毛，我遗憾地说："没想到全线视这么不经搞，搬起石头砸自己的脚，害得我的后续计划都没机会使出来。"

他想了两秒钟，便爽快地说："好，看在你为公司做了不少贡献的分上，我预支四分之三的奖金给你。但是，咱们丑话可说在前头，如果这次合同签不下来，预支的钱就慢慢从你工资里扣！"

这已经很超出我的预期了，我喜笑颜开地说："谢谢您！"

他试探着问："陈哲，你有没有想过，让自己的潜能得到更大的发挥？如果我把你调到销售部去，你觉得怎么样？"

去了销售部，可就跟大牛一样，成天在外头跑，哪还有时间调查老哥的事情啊。我磕巴都不打一个，就给拒绝了："谢谢您这么看重我。不过，我还是觉得行政事务部更适合我。"

卫总盯着我的眼睛，似乎想要确认我是不是在说真话。

我双眼一眨也不眨，坦然与他对视。

"好吧。"他略微失望地说，"合同一签下来，我就让财务部把剩余的酬金打到你账上。"

我在办公室处理完杂事，已经快到中午了。卫总说到做到，财务部已经把酬金打到了我账上。我看着账户里难得的六位数存款，有些飘飘然。

我都想好了，用这笔钱，先清空某宝购物车；然后上超市，想买什么买什么，都不带看价格的；然后，我开车去菜市场，买上十斤最好的五花肉，让叶琳做成香喷喷的红烧肉，吃不完没关系，我吃一半，扔一半……

我坐在办公室，狠狠地咽了几口唾沫，把还没在账户上焐热的存款，转了一部分给大牛，余下的一分不剩，全部直接转给了赵燕。

大牛的短信来得很快："哥们儿，谢了。回头分红，也有你的一份！"

赵燕教授收到钱，很吃了一惊，她给我打了个电话，向我保证，有了这笔资金支持，她会争取在最短的时间内完成长效药的开发。

第十章 死亡阴影

我宽慰她道:"赵教授,您不用这么着急。后续我还会搞到些钱,继续支持您的。"

她说:"那我给你写个借条!等我有钱了,就还给你。"

我笑起来,说:"大学老师的工资是什么水平,我还是知道的。还钱的事情,您就不用操心了。给您这笔钱,我没指望过能还回来。"

她越发心里不安,说:"这么多的钱……"

"赵教授,这个钱您拿去做开发,做出来的新产品,给我一点点就好。有 SSEA,我还怕赚不到钱吗?"

她说:"那是一定的,只是……"

她的犹豫,让我对她的信任陡增,我打定主意,死皮赖脸也得把钱给她。

"赵教授,这钱您要是不好意思拿,就算是我的投资吧。等以后 SSEA 什么的商业化,赚的钱,分我一点就行。"

她松了口气,笑起来,说:"一言为定!你是出资方,我算是技术入股,咱们俩五五开。"

挂上电话,我翻开当年的通德康来公司的人员联系表,找到技术部门那一栏,和现在公司的技术部人员对比了一下。好嘛,才短短两年多,整个部门大换血,有十来个老员工离开了公司,两个升官,只有三个人还在原部门。

不知道那些走掉的员工,是自己辞职,还是被炒了鱿鱼。

走掉这么多人,技术研发工作还能继续得下去吗?

技术部的人事大震荡,跟我哥的自杀有没有关系?

……

无数的谜团在我心里升起。我得寻根究底,查它个水落石出,而最好的突破口就是那些走掉的员工。我照着旧联系表,开始挨个拨走掉员工的手机号。

第一个人的手机已经停机,我在他名字上做了个记号,接着拨打第二个人的电话。

电话响了很久,一个女人接了电话,说:"喂。"

我赶紧看一眼联系表,王俊杰,看名字应该是个男人啊。

"您好,请问您是王俊杰吗?"

女人不耐烦地说:"打错了!这个号码我都用一年多了!"

挂了电话,我陷入了沉思。

辞职伴随着失联,到底是为什么?

第三个电话,是个男人接的。

我心里一喜,说:"您好,请问您是韩图吗?"

电话那头沉默很久,才说:"你是谁啊?找韩图什么事情?"

听这意思,接电话的并不是韩图本人。

"我,我是他以前的合作伙伴,参加过他的实验。"我翻着眼睛寻思,总不能一上来就问韩图为啥不在通德康来干了吧,"我……我出国了一段时间,刚回来,想见见他。"

电话那头又没声音了,我疑惑地看看手机,计时器还在走啊。

"他已经去世一年多了。"

"啊?!"我很震惊,"请问,他是怎么去世的?是意外,还是生病啊?"

"自杀!"对方吐出两个字,不愿多谈,便匆匆挂断了电话。

我呆若木鸡地举着手机,如坠冰窟。不祥的预感如乌云般遮天蔽日,将我淹没了。我手指颤抖,拨通了下一个人的电话。

一个苍老的男人声音,慢吞吞地说:"喂?"

我看了一眼名单,说:"请问陆新波在吗?"

电话那头说:"我是他父亲,请问您是……?"

"我是他的同学。"

"小波已经不在了,我是他父亲,你有什么事情吗?"

"不在了?叔叔您是说?"

第十章 死亡阴影

"小波生病去世了,我和他妈妈一直舍不得注销电话,你贵姓啊?"

"我姓陈。陆叔叔,以前上学的时候,小波一直挺帮我的。"我生怕他挂电话,情急之下,说起谎来草稿都不用打,倍儿溜,"真没想到,他就这么没了,我很难过。您和伯母住在什么地方,我去看看您们吧。"

陆新波父母住在一栋老居民楼里,楼里没有电梯,走道里年久失修,墙皮都已经脱落了。我拎着一篮水果,呼哧带喘地爬上六楼。

陆新波爸妈热情地把我让进屋,请我在沙发上坐定。沙发后的墙上挂着张全家福,一个咧嘴大笑的年轻小伙子,左手搂着叔叔,右手搂着阿姨,目光清亮地看着镜头,这大概就是陆新波了。

"叔叔、阿姨,我是小波高中同学。前一段时间出国读书,刚回来。说来看看小波,没想到……"

陆新波妈把一杯热茶放在我面前,听到我的话,红了眼睛,背过脸去,偷偷用手抹了把眼泪。

他爸嗔怪地说:"人家小波的同学好不容易上家里来一趟。好好儿的,老婆子,你哭啥呢?!"

"没事的,叔叔。"我安慰道,"阿姨是想小波了。我一直在国外上学,这两年也没跟小波联系。他一直身体挺好的啊,怎么突然说没就没了呢?"

"哎,这件事情,我们也一直都觉得很蹊跷。小波大学毕业,进了一家生物科技公司,公司是研究新药的,也算是专业对口。开始他主要负责药品试验,就是找各种类型的人,让他们吃新研发的药,然后查血啊什么的,记录下他们对药物的反应。当时好像试验的是治疗多动症、精神分裂的药,也不知道效果怎么样。我们也不太懂,大概半年以后,小波说是项目停了。"

阿姨插嘴道:"项目停就停了吧,做研发,哪能回回成功啊!只是小波有点郁闷,经常在家待着,不上班。"

我算了一下,那个时间,正好是我回国前的几个月。

他爸接着说："后来他们实验组的组长，也是技术部的副经理，叫房什么？"

阿姨接口道："房华，人家还来过家里几次。你忘了？"

"对，房华。"叔叔接着说，"过了几个礼拜，房华来家里看小波，说是公司准备最后调查一次参加实验的人的情况，组里缺人。小波就去了，那段时间天天在外面跑，我们以为他工作又有起色了，你阿姨和我还挺高兴。就在那段时间，小波开始失眠，经常半夜起来到厨房找东西吃。我们想着，可能他是白天东跑西颠的，容易饿。后来发现，他越来越胖，慢慢地，他晚上不睡觉，白天也不出去上班，天天在自己房间里面上网，只有吃饭的时候，才能看见他。"

阿姨在旁边又偷偷抹了下眼泪。

"有天吃晚饭的时候，叫了他好几次，他都不出来。我们推门进去，发现他晕倒在地上了。赶紧叫了救护车送医院，结果没有抢救过来，人就这么走了。医生说，是过劳引起的心肌炎。我就不明白了，他什么事情都没做，连班都不上，怎么会过劳？！"

在叔叔压抑的长叹声和阿姨的抽泣声中，我沉默了。

两年前，我哥像是老了几十岁，只怕体内的器官也离衰竭不远了吧。

良久，我才问："您说，当时有个姓房的副经理来看过小波，您那里有他的联系方式吗？"

叔叔摇头，说："没有。"

线索到此又断了。

阿姨从里屋抱出一叠笔记本来，说："这是小波当时的工作笔记，我们也看不懂。里面可能有房经理的联系方式，你可以找找看。"

我翻了翻笔记本，上面工工整整地记录着详细的实验过程，其间有紧急联络人的电话和地址，电话号码前只有一个"房"字，我猜那就是房华的电话。

我掏出手机，把主要资料拍了照片。

第十章 | 死亡阴影

从陆新波家里告辞出来，我上了自己的车，坐在驾驶座上，直接拨打了标记着"房"的电话号码。电话里传来自动提示音："您所拨打的电话，不在服务区。"

房华电话的这条线索又断了，不过好在还有个地址，我决定去那个地址看看，于是开车上了环路。

城市密集的高楼渐渐消失，道路两侧的树木越来越多。我上了高速公路，一直朝北前进，把一马平川的田野甩在了身后，前方是连绵的山丘。在高速公路上狂奔三个小时后，我拐下了高速公路，夹在一堆大货车间，开进了县城。县城不是很大，我很容易就找到了县医院。接着，我跟着手机导航的指引，转到了县医院崭新的门诊大楼后面。

在那里，有一栋老旧的红砖小楼。估计在修了新门诊楼之后，几乎无人再使用这栋老门诊楼了。楼前杂草丛生，斑驳的墙面爬满了枯藤，有些窗户连玻璃都没有，临时用塑料布勉强遮挡一下。阴森森的寒风刮过，卷起地上的枯叶，塑料薄膜在风中颤抖着，发出瘆人的呜咽。

我的到来，惊到了楼旁一棵大树上的乌鸦，它扑腾着翅膀飞起来，在天上一边绕圈盘旋，一边凄厉地惨叫。

我推开斑驳的木门，进入幽暗的走廊，走廊两侧的房门都紧闭着，看不到一个人影。走廊的尽头，往上的楼梯被一块深绿色、锈迹斑斑的铁板封了起来。而向下的楼梯则黑漆漆的，不知通到什么地方。

陆新波笔记本上的地址，怎么会是这个没人的鬼地方？！

既来之，则探之。

我走到走廊尽头，在黑暗中掏出手机，打开手机上的电筒，深一脚浅一脚地顺着楼梯往下走，来到了地下室。在这里，明显感觉到空气十分潮湿，一股腐烂的泥土味扑鼻而来，夹杂在这泥土味道里面的，有一种腐臭，又有丝丝的甜腥味。

地下一层没有打隔断，只有两排柱子。小礼堂那么大的一个房间里空空荡荡的，里头七零八落地摆着沾满灰尘的桌椅、废弃的医疗器械，以及几个缺胳膊少腿的人体模型。那些模型真是姿态各异：有的开肠破肚露出了心肝肺，有的半个脑壳不翼而飞露出白花花的脑髓，还有一只没了脸皮只剩乌红色的面部肌肉，用仅有的一颗布满红血丝的眼球狰狞地看着我。

我头发根都竖起来了。

我只想转身，拔腿就跑，远远离开这个阴森森的鬼地方。

只是这一跑，只怕追查的线索会就此断掉。

我只得硬着头皮，举着手机电筒，顺着楼梯，继续往下走，来到地下二层。在昏暗的日光灯下，我被眼前的景象惊掉了下巴：两排活动床靠墙放置，有几张床上躺着身材各异的尸体，有的上面盖着医院的白尸布，有的什么都没盖，露出灰白僵硬的脸。

那种甜丝丝的恶臭，夹杂着福尔马林的怪味，扑面而来，把我几乎熏了个跟斗。

"有人吗？"我喊道，嗓门颤抖得都有点劈叉了。

我的声音在空旷的屋子里回响着，我"欣喜"地发现，满屋子的尸体没一个回答我的。

我往前走了几步，站在两具尸体间，试图就着鬼闪鬼闪的日光灯，看清远处的黑影。

"管理员！管理员在吗？"我叫道。

还是没有人回答。空荡荡的地下室里，只有逼人的寒气。

我压抑住狂奔逃跑的欲望，竭力避免去看眼皮底下躺着的两具尸体，避免看他们僵硬的姿势、发灰的脸，以及比松树皮还深的皱纹。

光是路上就花了三个多小时，好不容易来一趟，找不到那个叫房华的家伙，我实在是心有不甘。

第十章 | 死亡阴影

我掏出手机,准备再看看地图上的位置。却发现,手机不但收不到卫星定位的信号,连信号强度的竖条图标也是一片空白。就在我低头看手机的时候,余光瞥见左边那具尸体居然睁着眼珠,在盯着我看。

这算是死不瞑目吗?!

我心惊胆战,厌恶而又好奇地仔细看那张死人的脸。那是个中年男人,眼角满是皱纹。奇怪的是,他苍白的皮肤下,竟似有些红润之色,嘴唇居然还带着点粉红。

这太不科学了,太不合理了,他可是个死人啊!

我站在昏暗的地下室里,心里说了一百遍:快跑,快跑!别管什么房华了,再待下去,不是被臭味熏死,就是被诈尸吓死。

然而,好奇害死猫!

我不但没跑,反而举起手机,打开电筒,弯下腰,凑了过去,仔细研究起那张死人脸来。

那张满是皱纹的中年人脸上,真的有红润的颜色。

这殡仪馆的化妆水平令人惊叹啊,做出来的眼睛能睁着,栩栩如生,连胭脂都涂得这么逼真!

我不知中了什么邪,可能是福尔马林气体分子侵蚀了脑细胞,我居然鬼使神差地伸手,想把那坨红给搓下来。

手指头刚接触到死人的脸,他的眼睛突然眨了一下。

"妈呀!"

我狂嚎一声,把手机一扔,踉跄后退。

后面的停尸床被我猛地一撞,吃不住劲,"咣当"一声,倾倒在地。

我双手在空中挥舞着瞎抓了几把空气,也没能稳住重心,仰面朝天地倒在了停尸床上,脑袋正好磕在尸体干瘦腐臭的大腿上。

在这危急时刻,我压根儿没注意到身下垫背的尸体,而是肝胆俱裂地看着前方。那具古怪至极、红着脸蛋儿、睁眼平躺的尸体，居然缓缓从床上坐了起来，伸出长腿，轻飘飘地跨了两步，站到我跟前。

他居高临下地看着我，阴恻恻地说："你怎么下来的？"

他的脸藏在惨白日光灯的阴影里，一双满是灰尘的黑布鞋上，星星点点都是棕色的污渍。

我咬着手指，声音嘶哑，战战兢兢地问："你，你，你，是人是鬼？"

"废话！"他说，"你怎么到下面来的？不知道医院有规定，只能在上面交接吗？！"

不是诈尸！

我大口喘气，一颗跳到嗓子眼的心，总算落回了胸腔。我撑着地爬起来，壮着胆子回答："我当然是走楼梯下来的啊。我是来找人的，你是房华吗？"

那男人在昏暗的灯光下，眯起眼睛上下打量我，说："这儿没有叫房华的，你找错地方了，赶紧走吧！"

我自然不会善罢甘休："可是别人给我的地址，就是这儿啊！那个，你贵姓啊？"

"我姓周！"他瞪起小眼睛，不耐烦了，"跟你说了，这儿活着的人没有叫房华的，死了的人也没有叫房华的！"

我满脸黑线，内心几乎是崩溃的。合着我忙乎半天，追查的是条假线索。

就在此时，"丁零零"，放在旁边一个小不锈钢台子上的固定电话，诈尸般地响了起来。在这满是尸体的房间里，这突兀的声音瘆人得很。

姓周的去接了电话，说了几句，最后道："我马上上去。"

他放下电话，扭头瞧着我，说："这地方阴气重，不干净，别传染点什么怪病。走吧，我带你上去，你不知道这儿有电梯吗？"

他带我走到房间的另一头，按下了墙上的按钮。货梯门吱吱嘎嘎地打开了，电梯的空间很大，至少能并列停下两具尸体。

第十章 死亡阴影

进了电梯,他抱怨道:"我好容易刚眯着,你就在那儿大呼小叫的,把我给吵醒不说,还撞倒一台停尸床!回头,我得赶紧拖上去摆好。要是让家属看见,又得闹个没完,说医院不尊重死人了!"

回到地面,楼外还是那副要死不活的萧条景象,但是我却一厢情愿地觉得这儿阳光明媚,空气清新,生机勃勃,连乌鸦的叫声都是那么的动听。

医院的男护工推着盖了白布的轮床,已经等在门口了,后面跟着几个眼睛红红的家属。男护工把一个本子递给老周,说:"应该是今天最后一个了。"

老周熟练地签完字,把本子还给护工,推着停尸床转了个身,把床头对准电梯门。他对几个想跟来的家属说:"止步吧,下面的地方,闲人不得入内了!"

一个眼睛红得像桃子的女人,"哇"的一声哭出来,死死抓住床栏杆,哀求说:"让我们再陪陪他吧。"

我不忍心再看下去,走到一边,想着中午给房华的电话没打通,我再打个电话试试。这次很幸运,没有"不在服务区"的提示音,手机铃声有规律地响起来了。就在这时,老周裤袋里的手机居然也大声唱起了歌——你是我的小呀小苹果!

他从裤兜里掏出手机,看了一眼,直接挂掉了电话。而我的手机由有规律的"嘟嘟"声,变成了忙音。

我斜眼看着老周,不,房华!

这只老狐狸,终于被我揪住了大尾巴!

他仿佛明白了什么,也斜眼看着我,那目光有些阴冷,他问:"你打的电话?"

旁边的男护工插嘴道:"老周,你那电话永远不在服务区,只有上地面来才打得通。你倒是省话费了。"

房华笑笑,那双眼睛却仍然寒冷如冰,他对我说:"跟我到底下说吧。"

为什么他不承认自己就是房华?

为什么要找个陪伴死人的鬼工作?

为什么在满屋尸体、阴森恐怖的太平间里,他却甘之如饴?

无数的念头在我大脑里盘旋,我有无数的问题想要问他。但我还是闭紧了嘴巴,一声不吭,跟在他身后,上了电梯。老式电梯"咣当咣当"响着,再次把我们带回地下。

"你先请吧。"他示意我先出电梯。

我也不跟他客气,迈腿先出了电梯。他推着不锈钢停尸床,走在后面。

就在电梯门"咣当"关上的一刹那,我听到停尸床的四只轮子发出整齐的尖叫。紧接着,腰部一阵钻心的剧痛,我被强大的力量撞飞了出去,以标准的狗刨屎姿势,摔倒在冰冷的水泥地面上。更倒霉的是,脑袋正好撞在不锈钢柜子坚硬的棱角上。

一股黏黏糊糊、带腥味儿的液体流了下来。

我莫名其妙,头昏眼花,脑袋都快要裂开了。我痛苦地大声呻吟着,一声都还没哼唧完,我就自动闭嘴了,因为有只冰冷的、尖锐的铁家伙抵在了我的喉咙上。

我睁开被血液糊住的眼睛,只看见铁家伙尖角后面还有个倒弯钩子,它黑得发亮,散发着烧焦的臭肉味,那就是死亡的气息。

房华双眼发出凶光,喉头"嚯嚯"作响,紧握铁钩的手,由于肌肉紧张而微微颤抖。我虚弱地躺在他面前,就像饿狼利爪下无力反抗的小羔羊。

他咬牙恨恨地说:"我就知道,你们不会放过我的!今天不是你死,就是我活!"

我的脑袋剧痛,意识在一点一点流失,我感到生命的活力也一点点离我而去。

我极力抗拒着席卷而来的倦意,咕哝道:"想不到我陈哲,居然,莫名其妙,死在个臭烘烘的太平间……"

第十一章
真情假意

我慢慢从沉睡中苏醒，睁开眼睛，发现自己躺在一张冰凉的停尸床上，不锈钢床板硌得我头疼。

在离我顶多五十厘米的地方，是另外一张停尸床，上面躺着个年轻女人的尸体。她被剃光了头发，锃亮的圆脑袋在日光灯下闪着幽光，乌黑的嘴唇微张，仿佛在惊叹着什么，她的面色白得跟石灰一样，毫无生气。

一个声音冷冰冰地说："乳腺癌，为了臭美，不肯割掉乳房，贻误了最好的治疗机会。等想起来做手术的时候，癌症已经转移了。"

我费力地转过脑袋，看着坐在屋子那头的房华。他像只僵硬的雕塑，手里燃烧的香烟发出一明一暗的红光，给这幽暗的、阴森森的太平间带来了点生气。

一阵剧痛从头部传来，我从毯子下伸出手，轻轻摸了下头上的纱布，骂道："他妈的，房华，你下手还真狠！"

我叫出他的真名，他并未反驳，而是狠狠地吸了口烟，问："陈宽是你什么人？"

我梗着脖子说："是老子的哥哥，怎么着！"

"你家南方的吧？南方人'存''陈'不分。你爸妈可真行，两个儿子，一个叫'存款'，一个叫'存折'。再来一个，该叫'存钱'了吧。"

我没理他的茬，反问道："小波他们几个，都是你杀的吧？"

"你说啥？！"

他狠狠地摁灭了烟头，走过来，杀气腾腾地看着我。他那副穷凶极恶的样子，就像饿狼看着肉鸡，恨不得扑过来，把我撕碎了吃掉。

头部的剧痛，让我控制不住地愤怒。

从小到大，我还没被人开过瓢呢！我也恶狠狠地挑衅地看着他。我们对视着，目光交战，谁也不肯后退半步。

最后，他垂下了眼帘，说："你个小崽子，你懂个屁！"

"今天上午，我去陆新波家，见了他父母。白发人送黑发人，唯一的孩子没了，就剩两个老人，孤独地相依为命，凄凉得很。"我有些哽咽。

"你哥让你去看他们的？"

我跟个炸药桶一样，被他这句话点着了："你能说人话吗？！对，我哥托梦给我，让我去看他们的！"

他猛地转过脸来，声音里全是诧异："等等，你哥……？"

我也诧异了："他两年前自杀了，你不知道？！"

他沉默了。

看来他是真不知道。

对着他，我一股脑抛出了在心里纠缠多日的问题："能不能告诉我，当年你们的测试组，测的到底是什么？为什么参加项目的人都出事了？为什么项目进行到一半就停了？当时测试组的人，都去哪儿了？是自个儿辞职，还是被炒鱿鱼了？我哥的死，是不是跟这个测试有关？"

他扔掉烟屁股，又点着一根烟，狠吸了几口，说："你知道，公司一直致力于研究精神类药物。"

"治神经病的？"

他懒得纠正我的外行说法，继续道："精神病的种类很多，有精神分裂症、

第十一章 | 真情假意

偏执型精神障碍、情感障碍、人格障碍等。技术部开发了一种新药，能减少脑细胞间的传递介质，减少异常放电，从而有效降低精神分裂的狂躁症状。新药在实验小鼠身上取得了很好的效果，原来狂躁的小白鼠，变得温和有礼，打架斗殴的情况基本上没有了，生活也规律了。然后，我们找来一批被试者，开始在人身上做测试。"

我插嘴问："就这么随随便便拿人做实验，不需要有关部门批准吗？"

"按道理，应该在主管部门批准同意后才行。但为了加快研究进度，我们先进行了小规模的试验。在选择参加测试者的时候，我们很注意样本的分布，有上中学的小孩子，十六岁以下的比较难找，只有一个；十八岁以上，二十多岁的年轻人好找，多半都是在校学生，无知无畏。有人想挣点快钱买苹果手机，有人想挣钱泡妞，所以这个年龄段的人相对多些；三十岁以上的多半是要养家糊口，生活压力大的人。"

我很好奇："参加测试的，能挣很多钱吗？"

他摇摇头："其实也不算多，但是人一穷，就不管那么多了。为了挣那点钱，还有谎报自己有狂躁症的。药发下去，最开始是每天三次取血液样本，再往后，每天一次。我们小组一共六个人，集中测试结束之后，我们负责联系受试者做检查，有时候受试者来不了公司，我们还得出现场。那段时间，大家都很有干劲，尽管工作挺辛苦，也没人抱怨。"

他猛吸了两口烟，接着说："药物效果不错，第一个月，狂躁症状显著减少，不少受试者都能睡到六七个小时了。第二个月，情况也还是不错，大部分人的体质都变好了。"

他对已经过去了几年的测试还记得清清楚楚，我打断他问道："当时，我哥和范有进也是测试组的吗？"

房华摇摇头，说："我是测试小组的组长。范有进是部门经理，你哥是主管技术部的副总经理，他们两个并不直接参与测试组的工作。"

他继续讲道:"前期测试很顺利,我们都有些大意。所以,第三个月开始出现问题的时候,谁也没重视。第二个月,大概有百分之八十多的参试者都是回公司做体检的。第三个月,比例一下子掉到不足百分之三十。我们小组出外场的次数猛增,大家有时候一个星期都碰不了一次面。到月底一统计,我发现有十几个人的数据都没采集上来,给这些人打电话,有的参加测试的不接电话,有的说没收到酬金。我很奇怪,因为酬金都应该是按时发放的。问负责这些参加测试者的组员,他们也支支吾吾答不上来。其实他们的状态已经不太对劲了,但是我忙晕了,根本没发现。"

"后来呢?"

"后来又有几个人打电话来投诉,说没有按时付酬金。我把负责他们的两个组员,就是韩图和王俊杰,叫到办公室来,才发现不对劲:两个原本朝气蓬勃的小伙子,跟吸了大烟一样,萎靡得很,吊着个黑眼圈,说话也前言不搭后语,布置给他们的工作基本都没干。"

听到这里,我隐隐预感到他要说什么。他描述的种种症状,我自己有过亲身经历,在阿平、我哥和张旭身上,都无一例外地表现得很明显。

"我当时就批评了他们,威胁他们,不好好干就炒他们鱿鱼!再后来,几个跑外场的人都同时发现了情况有点不对劲:那些参加测试的学生,逃学打游戏,连续泡网吧,还有成天睡觉的。最糟糕的一个,连续七八天泡在网吧打游戏,最后猝死了。年纪稍微大点的成年人,则经常丢三落四,无法集中精神,工作中错误百出。有一个当妈妈的,带娃出去玩,玩完回家,娃丢了都没发现。"

我脸色阴沉,心想这大概就是极度拖延症蔓延的开始。

"我和陆新波一合计,觉得事情很严重,马上就报告给了当时的部门经理范有进。但是他却轻描淡写地说,这可能只是个巧合而已,公司为开发新药投入了巨资,只允许成功,不允许失败,要求我们继续测试下去。"

他闷头又抽了口烟,缓缓道:"事情越来越严重,参加测试的一个大学生陷入了拖延的深渊,期末考试所有科目全部挂科,跟同宿舍的同学吵架打架,女朋友也跟他分手了,人际关系极度失衡。学校辅导员找他谈话,建议他自动退学。然后,他爬到学校最高的教学楼上,从天台上跳了下去。"

房华抬起头来,瞄了我一眼。我知道,他准是想起了我哥。

"我们测试组的人一致觉得,这些绝不是偶然事件,跟药物有很大关系。然而,范有进死扛着,说大学生跳楼年年都有,没啥稀奇。其实他就是抠门,生怕药物研发的经费打水漂了。部门经理不作为,我们这些具体操作的,可担不起这个责任。我和陆新波一起去找了你哥,他带着我们,一起去跟总经理汇报了这事儿。你哥和总经理都很重视这件事,总经理当即拍板,说不管公司投了多少钱,如果药物出现严重副作用,就应该马上停止测试,终止药物研发和上市进程,将之永久封存。"

总经理都发话了,事儿应该就算结束了。但是后面还出了这么多幺蛾子,显然事情没那么简单。

房华的声音低了下去,他陷入了回忆中:"为进一步了解情况,你哥还和我们一起去看望了几个受试者。有副总一起出外场,我们都很兴奋。我还记得,那是一个夏天的下午,我们一起去一个测试者的家,他和老婆都下岗了,又刚生了双胞胎,家里缺钱得很。我们敲门,没人答应。邻居说,好几天都没见过他家的人了,打电话也没人接。走廊里一股咸鱼臭味,我们站在门口,商量着怎么办。正好房东过来了,说他家拖欠房租好久了。房东拿出备用钥匙,开了门进去。"

他的声音越来越低,几乎都快听不见了:"他们一家四口,全死在了屋内,两个大人躺在床上,手里抓着手机,双胞胎婴儿趴在地上,饿得皮包骨头,嘴里还塞着半截塑料玩具,身上满是蛆虫,房间里的味道太可怕了。"

我脑补着那画面,不禁打了个寒战。

极度拖延

我追问道:"如果是因为药物造成的极度拖延,男的玩手机,啥事都不做还可以理解,为啥那女的也死了呢?"

"问得好!当时,我们也百思不得其解,甚至觉得,可能有别的死亡原因。后来发生的事情,让我们有理由相信,这种极度拖延的症状是会传染的。你哥跟我们去外场的第二天,公司正式决定停止药物测试,测试小组解散。这个决定在董事会受到了少部分人的反对。测试组解散之后,大家都有点无所事事。王俊杰跟测试者接触得最多,他上班整天哈欠连天,表情呆滞,哪怕是给饮水机换水这样的小事,也能拖上半天。有一天我突然发现,他和一些参加测试的人越来越像——头发蓬乱,脸上枯瘦惨白,最可怕的是眼睛,跟一潭死水一样,完全看不到任何生气。"

我想起了我哥那皮包骨头的脸,再次打了个寒战。

"他拖延到连工资都懒得去领,简直跟吃了药的受试者一模一样。范经理对此很生气,公司不能白养闲人啊,就把他给炒鱿鱼了。接下来,韩图也开始经常旷工,然后是陆新波,他们两个也很快被炒鱿鱼了。然后,我自己也开始了极度拖延,每天都失眠,累得要死,却还是睁着眼躺在床上到天亮。白天就是具行尸走肉,对什么事情都毫无兴趣。我当时有个女朋友,更可怕的是,我发现她也开始变得跟我一样了。"

他的脸隐藏在黑暗中,看不见表情。但说到他女朋友时,声音却温柔起来。

"我是主动辞职的。我很清楚,如果不做任何改变,有一天,我极有可能和我爱的人,甚至我的家人,一起莫名其妙地死在某个地方。我必须采取行动,保护我爱的人,保护我的家人。我和女朋友分手,离开了家,换了名字,找到这个基本不用和人打交道的工作。我自己找了各种药物来吃,尽最大可能按照治疗拖延症的行为矫正原理,对自己的行为进行管理。大概感染得不算严重,我现在基本能算正常人了。"

他长出一口气，说："好了，我的故事讲完了。你跟我待的时间越长，就越有可能被我传染。现在，你可以滚蛋了。"

我又不是来听故事玩儿的，肯定不能就此罢手走开啊！

"等等，我还有好多问题呢。那个药物的资料，你手头还有吗？"

"没有。当时，公司把这个列为最高机密，命令所有的参与人员，都必须上缴相关材料，个人不得保存。要是材料流入社会，被别有用心的人利用，后果不堪设想。"

"当时，你们把材料交给谁了呢？"我问。

"当然是交给部门经理范有进了。"

我念念不忘追问老哥的情况："那，在你离开公司的时候，我哥有被传染的迹象吗？"

房华闷头想了一阵，说："印象里，他应该是没有拖延的迹象。他一直非常小心，避免把自己暴露在病源环境。按我的观察，患极度拖延症的人，可能因为拖延症发作被饿死、渴死、累死，甚至不上厕所憋死，但是他们不会自杀！因为即使他有了自杀的想法，也会无限制地拖延下去。"

我提醒他："可是，陆新波就是自杀的啊。"

"他死得很蹊跷，也许董事会有人……"

房华甩甩头，最后猛抽了口烟，把烟头弹进角落的不锈钢垃圾桶里，说："算了，我也没有太多证据，证明他们是被谋害的。但是我自己极度拖延过，我知道那种拖延的状态，连吃饭睡觉，甚至从椅子上站起来都做不到的人，怎么可能自杀？！所以听到你说你哥也自杀，我真的很吃惊。"

我听说过怕疼、怕家人伤心、怕死得难看而不敢自杀的，把极度拖延作为不会自杀的理由，还是第一次听说。但想起我前一阵，拖延得丢了七八份工作，穷得连麻辣烫都吃不起，又觉得他的话似乎也有几分道理。

"我哥会不会也跟你一样，没有完全陷入极度拖延之中，还有一点点行动

力，因着生活无望，又不想把拖延症传染给其他人，所以才选择了他认为最好的一条路？"

"很有可能。"房华思索着，"如果不是正好碰上你去看他，让他一时间有了行动力，只怕他自杀也会没完没了地拖延下去。"

我看着他，极力掩饰心里的难过和震惊。

这两年，在自责的同时，我心里也一直责怪老哥的自私。他不顾年迈的父母，不顾马上要跟他结婚的女朋友，不顾还需要他指导弟弟，随随便便、极端不负责任地结束了自己的生命，而且还是当着我的面！

他有没有想过，这种极不负责的行为，会给他弟弟我造成多大的心理阴影！

我从来没有想到过，其实是为了保全所爱的人，为了保全家人，他才义无反顾地选择了死亡。

看着我呆若木鸡的样儿，房华苦笑着说："出外场的时候，你哥还跟我们说起过你的事情，他手机里面存有你的好多照片。你长残了，完全没照片上帅了。好了，问题也问得差不多了，快点滚吧。"

我从不锈钢床上溜下地，慢慢走到他面前，看着他的眼睛，说："我压根儿不怕传染！你等着，过几天我还会回来！到时候，你可以把治疗拖延症的书扔了，离开这个鬼地方。"

他的眼里闪过一丝希望，但随即又换上了副"小兔崽子想骗我没门儿"的表情，问："为什么？"

我牛哄哄地说："这世界上，有锁就有钥匙，没钥匙也能配出把钥匙来。同样的道理，有药就有解药，只是看你能不能做出解药来。"

他大笑，迭声说："好好好！我就等着你的解药。现在，你可以麻溜儿地滚了吧？！"

我坐上破响破响的电梯，"滚"回了地面。

第十一章 | 真情假意

天已经黑了，我大口呼吸着新鲜空气，只觉恍若隔世。

手机接收到信号，连续震动起来。我看了一眼手机，好嘛，足足有十几个未接来电。

尽管昨天长途奔波，累了一整天，我还是很早就醒了。辗转反侧在脑海里的，全是我哥的事情，是他卷进的疑团，以及至今也没解开的结。

我琢磨了一晚上，发现哥哥的自杀仍有很多疑点。

比如，老哥当初并没有被传染极度拖延症，后来是怎么得上的？

比如，在测试组解散，组员纷纷被炒鱿鱼之后，又发生了什么？

比如，那些参加测试的人，最后都怎么样了？

不刨根问底，弄个水落石出，这事儿永远是我心里的一根刺，稍微一碰就疼痛难忍。

遥想当年，哥哥一直是人中龙凤，是前程不可限量的精英。在感染了病毒后，却逐渐堕落，变成一具行尸走肉，一个连按时吃饭、睡觉、每天洗澡都做不到的可怜虫，连基本生存都难以维持，更遑论事业发展了。

在发现他自己患上极度拖延症之后，他究竟是怕把挚爱的亲朋好友、爱人和家人全拖下深渊？还是无法接受从云端坠落到地狱的落差呢？

不管是什么原因，也许，自杀对他来说是唯一的选择。

但是，他为什么就不能告诉别人他的困境？为什么不去寻求帮助呢？最关键的是，这么大的事情，为什么就不能告诉他弟弟我呢？如果他选择了后一条路，也许现在一切都不同了。

我躺在床上，胡乱思索着，听到隔壁叶琳开门出来，到厨房开始做早餐了。我又在床上赖了一阵子，才爬了起来。

厨房中，热烘烘的烤箱里散发着烤馒头香，平底锅里煎着鸡蛋，豆浆机轰隆隆地响着。叶琳穿个碎花围裙，脑后的头发揪了个小丸子，有些调皮的发

丝，不安分地在她雪白的耳后晃悠。她正忙着往煎鸡蛋上撒盐。

我斜靠在厨房门框上，双手抱胸，摆出个风流倜傥、怡然自得的姿势，用我那早晨起床自带的磁性男中音，拉长音调，说："早……"。

叶琳完全没注意到我玉树临风的姿态和脸上邪魅的微笑，头也不回地说："冰箱里面的小芒果削两个，切成丁摆盘。"

我只得放下手臂，说："得令！"

她扭头看见我包着纱布的脑袋，惊问："你的头怎么啦？还有手！"

我苦笑着，摸摸头上的纱布说："昨天摔了一跤，头撞到桌子了。手是撑地时磨的。"

她在围裙上擦擦手，轻轻地摸摸我头上的纱布，说："我说昨天你怎么没来接我下班呢？！疼不疼？"

她的手像一阵微风抚过我的发梢，带着若有似无的温柔。

"还好，昨天疼得厉害，今天好些了。"

她轻声嗔怪道："你咋就这么笨呢？！"

叶琳的温柔只持续了五秒钟，然后我便被无情地赶出了厨房。来得早不如来得巧，大牛掐着点，在最后一样早餐摆上桌的时候，坐到了饭桌前。

他朝桌上的一小碟凉拌蹄筋伸出筷子，一边嘲弄道："蚩头，你这头是被人给蜇的吧？怎么包这么大块纱布？"

叶琳眼疾手快，伸出筷子，一把磕飞了大牛的筷子，另一只手闪电般将小碟子放到了我面前。

"这是专门给蚩头补充蛋白质的，你吃个煎鸡蛋好了。"

大牛讪讪地缩回筷子，不满地说："他就是点皮外伤！给他开小灶，不公平！"

叶琳把眼睛一瞪，说："要公平，容易。先把脑袋撞个血窟窿出来，你也可以开小灶啊。人家蚩头今天早上还帮着做早饭了呢，不像某些人，一到饭点就出现,早一分钟都不肯。"

说实话,被人关怀、被保护的感觉真不是盖的。

我用筷子夹起根牛筋,不无得意地说:"大牛,你就知足吧。叶琳没来的时候,你早上不是冷剩饭,就是地沟油明矾油条……叶琳来了以后,哪天不是新鲜食材,自己早起现做的,还这么好吃,你有啥不满意的?"

大牛缩缩脖子,夹了个煎鸡蛋,说:"我当然知道现在好了。只是你这小子,凭啥可以吃蹄筋,就不给我吃啊?!"

大牛是个名副其实的铁杆吃货,从小被他妈骂是饿死鬼投胎的,见了好吃的不要命。他曾经跟我坦白说,选择去做销售的最大原因,就是时不时地可以请客户吃饭,自己也可以趁机猛撮一顿。

叶琳道:"不是我偏心,就剩了这么一小点蹄筋,当然要给最需要的人了。大牛,你今天下班捎点蹄筋回来,晚上我给你做葱爆蹄筋,可好?"

大牛眉开眼笑,说:"这还差不多。"

吃完早饭,这周本来轮到我洗碗,叶琳逼着大牛去洗了。他想到晚上美味的葱爆蹄筋,乖乖就范了。

趁叶琳上洗手间拾掇自己,大牛凑到我身边,小声说:"蚕头,我看那丫头对你有意思。好机会,别放过!"

我打个哈哈,蒙混过去,心里其实美得直冒泡。在睡不着觉的夜晚,我早在脑海里把她和我的未来都安排妥当了,包括但不仅限于:怎么办婚礼,买什么房,买什么车,生几个娃,每个娃大名叫什么,小名叫什么……

等叶琳施施然地从房间出来,我拿上车钥匙,说:"走吧。"

她看着我,眼珠都快掉出来了,说:"都伤成这样了,还不在家里休息啊?你们公司也太没人性了。昨天上班受伤,怎么也得算个工伤吧?不但不给你一大笔工伤补助,还让你马上上班?!没人性啊,没人性!"

我当然不会告诉她实情了,只是好脾气地笑笑,说:"轻伤不下火线。快

走吧,不然该迟到了。"

她像照顾风烛残年的老人般,一路上帮我开门,按电梯,甚至在下楼梯时,还伸手扶住我的手肘,生怕我不小心再跌一跤。我打开车门时,她不无担忧地问:"你真能开车?"

我嘴角再次露出邪魅的微笑,说:"这点小伤,我还没放在眼里。"

开车出了地下停车场,我见左右无车,只有后方远远有一辆黑色大众车,便踩了一脚油门,加速向主路驶去。

到叶琳公司楼下,她下车前叮嘱我:"没啥事儿就回家歇着啊,别那么拼命。"

"知道了,叶阿姨!叶妈妈!叶奶奶!"

她熟练地翻了个白眼,甩给我一个亭亭玉立的背影。

看她扭着腰走进大楼,我嘴角上咧,傻笑了一阵儿,倒车,抄近路回到了主路上。这时,我又看到了那辆黑色大众车。之所以认出它来,是因为它有个非常显眼的以"SB"打头的车牌。

真巧,看来我们小区有人跟叶琳在同一栋写字楼上班。

高冷男神卫总带着一大票人,去欧洲回访代理商了。公司今天特别清静。我处理了些小事,无聊地看了会儿新闻,觉得有点头晕,便溜号回家了。

一路上,低沉的乌云在头顶翻滚,路上飞沙走石,行人们无不裹紧衣服奔走躲避。我刚到家,只听见闷雷声此起彼伏,天像是被捅破了似的,大雨"哗啦啦"倾泻而下。

我早上没关窗子,狂风夹着暴雨刮进来,能把我靠窗的床直接变成"水床"。我冲进卧室,麻溜儿地关上了窗户。在探出身体关窗时,我发现叶琳房间的窗子也大开着。

我赶紧推她的卧室门,门锁着。我直接跑到厨房,打开了橱柜门,从米桶下面摸出把套着自封塑料袋的钥匙。她一直把备用钥匙偷偷藏在那里,这是上

第十一章 | 真情假意

回我当劳力买米回来，把新米倒进米桶的时候发现的。

我拿备用钥匙打开卧室门，冲进去，关掉了窗户。饶是如此，窗前的书桌上已是一片狼藉。

我好事做到底，去厨房找块抹布，擦干了桌子，又仔仔细细地抹掉笔记本电脑上的雨水。有些水顺着笔记本盖子和键盘间的缝隙渗进去了，我又翻开盖子，擦了擦屏幕和键盘。不知道碰到了键盘上的哪个按钮，电脑屏幕突然亮了，上面显示的画面，让我目瞪口呆。

因为这画面太熟悉了，我每天在那儿至少要呆八个小时以上。

没错，那正是我的"狗窝"。

铺得不太齐整的浅灰色被子上，被雨水打湿的部分像一只掉落的银杏叶，就连床头柜上的手机和我在小摊上买的半"黄色"杂志，都看得清清楚楚。我站在屏幕前发了会儿呆，完全无心欣赏叶琳书桌上郁郁葱葱的美丽盆景，也无心享受弥漫在房间里的隐隐幽香。

想到我一个人在卧室里，干的那些无以言表的事情，像挖鼻屎、抠脚丫、脱了裤子放屁这些小事儿也就罢了，最要命的是边看小电影边进行某些难以描述的动作，都被这个变态女神全数收进眼底，我恨不得找个地缝钻进去。

碰到个重口味的偷窥狂，真叫人崩溃啊！

不知她是啥时候到我房间装的摄像头，我完全没有察觉，白吃了那么多SSEA了！

我看看图像的角度，摄像头在床对面，高度跟我肩膀平齐。我回到自己卧室，在单人床对面的墙上摸索。那墙平平展展，没有鼓包，没有起泡，敲起来声音也很正常，不像有空洞。我把墙上挂着的我和我哥的合影取下来，相框也没有任何异样。

这妖女，把摄像头藏在什么地方了？

镜框下面的小桌子上，放着叶琳送给我的嫩黄色小熊生日礼物。我抓起毛

绒玩具熊，东捏捏，西捏捏，直捏到它的一只眼球后面，有根老长的圆柱体。我用力撕掉熊耳朵，从破洞伸进手去，在一团软乎乎的棉花中，拽出只屁股带天线的微型摄像头来。

我对着摄像头，发出青铜器般的笑声。

来而不往非礼也！

我回到叶琳的卧室，毫不客气地开始翻腾她的东西，从她粉红的枕头和被子开始。枕头下面放着个旧的嫩黄色小熊，跟送我的那只形状相似，触手却更柔软。摸着它毛茸茸的肚子，我脑海里出现的却是叶琳穿着"米口袋"睡衣，搂着它睡觉的样子。

我打了个寒战，赶紧丢下小熊，只感觉自己就是个猥琐大叔。

转念一想，她偷窥我在前，我不过是回礼而已。我挺挺胸脯，再次理直气壮起来。但在翻箱倒柜的时候，我把重点集中在了书桌附近，刻意避开了床和放内衣的抽屉。

我一边翻腾，一边想，要是她有写日记的习惯就好了。没过几秒钟，我还真从抽屉里翻出一个硬皮笔记本，里面记着几点到几点睡觉，几点到几点上班，几点到几点玩手机等，是个枯燥的流水账日记。

我翻了几页，便没了兴趣，丢在一边，继续搜索书桌抽屉。叶琳是个收纳达人，抽屉里，小盒子排列得整整齐齐，分别放着女孩子扎头发用的蝴蝶结、小项链什么的，除了那本流水账，没啥新鲜的。

我再次捡起流水账本，前后翻看，突然发现，日记的第一篇恰好是我的生日，也就是她送我玩具熊的那天。我心里一惊，再继续看下去，越看越觉得不对——本上记的不是她的，而是我的作息时间。

我头皮发麻。

她这么仔细地记下我的作息时间，到底是几个意思？！

她记下那些冷冰冰的数字时间，肯定不是因为暗恋我。

她主动找上门来租房子，勤快地做饭打扫卫生，是天性使然？还是为了刻意接近我？

如果是为了接近我，目的又是什么？

我之前压根儿就不认识她，跟她没丁点儿的交集。她这么做，一定是有人幕后指使。幕后的人又是谁？他到底想要干什么？

我联想到早上那辆神秘的黑色大众车，只怕未必是碰巧。如果它在跟踪我，那又是为了什么？

我决定要把这事儿好好弄清楚。

俗话说"春雨贵如油"，今年三月的春雨却多如牛毛，淅淅沥沥下了一整天，到晚上下班的时候都还没停。

我坐在车里，看着型男靓女从写字楼里出来，三三两两地撑着雨伞离去。个别没带伞的，也不怎么着急，把公文包往头上一顶，快步走向地铁站。

没等一会儿，装饰豪华的大门吐出一位红衣女郎。她头顶黑色公文包，迈着轻盈细碎的步子，向我的车跑来，她拉开车门，带着一股温暖的潮湿气息，钻进了车里。

叶琳笑道："下雨天有人接真好！谢谢你啦！"

我定睛看着她，这么容易满足的一个丫头，看似毫无心机，单纯可爱，像张温柔的白纸。实际上，却是个深藏不露的心机女，处心积虑地接近我，隐藏的秘密比谁都多。

她在我的眼光下有些不自在，摸摸自己的头发，说："怎么啦？我哪儿不对？"

我微笑："没有，挺好的。就是头发湿了，粘在脸上，这儿……"

我伸手，轻轻拨开粘在她脸上的头发。手指触到她的脸颊，那皮肤嫩得像婴儿一样，滑腻、细致、弹性十足。

她垂下眼帘，长长的睫毛在脸颊上投下一道诱惑的阴影。

她脸红了。

不得不说，装得还真像！

"嗯，这儿也有。"

我再次伸手，抚开她脸上根本不存在的发丝。食指背再次碰触她柔软的肌肤，然后顺着她绯红发烫的脸颊，慢慢滑到丰满红润的嘴唇一角，再顺着嘴角，滑到她光洁的下巴上。

她像是被人施了咒语般定住了，一动也不动。

我捏着她的下巴，轻轻探过身体去，把嘴唇覆盖在上面。

她的嘴唇柔软、温热、丰润，有微微的香甜。我用嘴唇反复摩擦着那柔软。她轻哼一声，软倒在我怀里。我抱住了她的身体，她纤细的腰肢很有弹性。我用舌头轻轻撬开她芬芳的嘴唇，长驱直入。

她原本无用的双手，突然用力抱住了我，反守为攻，把身体贴上来，激烈地回吻我。

车窗外，春雨蒙蒙，黄昏的灯光影影绰绰。

车里却有些燥热，温度直线上升。我不得不再次捏着她的下巴，把她的嘴唇从我嘴上拉开。她双颊红得像着火一样，滚滚发烫，一双水汪汪的眼睛含情脉脉、迷迷蒙蒙地看着我。

我居高临下地看着她。这个时候，我应该跟霸道总裁一样邪魅地笑，然后说，"你这个磨人的小妖精"，再在车里，就着座位后背"壁咚"她一下。

但事实是：我像被人掐着脖子，猛灌了口黄连一样，有苦说不出。

鬼晓得她猴急的动情和表情，是为了进一步接近我，还是被我的男性魅力所征服。看着她精致的鼻头，我觉得自己太过于自作多情了，心底不禁涌起对自己的痛恨和对她的愤怒。

她被我眼里冷冷的目光震动了，问："怎么了？"

第十一章 | 真情假意

我捏着她的下巴说:"你来告诉我怎么啦!为什么监视我?你的上司是谁?"

她震惊地看着我,一丝慌乱闪过眼底。几秒之后,她强作镇定地说:"我不明白你在说什么。"

我更用力地捏她的下巴,她露出痛苦的表情,嘴角下撇,像是快要哭了的样子,却还是倔强地闭着嘴,一声不吭。

"你以为我不知道吗?放在小熊里的摄像头,记录我作息的笔记本!你给我们做饭、收拾屋子、打扫卫生,处处显出关心我的样子,不过是为了跟我混熟,好方便监视我、跟踪我!"

一想到那些关心,那些生活上的照顾,那些温柔的注视,并不是因为对我有好感,更非发自真心,这让我陷入了莫名的哀伤和愤怒混杂的感情中。

"为了刺探我的情报,你还假装跟我亲热,跟我接吻!我想知道,你还能做出什么来?上床?为了达到你阴暗的目的,你跟很多人上过床了吧?!"

最后这句话说出来,我自己都觉得语气酸溜溜的,像是在泡菜坛里发酵了二十天的酸菜一样。

叶琳的脸红得快喷出火来,她柳眉倒竖,牙关紧咬,眼神愤怒地看着我。

我还来不及防备,她就扬手,狠狠地给了我一记耳光。

我昨天刚被房华搞得头破血流,再挨这下热辣辣的耳光,顿时只觉得大脑嗡嗡作响,眼冒金星。足足过了一分钟,我才缓过劲来。睁开眼睛,我发现叶琳正一脸担心地看着我。

这妖女,战斗力还真不一般!

来而不往非礼也!

我狠狠抓住她的两只手,把它们固定在她的身后,全身倾倒,压了过去。她在我身子底下死命挣扎,也摆脱不了我这座大山的压迫,被压在副驾驶座位上动弹不得。我想都没想,再次用嘴唇覆盖住了她的。

她喉咙里发出"呜呜"声,身体像条被扔上岸的鱼,徒劳地扭动挣扎着。我这个体重一百七十斤的强壮男人,制服个小个子姑娘,实在是轻而易举。

唯一让我担心的是,她可能用牙齿进攻我的舌头。

她的反抗并没有持续多久,身体便渐渐柔软下来,她温柔地接受了我的进攻。我惩罚性地吻在她的柔软中,变得十分暧昧。我身体的某个部分发生了不可描述的变化。

良久,我才慢慢放开她。

她微笑着,看着我喘息未定,说:"你闹够了没有?想不想听我跟你说事情的原委了?"

"还没闹够。不过,你说吧。"

她清清嗓子,说:"我监视你,全是我自己的主意,没人指使我。"

我尽力从跟她亲密接触带来的震荡中镇静下来,惊奇道:"可我以前都不认识你。"

"你是不认识我,但是我认识你啊。"

我狐疑地看着她,等着她的解释。

"我妈很早就去世了,我爸工作忙,经常出差,我一直跟着奶奶生活。老爸陪我的时间不多,他喜欢用很多很多的零用钱来表达他的爱,多到花不完那种。但凡他给我买衣服、书包、鞋子和各种学习用具,全都不求最好,但求最贵。上大学以后,每个暑假,我都会去老爸那儿住一段时间。那是我最开心的时候,他一有时间,就带我去游乐园,逛古镇,请我吃各种各样好吃的,给我买漂亮衣服。"

我暗想,她那套上得厅堂、下得厨房做家务的本事,一定不是她爸培养的。

"大三那个暑假,我和以前一样,到了老爸所在的城市。和往常不一样的是,他没有亲自开车到机场来接我,而是派了他的司机过来。司机把我接回家,刚一进门,我就震惊了,这哪儿是原来温馨的家啊,完全是垃圾场!地板上堆满了脏衣服和食物残渣,厨房水槽碗碟堆积如山,都长绿毛了。打开橱柜门,里面无数只小强仓皇逃窜;卫生间下水道堵了,水漫金山,恶臭扑鼻。"

叶琳皱起鼻子,上面几颗小雀斑在跃动,她接着说:"而我爸,成了生活在垃圾堆里面的一只猪!几个月没见,他跟吹了气似的,胖了好多。身上那个臭,恶心死人了。他的脸色,就像死人一样,双眼无神。看到我,他显得很高兴,可是,我总觉得那高兴是装出来的。"

我那不祥的预感又来了。

她面色凝重地看着我,说:"这个场景,是不是很熟悉?"

我失声道:"什么?"

"你哥自杀前,是不是也是这个鬼样子?还有你自己,几个月之前,也差不多是这样吧?"

我惊问:"你怎么知道的?大牛告诉你的,还是你调查我?"

她没有直接回答我的问题,继续回忆道:"当时我都快哭了,问老爸是不是生病了,要带他去医院。他却苦笑着说,我自己就是半个医生,我没病,过一阵就好了。然后他说有点累了,就把他自己关在屋里。我把屋子稍微收拾了一下,做好晚饭,去叫他。他躺在床上,已经没了呼吸。"

我握住她颤抖的手,深知突然失去亲人的那种痛,任何安慰的话都苍白无力。

她眼神涣散地望着车窗外昏黄街灯下的雨丝,说:"在葬礼上,我见到了你哥,还有公司的其他几个员工。他们空洞绝望、死水一潭的眼神,形如枯槁的姿势,跟我爸是何其相似。果然,在随后不久,你哥哥自杀了,其他几个员工也死于各种各样奇怪的原因,还有几个人离职了。再后来,我听说那些员工的家人,也死于各种离奇的原因。只要是跟这个圈子有牵连的人,一旦陷入极度拖延的状态,最后等待他们的只有死亡。少则几个月,多则一年,没一个人

能逃脱死神的镰刀！"

她收回视线，盯着我的眼睛，说："只有一个例外——你！明明已经行尸走肉，眼看着就要不行了，突然间，跟打了鸡血一样，欢蹦乱跳，精力无限起来。我很好奇，你究竟是天赋异禀，还是有奇遇？"

"那你的结论呢？"我问。

"天赋异禀是不可能了！你表现得这么不稳定，让人相信你资质过人都困难！"她一口否定了我，"我想了很久，为啥你一会儿是天才，一会儿是白痴，极有可能是因为吃了某种药，而且药物来源恐怕还不那么充足。可惜我只有视频监测，让我抽点你的血做做测试，没准能找到更多的线索。"

她不怀好意地看着我裸露的手腕，我谨慎地把胳膊收到背后去了。

我不得不佩服她的逻辑推理能力，问："你怎么知道，我没有充足的药物来源的？"

她嘻嘻一笑，说："脑子转得飞快，聪明有如神助，干啥啥成功，那感觉，肯定是跟超级英雄，跟上帝，跟地球拯救者一样，爽死了！有过这种感觉的人，绝对不会再让自己甘于平庸。当过上帝的人，哪受得了再打回平常人啊！"

看着她笑嘻嘻，一副人畜无害的样子，我发现她骨子里其实是个异常聪明的女孩。有她做队友，绝不会是件坏事。而队友之间，首先应该互相了解。

"你想知道我吃的药是什么吗？"

她双眼闪光，静等我的下句话。

在她炯炯有神的大眼睛的注视下，我把这几年我干的破事儿和我哥的事儿全都招了。

第十二章

老鼠成精

自打叶琳知道了 SSEA 这种神奇的药之后，天天都缠着我，要我带她去见赵燕教授。巧的是，几天后，我收到赵教授的盛情邀请，让我去参观一下自己掏钱投资的新药研发的阶段性成果。

我开着车，带着叶琳，在校园里转悠了很久，才找到那幢几乎废弃的平房。赵燕和她儿子小川，站在平房前迎接我们。以前，我偷偷摸摸跟踪赵教授的时候，见过小川的背影。这还没多久，他又长高了，双肩也长宽了，隐隐有了小小男子汉的模样。

"赵教授，这是我上回跟您说过的叶琳。"我介绍道，"这是赵教授……"

叶琳快步上前，抢先伸出双手，双眼冒着星星，打断我的话，说："哇，赵教授！蚕头每天都要念叨您无数遍，他说您是我国最有才华的生物化学科学家，SSEA 的发明者！我太崇拜您了。"

赵燕听了这话，笑眯眯地说着"过奖"，眼睛却颇有深意地看着我。

两个女人微笑着，惺惺相惜，握了握手。

我看着平房那都已经有残缺的红砖墙，问道："赵教授，我记得您的实验室是在一高大上的现代化大楼里面，怎么变成平房了？"

赵燕笑道："原来实验室的条件是要好得多，是完全按国家级实验室来建的，实验设施齐备，管理规范。但是，那边人多眼杂，刚开始，偷偷摸摸、小

打小闹研发点小东西没问题。现在想扩大产量,要用到一些敏感材料和设备,就不太方便了。"

赵燕一边说着,一边带领我们走进了实验室。里面的条件虽然简陋,但却干净整洁,各种物品摆放有序。

她说:"我专门向学校申请,把原来废弃的旧实验室要了下来。这边只有我和几个学生进出,条件虽然比那边差点,但是,想怎么干就怎么干,很自由。"

赵教授看着林林总总的瓶瓶罐罐们,双眼放光。她兴致勃勃地拿起一只扁形密封玻璃瓶,指着里面淡粉红色的粉末,说:"陈哲,这就是用你的那笔钱新研发出来的成果——长效大脑海马蛋白质生长促进素,就叫LSEA吧。前期经过小鼠实验,没发现严重的副作用。"

她如沐春风,颇为自豪地说:"最关键的是,它的药效可持续三天到一周!"

一想到为研发这点两三只旺仔小馒头大小的粉粉,我投入的资金都够一家人花上六七年的了,我不禁感慨道:"这可比黄金还贵重呀!"

赵教授不屑地说:"黄金算什么?它是本来就存在于自然界的物质。而这个……"她用迷醉的眼神,痴情地看着玻璃瓶里的粉粉,"这可是我们创造出来的新物质。它能让神经递质交换快如闪电!来,让你们看一下效果。小川,放小白鼠!"

小川在一边早就准备好了,听到赵教授的指令,将小白鼠笼子提到了大试验台上。

赵教授介绍道:"这是混养的小白鼠。腿上有蓝墨水印记的,两天前注射过LSEA。其他的是对照实验组。小鼠的智力测试,最经典的方法是钻迷宫。看,有几只红爪子的小鼠,它们已经跑过三次迷宫了。还有几只绿爪子的,是跑过一遍迷宫的。而这两个蓝腿小家伙,还从来都没玩过迷宫。"

她一边介绍着,一边在迷宫出口放了块红色的生肉。小川拉开笼子的小门,让小老鼠们爬到迷宫的入口处。好几天都没有进食的小鼠们,此刻闻到鲜肉的香味,都躁动起来。红爪子的几只"老司机",更是不停地抓挠迷宫门。

小川把笼子放回地上,一脸兴奋,发令道:"小的们,预备……开始!"

他猛地拉起迷宫大门,几只小鼠如离弦之箭,一窝蜂地蹿了出去。两只蓝腿小鼠却傻傻地,还待在原地没动。

叶琳在边上干着急,说:"快跑啊,好吃的在前面呢!怎么不动啊,该不是吃药吃傻了吧?"

小川也喊道:"快点啊,前面的老鼠都拐弯了。"

只有赵教授抿嘴而笑,似胸有成竹的样子。

两只小鼠你来我往,吱吱吱叫了几声,好像在商量什么。那只体型较大的蓝腿小鼠,原地蹦起来,竟似想翻墙直接去到隔壁。然而,它却撞上了无色透明的有机玻璃盖板,发出"砰"的一声,它狠狠摔到了地上。它不服气地迅速翻身站起来,趴在墙上,两只小爪子拼命向上,试图推开有机玻璃板,另一只小个子蓝腿小鼠也立起来帮忙。

那整块有机玻璃板子是用螺丝铆住的,两只小家伙纵然使出了吃奶的力气,透明板也自是纹丝不动。

两只小鼠只得放弃,从墙上下来,吱吱叫了两声,顺着迷宫往前跑去。

赵教授在一旁评论道:"合作能力不错。"

在小鼠前进的道路上,到处都是三岔路口,甚至是四岔路口。每到一个路口,两只小白鼠都压低身体,匍匐在地上,抖动鼻子,仔细地左右嗅闻,再决定往哪个方向走。令人惊讶的是,它们选择的方向每次都是正确的。

这个多岔迷宫里无数的断头路,对它们来说好像都不存在。很快,它们就把几只还在死胡同里乱钻的小白鼠甩在了后面。

"厉害,它们好像一闻,就能闻出正确方向。"叶琳惊叹地说。

极度拖延

赵教授微笑着,颇有深意地看我一眼,说:"长效药能很大幅地提高感觉灵敏度,不光是嗅觉,还有视觉、触觉和听觉。吃了 LSEA,脑后有只蚊子飞过,你可能都会觉得像打雷。"

两只蓝腿小鼠靠着嗅觉,迅速地接近了跑在最前面的小鼠团队。这个团队由几只红爪小鼠和一只绿爪小鼠组成,它们似乎察觉到了背后越来越近的竞争对手,加快了奔跑的速度。

蓝腿小鼠却如影随形,轻轻松松地跟在后面。

这不光是一场智力的竞赛,也是一场体力的竞赛,是速度与敏捷度的竞赛。

在拐弯中,体型较大的那只蓝腿鼠灵活地扭动身体,从外侧超过了绿爪小鼠。第二个弯道,小蓝腿鼠也超过了它。绿爪小鼠与前面的团队慢慢地拉开了距离。

行程已过半,就在蓝腿鼠使出惯用伎俩,准备"弯道超鼠"的时候,与它平齐的红爪小鼠,"嚯"地扭过头来,露出尖利的白牙,张口向它咬去。

我们几个看客同时惊呼起来。

在急速前进中,蓝腿小鼠摆出个怪异的姿势,扭动腰肢,从绝不可能的角度蹦跳起来,双腿蹬在拐角的墙上,掠过红爪小鼠头顶,落在了它的前面,继续向前急速奔去。

这一动作如行云流水,干净利落,仿佛练习过千百遍似的。

红爪小鼠吃了一惊,愤怒地"吱"了声,速度稍顿,另一只蓝腿小鼠伺机超过了它。

美味的食物近在眼前,两只红爪小鼠始终保持着领先的地位。然而,长时间的快速奔跑,让它们的体力渐渐不支,后面两只蓝腿小鼠在迅速逼近。

说时迟,那时快,跑在第二的红爪小鼠在疾速奔跑中突然刹车,用身体挡住蓝腿小鼠的去路,舍己为同伴争取胜出的机会。

第十二章 老鼠成精

冲在最前面的蓝腿小鼠来不及停下脚步,一头撞在红爪小鼠身上,摔了个仰面朝天。它并未翻身起来继续奔跑,反而就势把身体蜷成一只球,紧跟在它身后的另一只蓝腿小鼠收腿不及,一脚踩在了圆球上。

只见圆溜溜的"鼠球"突然大力弹开,小个子蓝腿小鼠被弹飞,像离弦的箭一般,贴着有机玻璃天花板,滑行了很长一段距离,直接落在了美味鲜肉上。

原本奔跑在最前面的红爪小鼠,眼看快到嘴的肥肉,居然被从天而降的对手压在身下,愤怒地使出吃奶的力气,向它冲撞过去。

蓝腿小鼠口叼瘦肉,身姿轻巧优美地转了个圈,轻松躲过了急冲而来的红爪小鼠。红爪小鼠收不住势,直接撞在了有机玻璃墙板上,发出"嘣"的一声。

赵燕笑逐颜开,喜气洋洋地说:"没有经过训练的小鼠,完胜受过多次训练的!相当于大学毕业生被还没上幼儿园的小朋友给打败了。吃了 LSEA,小白鼠的智力、反应速度和协作能力都有了巨大的提高。小川,把小鼠都装回笼子去。"

那只获胜的小鼠正在享用美味的胜利果实,一张嘴巴塞得鼓鼓的。

叶琳喃喃道:"太厉害了!要是人吃了那个红粉粉,是不是都可以飞檐走壁啊?"

我没搭话,心想,也许下次真的可以试试跑酷。

小川提着笼子,打开了笼子门。小白鼠们一只只鱼贯进入笼子里,最后轮到那只胜利者,它的脸颊胀得鼓鼓的,嘴巴还在不停地嚼着战利品。

小川说:"快,快到我的笼里来。"

它鼓着嘴巴,走了几步,突然从桌子上蹦起来,准确地穿过笼子和迷宫间的狭小缝隙,直接跳到了鼠笼顶上。紧接着,它张开嘴巴,嚼成小块的鲜肉像喷泉一样被吐了出来,天女散花般,掉落到了笼子里。

笼子里的小白鼠们本来就饿得发晕，加上刚才玩命奔跑，体力消耗巨大，此刻都奄奄一息。看到天上突然掉鲜肉，一只只都红了眼，纷纷跳起来争抢。一只小个子白鼠没抢到食物，顺嘴在小川抱着笼子的手上啃了一口。

小川一声痛呼，疼得把笼子扔了出去。小白鼠们从敞开的笼门一涌而出，如闪电疾风般，四处奔散。

这一切，就发生在几秒钟内，屋里的几个人完全来不及反应，我更是被这突如其来的变故惊呆了。

还是赵教授反应快，她沉声喝道："关门，抓老鼠！"

我反应过来，朝门口冲过去，赶在一只奔逃的小鼠前面，关上了虚掩的房门。紧接着，我扭头伸手，想抓住它。

它动作异常敏捷，转身便逃，我只捞到了它滑溜细长的尾巴。

只见它蓝色小腿儿一闪，钻进了柜子底下。我只好跪在地上，伸手在黑洞洞的柜子底下扫荡……

我一点儿也不急：房门被我锁上了，周围的窗户都紧闭着，水池通往下水道的入口处有不锈钢滤网。瓮中捉鳖，它们是插翅难逃。捉拿它们归案不过是早晚的事儿。

迷宫那边，借助笼子飞出去的力量，闯了祸的蓝腿小鼠顺势跳上了实验台。它站在瓶瓶罐罐间，睁着圆溜溜的眼睛，目光炯炯地跟赵教授和叶琳对峙。它的身边，是装着比黄金还贵重的 LSEA 的玻璃瓶。

赵教授和叶琳都紧张地盯着玻璃瓶，打定主意，不管发生什么事，抢救瓶子要紧。

那只小鼠似看穿了二人的意图，没等叶琳驱赶它，先发制人，跳将起来，用强有力的后肢，朝着玻璃瓶，使劲一蹬。

两个女人同时发出了惊呼，去抢瓶子。小鼠伺机爬上了铁皮文件柜。

我伸手在柜子底下扫了一遍，除了摸得一手灰尘，啥都没摸到。

奇怪，没见那小家伙从柜子底下跑出来啊！

我把头贴在地板上，打开手机的电筒，往柜子底下瞧去。在手电筒雪白的光照下，两只圆溜溜的小眼睛在闪闪发光。难怪没摸到了，这小家伙正倒吊在柜子底呢！

我再次伸出"魔爪"，十指如钩，使出九阴白骨爪的功夫，向它抓去。我的指尖刚触碰到它毛茸茸的身体，它双腿一蹬，"嗖"地蹿上了我的胳膊，疾如闪电，顺着手臂就蹿了上来。

就在此时，铁皮柜顶的小鼠发出一声尖利的呼叫。

听到同伴的呼唤声，我手臂上的小鼠突然转弯，一个后空翻落到我躲闪不及的脑袋上，再蹦到叶琳手上，转身，蹿到赵教授的脑袋上，最后落在了铁皮柜上。这三级跳借力得十分巧妙，动作流畅至极。

叶琳刚抓住宝贵的玻璃瓶，被小白鼠一蹬，玻璃瓶顿时脱手，直往地板上坠去，她发出了一声惨绝人寰的尖叫。

眼看着玻璃瓶要落到地上，摔得粉碎了。突然，旁边扑过来一个黑影，稳稳地接住了玻璃瓶，黑影就势在地上一滚，然后站了起来。

"小川！"叶琳都快喜极而泣了。

我们四个人站在实验室里，面面相觑。

谁也没料到，欢乐的钻迷宫比赛，突然变成了人鼠大战。

我安慰大家说："没事，门窗都关着，它们跑不了！"

大家都松了口气，一起看向铁皮柜顶。

两只蓝腿小鼠趴在柜子边上，似乎听懂了我的话，四只眼睛目不转睛地看着我们。其中一只嘴里还叼着根不知从哪儿翻出来的白线。

叶琳惊魂刚定，气哼哼地说："投降吧！你们跑不了了！"

体型较大的那只白鼠"吱"的一声，突然冲向同伴，"砰"地撞在它身上。被撞的小鼠双腿猛蹬，借力飞向了天花板，身后拖着的白线像道闪电。

我失声叫道："不好！"

那只小鼠像子弹般，直接射进了天花板中央空调的出风口，只留下根紧绷了的白线。只听到"嘣"的一声绳子响，另一只白鼠也从铁柜上飞起，向着出风口飞去。

饶是我眼明腿快，蹦起来想抓住它，却晚了一步。

这次，蓝腿小鼠飞行的准头不太好，直接撞在了出风口的叶片上。它紧抓住叶片，身体一翻，成功上位，随即消失在黑洞洞的出风口中。

我转身便向门口奔去。

身后传来赵教授的声音："陈哲，别追了。空调通风管连着十几个房间，你抓不到了。"

我只得颓然止步。

我们四个人相对无言许久，我才说："它们从一开始就计划好了要逃跑吧？饿了那么久，有肉不吃，这绝对违反生物本能啊！出去以后，它们还会干出什么惊天动地的事情来？"

赵教授苦笑道："这可不好说。但愿它们只是想得到自由。"

叶琳口水滴答地看着小川手里的玻璃瓶，垂涎三尺地说："吃了药的老鼠能成精。人吃了，会是啥样？"

赵教授说："现在我们知道 LSEA 的效果惊人。下一步，可以做人体测试了。"

"我参加！"我抢着说。

"我也参加！"小川说。

"我也要参加！"叶琳说。

赵教授左右为难地看着我们，道："现在的 LSEA 只够两个人的分量。考虑到陈哲和小川前期吃过一段时间 SSEA，比较容易对比二者的效果。叶琳，你参加第二期测试，好不好？"

叶琳老大不情愿地说:"那,好吧。第二期啥时候开始啊?"

赵教授转头向我,说:"上次陈哲给的经费都用完了,我自己又补了一部分。现在,我手头的资金已经用得一分不剩。做第二期,还需要继续融资。"

叶琳不假思索地说:"我这儿有点钱,是我爸给我准备的嫁妆,你拿去用吧。不过我有个条件,第二期试验,我得排第一啊!就算原来参加过测试的人,也都得排我后面!"

这话说得大家都笑了起来。

赵教授很有些感动,说:"谢谢你们的支持!放心,我绝不会让你们吃亏的。干脆,我们注册个公司,每人占百分之三十三点三三的股份。等以后LSEA打开了市场,赚的钱大家平分,怎么样?"

我和叶琳赶紧说:"那哪儿行呢?!您是药品的发明人,有技术,有专利,没有您,就啥都没有。我们不过出了点小钱而已,您拿着专利,到哪儿找不到投资人啊?!"

赵教授笑了,说:"不一样的!你们没看研发报告,没看市场营销报告,没看任何的可行性报告,就把钱投给我了。不怕我把钱花到别的地方,也不怕我拿着钱跑了。我说钱花完了,你连个账目都不看一下,这说明什么?充分的信任!无条件的信任!"

她有些激动。

"你们不是一般的投资人,而是一起做事业的伙伴,你们就是我的合伙人。咱们不说别的,高高在上的投资人能亲自来试验药物吗?!"

她的一席话,说得大家都笑了起来。

最后我们商定,她占公司股份的百分之五十,我占百分之三十,叶琳占百分之二十。注册公司事不宜迟,交给我,马上去办。

回家路上,叶琳一直沉浸在对那两只小白鼠的崇拜中。

"蜇头,你说,它们会不会从此改变人生目标?不,是"鼠生"目标!进化得跟人类一样聪明？今天那只小白鼠居然想到了用绳子，把小伙伴吊上去。这是开始使用工具了啊！以前上中学的时候，老师讲，人类与动物的最大区别，就是人类学会了制造工具和使用工具。"

我莫名其妙地脑补了一幅白色小鼠举着粉红小爪子，用铅笔认真写字的模样，不禁悠然神往，说："如果它们能持续这样，真有可能最终进化得和人一样聪明。凭借它们强大的繁殖力，旺盛的生命力，以及极强的环境适应能力，智能鼠碾压人类的日子，恐怕不会太远了。"

"咦……"叶琳打了个寒战，转移了话题，"对了，最近不晓得怎么回事，我上不了公司内网。原来可以上服务器，直接看别人保存的电影啥的，现在什么也看不了了。还有，最近一段时间，我会经常加班。你要是有事儿，下班就不用等我了。"

我关心地问："做什么这么忙呢？"

"公司新采购了好多仪器设备，要我们做固定资产管理那套东西，还得挨个儿贴标签。"

想起在她公司电脑中植入的木马，我有点心虚。上次从他们公司服务器下载资料，被莫名其妙地强行断掉，莫不是有人发现了异常？

我故作平静地说："哦，啥时候把你们公司的仪器设备清单拿来看看，可以给赵教授参考一下，说不定下一步生产用得到。"

叶琳一口答应道："好啊！我那儿不但有清单，还有买入的价格什么的呢。"

早上送叶琳上班，后视镜里没有再看见那辆熟悉的黑色大众车。我暗自嘲笑自己疑心生暗鬼。

卫总一行已经从欧洲回来了，顺利签署了代理合同。技术部和商务部门开足了马力，为即将到来的产品出货高峰做准备。走廊上碰到他们，个个都行色匆匆的。

第十二章 老鼠成精

下午的时候，叶琳把他们公司最近一年的设备采购清单，以及部分原材料采购清单传给了我。我打开文档看了看，一大堆生僻的专业词汇，完全看不懂是干啥用的。我把文件直接转给了赵教授，供她参考。

叶琳在百忙中，又给我打了个电话，说："蚕头，今天寇士的演唱会，记得早点下班来接我，别忘了带上门票。"

我很有点儿激动，这算不算是约会？

我从抽屉里摸出上回桃谷仙子给的两张票，放进书包。一到下班的点儿，就开车直奔CBD，我把车停在叶琳办公室楼下，照例给她发了个短信，便在车里听音乐，等她下楼。

最近的生活高潮迭起，波澜壮阔，令人应接不暇，难得有空闲时间放松放松。

暮色降临，街上下班的人流渐渐稀少，路边的建筑也接二连三地打开了霓虹灯。

叶琳还没下来。

我掏出手机，拨打她的电话。办公室没人接，手机也没人接。

她是又加班了吗？再不走，演唱会就要迟到了！

我锁上车门，坐电梯到十八楼。通德康来公司的玻璃门紧闭着，前台小姐也不见了踪影，怕是已经下班了。

我站在玻璃门前，再次拨打叶琳的手机，居然关机了！

这点小事儿根本就难不倒我，我翻出通德康来公司的通信录，直接拨了个行政事务部的其他电话。还好，办公室还有人没下班。

"喂，你好！请问叶经理在吗？"我问。

"她不在办公室，可能已经下班了。"

"你确定她已经走了吗？我跟她约好的在办公室碰面的，我稍微晚了一点。"

电话里的女孩诧异地问："是约好在办公室见面的？"

"嗯,本来约的是四点半,她说还有事,让我晚点来。"我临时编了个理由,"我现在就在公司门口,她的电话关机了。"

"哦,那你等一下,我去看看。"

电话里,我听到女孩子放下电话,"咚咚咚"跑开去的脚步声,又听到"咚咚咚"跑回来的声音。

"她办公室的灯还亮着,门也开着,但是人不在。"

"可是,她说让我今天一定要等她的啊。能不能让我进去等呢?"

"这个啊,您稍等。"

小姑娘跑出来,在玻璃门里面张望了一下,认出我来,说:"是您啊,上次我们加班,好像还见过您。"

我微笑着说:"是啊。"

"那您进来,在经理办公室等她一下吧。"

我缩头缩脑地跟在她后面,生怕碰上某个面试过我的人。

叶琳办公室整洁如旧,平时上下班背的棕色小牛皮包端端正正地放在办公桌旁,说明她还在公司,没走远。我又再次拨打了她的手机,仍然是关机,估摸着是手机没电了。

我跟小姑娘说:"那个,我先去趟洗手间。"

借着上洗手间的工夫,我探头探脑地把公司的每个办公室都找遍了。大部分办公室都是人去室空,上了锁。

叶琳就像是凭空消失了一样,哪个办公室都没她的影儿。现在,只剩一个地方没查看过了,就是——女厕所。

我站在女厕所门口,大声问:"打扫卫生,女厕所有人吗?"

里面静悄悄的。

我走进女厕所,挨个格子间拉开门来查看,一只鬼影都没有。

正当我站在女厕所里,对着空荡荡的格子间发愣的时候,赵教授来电话了。

"陈哲，你传来的设备资料很有价值，有的设备也是我们今后需要的。明天，我们就用叶琳给的第二笔资金采购。还有那些原料，有两种是很稀缺、很昂贵的，你知道是做什么的吗？"

"不知道，这是公司机密。您看着像什么的原料呢？"

"唔，"赵教授有些犹豫，"从几种比较昂贵的材料来看，应该可以合成某种阻断神经生物电信号传导的药物。"

我一惊，说："那种药物会不会造成人活力的丧失？就像我哥哥一样？"

她的回答只有三个字："很可能！"

我当场冷汗就下来了，转身就往回跑。

赵教授在电话里急了，叫道："陈哲，怎么回事儿？"

"赵教授，我突然想起件事情来，现在没时间，以后再跟您详细说。"

我回到行政事务部办公室，小姑娘看见我，说："我要下班了，你……"

她有些为难地看着我，把我赶走吧，她有点于心不忍，还怕得罪经理；不赶走我吧，让我一个人在经理办公室，也不太妥当。

我强笑道："没事儿，我也还有别的事情，明天再来。我先走了。"

说完，我闪身出了办公室，直奔电梯间。

下到一楼，我冲向停在街边的汽车，爬上驾驶座，从副驾驶座位前的工具箱中，摸出一只小塑料盒。我用颤抖的手打开盒盖，抓起一颗胶囊，扔进嘴里，仰起脖子，艰难地将它干咽了下去。

然后，我抱住头，等着粉红药粉的威力席卷而来。

十分钟过去了，我热切盼望的气味的洪流、声音的洪流、信息的洪流，一个都没来，大脑反而像被冰冻了似的，空空如也。连原有的那些乱七八糟的思想和意识，都消失无踪了。

第十三章
搜寻痕迹

我傻了。

原指望吃了胶囊以后,能尽快找到叶琳,然而大脑里却空荡荡的,啥也没有,甚至比原来还不如。我懊恼地趴在方向盘上,不知道该怎么办才好。

一股橡胶的臭味钻进鼻孔,那股难闻的味道变得越来越浓。我坐直身体,看着方向盘上的一堆按钮发愣。这车已经买了五年,怎么还有怪味儿?!

我掏出手机,给技术部的景润生打了个电话:"眼镜儿,帮我个忙。CBD这边有个叫通德康来的公司,你帮我查查,他们用的是哪家的监视器?还有,他们这写字楼用的是哪家的?"

说到专业,景润生是一点儿也不含糊:"现在中国的高端市场,基本上都是全线视产品的天下。不用查我都知道,整个CBD,肯定用的都是全线视公司的设备。"

我惊奇道:"你怎么知道的?"

"前几年,CBD楼宇监控系统招标,我们也去投标了。我们报价最低,但是商务标没做好,整个标段都让全线视公司拿走了。"他有点不甘心地说。

"那好,你帮我看看,现在还能不能黑进他们的系统。我想看通德康来公司两个小时前的监控录像。"

他爽快地答应了,根本没问我用来干什么。

第十三章 | 搜寻痕迹

过一会儿，他来电话了："上次全线视被新闻曝光系统存在严重安全漏洞以后，他们学乖了，给入口加了密钥。现在很难黑进去啊！不过，这事难不倒我，我还是进去了，嘿嘿……"

他得意地笑了两声，接着说："通德康来公司和大楼的监控系统没联网，要看监视图像，只能去控制室。但是，整个街区的监控系统是联网的，我已经下载了。"

"太好了，马上发给我吧。"

他把视频录像的地址发到了我手机上，我用三十二倍速快进，迅速看完了大楼门口和车库出入口的视频录像。

从下午四点半到我上楼找叶琳的这个时间段，由于临近下班时间，去写字楼办公的人不多。进写字楼的共有78人，大部分都是送快递的。出办公楼的一共是357人，其中男的216人，女的141人。

里面没有叶琳。

她不可能插翅飞掉，既然没有步行出来，就一定是坐车出的写字楼。这个时间段内，一共有98辆车从写字楼停车场出来，叶琳一定是坐着其中的一辆离开的。

我思索着，怎么才能在最短的时间内，搜寻到带叶琳离开的那辆车。

就在此时，我突然意识到，在短短的八分钟内，我已经看完了原长四个多小时的录像，而且所有的细节都记得这么清楚，对正常人来说是不可想象的。

LSEA起作用了！

LSEA的效果，如春雨般，润物细无声。完全不似SSEA，各类信息排山倒海般，奔涌而来，把整个人都淹没在其中。这次，我没有一点头痛欲呕的感觉，在不知不觉中，大脑已经变成了超级计算中心。

我心里又忧又喜，看来我的钱没白打水漂。

我拨通了周警官的手机。还没等我自我介绍完，他就打断我说："我记得

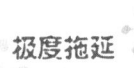

极度拖延

你，你不就是那个，哥哥当你的面跳楼自杀，你还非说你哥不是自杀，是他杀的那个小伙子吗？！"

"对对，就是我！不好意思这么晚打扰您，如果不是事情紧急，我也不会给您打电话。"

"不打扰，我也正上着班呢。人民群众有事报警，可不管你上班还是下班。你简短点说吧。"

"有人失踪了，我想报案。"

"失踪了多长时间？"

"至少，得两个小时了吧！"

他哈哈一笑，说："按规定，要超过二十四小时联系不上，我们才能立案。要不，你再等等，没准一会儿人自个儿就回家了呢。"

听他跟我打官腔，我立马意识到这事情不好办。现在都快晚上七点了，他还在加班，肯定不愿意为了我的这点儿小事费脑筋，况且还有规定在那放着，不接我的案子，名正言顺。

"周警官，这个事情很紧急，不光是有人失踪，可能还涉及流行病的问题。您在哪里？我过去当面跟您说吧。"

"好，你过来吧。"

我驱车赶到周警官给我的地址，那是一个联排别墅小区。还没进小区，就看见一辆救护车，呜啦呜啦的，拉着警报冲了出来。小区大门的栏杆抬得稍微慢了点，救护车差点儿撞上了栏杆。那救护车出了小区门，一点没停顿，绝尘而去。

我转动方向盘，开车进了小区。道路两边，一幢幢精致的小楼掩映在树丛中，偶尔能听见别墅里的狗叫声。

小区里的绿化搞得不错，氧气浓度至少比市区要高上好几个百分点。我打开车窗，贪婪地呼吸着没有雾霾的新鲜空气，空气里夹杂着丝丝的花香，甚至还能闻到隐隐飘来的凉拌黄瓜味儿。

小区中央的路边，横七竖八地停着一大堆警车，警灯在车顶上无声地闪烁着。

门口小警察问："你是哪的？"

"我找周警官。"

周警官在里面听见了，扬声说："让他进来吧。"

我还是第一次见警察勘查事发现场。大厅里，仿古地砖花式交错铺成的地板上，一大摊暗红的血迹很是扎眼，地上有个粉笔画的人体形状，旁边到处都是瓷器碎片。

周警官坐在大理石餐桌旁，对面坐着一个四十多岁的中年女人，山东口音，看穿衣打扮，像是这家的保姆。

见我新奇地东瞅瞅，西看看，周警官说："陈哲，我这边还有点事，你等我会儿。"

我点点头，小心翼翼地走近那摊乌红的血，一股金属的味道混合着甜腥味，直冲脑门儿。奇怪的是，这甜腥味儿里面，还夹着水果的清香。

我闭上眼睛，深吸一口气，想分辨出是哪些水果的味道，好像有葡萄、西瓜、草莓、香蕉、橘子、苹果、荔枝、菠萝、桃子……

水果味非常非常地淡，若有似无。纵使我吃了赵教授的 LSEA，也得使出洪荒之力，才勉强分辨得出来。

我睁开眼睛，四处寻找，客厅里并没有放任何的水果。我慢慢踱步到厨房，厨房装修得美轮美奂，面积比我的卧室还大，四周墙上挂着深胡桃色的雕花橱柜，洗手池正对着小窗子，洁白的窗纱随风飘动。

我顺着厨房溜达了一圈，看了看冰箱里和橱柜，并没有任何水果。连垃圾桶里也没有一点水果皮的影子。

周警官走进来，问道："说吧，找我什么事？"

我试探着问："这是？"

"女主人从楼梯上摔下来，颈椎折断。当时就只有她一个人在家里，很明显，就是个事故，其实不需要我们过来的。"

他打了个哈欠，揉着下眼袋明显的红眼睛，说："昨天蹲了一晚上现场，没睡几个小时，今天我得好好补个觉。你说吧，什么事情？"

我把叶琳在办公室失踪的事情告诉了他，同时跟他说，我已经拿到大楼进出的监控录像，并没有找到叶琳进出的痕迹。

周警官明显不愿意接这个案子。

"有可能人家就是坐车出去了，手机没电了，跟你联系不上而已。别想那么多，回家去等着吧，没准晚上就回来了。"他哈欠连天地说。

"不可能！"我反驳道，"她从来没有过不打招呼自己回家的情况。更何况，今天晚上，我们约好了去听她从小就崇拜的歌星的演唱会！"

我看看手表，演唱会已经开始半个小时了，而我这儿连叶琳的影儿都没找到。

周警官不以为然地说："你这小同志，又开始臆想了不是？！当年，你哥哥当着你的面跳楼自杀，你还非说是他杀。"

我争辩道："周警官，这次我可是真正掌握了证据的！"

"证据在哪儿呢？"

无奈之下，我只好把极度拖延药物的研发，以及一系列受害者被传染，并且纷纷自杀的前因后果告诉了他。

他跟听天方夜谭一样，瞪着眼睛，反问道："既然你都被传染上了极度拖延的病，为啥你没自杀呢？"

我只好又把怎么偶然被赵教授选为新药的试验者，以及吃完药以后种种开挂、当上帝般的事迹告诉了他。

看得出来，他根本不信，脸上全是"你找借口都找不好"的表情。

他一直拿失踪二十四小时才能立案的规定敷衍我。

我被逼无奈,只得说:"我知道您不相信我,这事儿太离奇,搁我也不敢相信是真的。但是,如果我能证明给你看,你就帮我找人,成不?"

他眯缝着一双吊着大眼袋的眼睛,目光锐利地看着我,说:"好啊,给你十分钟,你来证明给我看。"

我无奈地说:"好吧。我知道人民警察工作繁忙,为保卫社会治安和人民的生命财产安全,倾尽全力,有家不能回,特辛苦。所以,你可以闭着眼睛听我说,只要别睡着就行。"

他微微一笑,坐在厨房的高脚凳上,闭上了眼睛。

我酝酿了阵情绪,开口道:"客厅里的女主人意外伤害案,其实并不是偶然事件,而是策划已久的谋杀!"

他眉毛一跳,扬了起来,但眼睛还是死闭着,不肯睁开。

我接着往下说:"这栋房子里,除了男主人和比他小二十多岁的年轻妻子以外,还住着男人和前妻的女儿,再加上个保姆,我说得没有错吧?"

周警官闭着眼睛,慢悠悠地说:"只要注意看一下墙上和壁炉上的照片,应该都能推断出来,这个并不难。"

"但是,在这个家里,有一个人是戴着假面具生活的。前妻的女儿和继母的关系并不像照片里所表现出来的那么亲密。刚才我进门的时候,看到门边小储藏室里面,男主人的拖鞋和女主人的高跟鞋,甚至保姆穿的鞋子,都是随意摆放的,只有女孩穿的绣花帆布鞋,却整整齐齐地摆在鞋架子上。这不可能是保姆摆的,因为保姆收拾房间,对所有的鞋子都会一视同仁,不会单单只收拾小女孩。所以我推断,这双绣花鞋只能是小女孩自己摆的。"

我看周警官一眼,他没吭声,不会是睡着了吧?

我大声说:"如果她是个在家里自由自在,被父母宠爱的小女孩,家里有专门打扫卫生的保姆,为什么要费心,把鞋子摆得这么仔细呢?"

周警官没有说话，还是闭着眼睛，只是眉毛又挑了起来，他说："你知道有人生来就爱整洁吗？听说过处女座吗？听说过强迫症吗？"

我笑起来，说："壁炉上有张女孩的单人照，她房间里的物品摆放得很随意，甚至可以说有些凌乱。但是在客厅里，她的表现却违反了本性，对自己要求特别严格。那是因为，她很在意自己在父亲和继母面前的表现。"

周警官闭着眼睛说："那，你也不能因为她摆整齐了自己的鞋子，就说她杀了继母啊！"

"当然不能，但是这个却可以！"

周警官张开眼睛，望向我。

我摊开手掌，露出一颗黄豆大小的绿色小球。那小球微微散发着薄荷的香味。

"这是什么鬼东西？"他问。

"我在客厅沙发下面捡的。"我口水滴答地说，"小时候，我们学校对面的小卖部就有卖珍珠糖的，两毛钱一包，各种颜色，各种口味，好吃得很！黄的是香蕉味的，橙色的是橘子味的，白色的含着像吃椰子，粉色是草莓味的……回想起来，真让人流口水啊！现在的小孩子们不兴吃这个了，一般用来装饰蛋糕和小甜品。"

周警官又闭上了眼睛，摆出一副老僧入定的样子。

我接着说："如果在楼梯上，密密地铺一层这种圆溜溜的小糖珠，光线不好的时候踩上去，铁定会滑下来，摔个嘴啃泥，搞不好就会折断颈椎！"

周警官脸上的肌肉一跳。

"不过，下楼的人如果看到地上有小珠子，一定会小心避过。所以最好的办法是：等天黑，让人看不清地上的小糖丸。楼梯上的枝形吊灯离地面有点远，要把灯泡取掉或者弄坏很困难，最简便的办法，就是把开关弄坏。等人摔下来之后，再把地上的小珠子扫干净，就不会留下任何痕迹了。"

我看着厨房吊顶上明亮的节能灯，说："我的分析完了，您可以去验证一下。"

周警官睁开眼睛，仿佛第一次见我似的，上下打量我两眼，一言不发地走出了厨房。他先走进客厅，趴在地上，拿着一只强光手电，对着那摊乌黑的血左瞧右瞧，脸都快贴上去了。没一会儿，他如获至宝，拿镊子夹出一粒沾着血的小糖丸，放进密封塑料袋里。

他又找了把螺丝刀，走到楼梯开关处，卸下了开关面板，对着里面两根断开翘起的电线发了一会儿愣。

我站在他身后，提醒道："现在去女孩子的房间，没准还能找到糖丸袋啥的。"

他瞄我一眼，取下手套，一言不发上了二楼。没一会儿，他拎着半袋子糖丸下了楼，把糖丸丢到我面前，掏出个大自封袋装了起来。

我摇头，啧啧道："现在的孩子，口味都刁了！要在我们小时候，哪容得了珍珠糖留这么久，早下肚了。"

周警官终于开口了："你是怎么发现的？"

"闻到的啊！吃了 LSEA，嗅觉至少会放大一千倍。一进门，我就闻到了各种水果味儿，但是屋里却一只水果都没有，这还不够明显吗？"

他用难以置信的眼神看着我，好像看个来自外星的怪物，判断着是不是应该相信我说的一切。

我笑起来："怎么，您老还不信啊？那，我给您另外一个让您相信的理由。"

我晃悠着走近他，站在他的面前，跟他眼睛对眼睛，鼻尖对鼻尖。然后我迅速地蹲下身去，保持鼻尖离他的身体只有一厘米的距离，把他从上到下闻了个遍。

他被我的举动惊着了，伸手想推开我，但是我已蹲下了身来，他推了个空气。他像被火烫了的青蛙般,"唰"地往后蹦开了。

我嬉皮笑脸地看着他,说:"昨天晚上,您到底是去蹲外场了,还是在家里跟嫂子在一起啊?杜蕾斯新出草莓味儿的,用起来好吗?"

他眼珠都快瞪出来了,忍不住骂道:"这你也能闻出来?!得,你说吧,要我怎么帮忙?"

在周警官亮出警官证,并说明"追缉带炸药的嫌疑人"的来意后,大厦保安按要求,调出了通德康来公司所在楼层的公司大门、楼梯及电梯间的监控录像。照例,我用快进的方式,浏览了叶琳失踪那个时间段的录像。

整整两个小时,没有看见她出公司大门,更没有在楼梯间和电梯箱里看见她,她仿佛是凭空消失了。

周警官在旁边的椅子上眯了一觉,脸色比刚才好多了,态度也比刚才好多了。

"会不会早就走了?"他问道。

我百思不得其解地说:"不能够啊!他们办公室的人说,下班前,也就是下午四点多钟的时候,还看见她呢。"

周警官转过头,去问保安队长:"通德康来公司内部装监控没?"

保安队长从抽屉里掏扒掏扒,掏出来一个皱巴巴、页角起卷的记录本,蘸着口水,从前翻到尾,说:"我们这儿没记录。您等等,我问问负责那层楼的保安。"

在他打电话的当儿,我又把录像倒回去,重新查看。

保安队长很快了解到:"周警官,他们公司确实没有监控,至少公司的走廊上没看到,办公室里有没有,就不知道了。"

眼看着时间一点点流逝,已经快到晚上十一点了,一点叶琳的线索都还没有。

第十三章 | 搜寻痕迹

周警官有些不耐烦地看着我，说："今天晚了，要不明天再说？没准明天她就会联系你了。"

我强烈反对："别！我有预感，她一定是出了什么事情，不然不可能失联这么久。"

周警官说："干我们这行，要讲证据。没有证据，什么都是虚的。我还预感到我今天晚上十点就能回家呢！"

我回想起跟通德康来项目有关人员的各种离奇死亡，如果不尽快找到叶琳，后果不堪设想！没准，现在都已经晚了……

我不敢再想下去，恐惧攥紧了我的心脏，我控制不住地大声嚷道："人都不见了，这还不算证据吗？！你还要什么证据？你能拿得出她没失踪的证据吗？！"

保安队长在旁边看我俩互怼，咕哝道："不是说要找恐怖分子的吗？怎么又成了找失踪的人了？"

我扭过头，喷着唾沫星子，恶狠狠地说："关你什么事？！"

他看我一眼，再看一眼周警官，不说话了。

突然，一个念头在我脑海闪过。

"我知道她怎么出去的了！垃圾箱！快，录像，四点四十六分二十八秒！"

尽管刚才被我吼了，保安队长还是很配合，迅速把录像放到我说的时间点。屏幕上，一个身穿牛仔裤，头戴棒球帽的男人，推着一只一米多高的灰色带盖垃圾箱，从公司大门口出来，进了电梯。

"快，一号电梯的录像！"我说。

我们很快掌握了牛仔裤男的行踪，他坐电梯到地下二层，拖着垃圾箱进了停车场，然后开着一辆贴了黑膜的金杯车，驶出了写字楼的地下停车场。

周警官和保安队长对我的记忆力简直顶礼膜拜。

周警官瞪着我，眼珠子都快掉出来了，说："你把录像在哪个时间点，有

极度拖延

什么都记住了？你是怎么做到的？"

"周警官，你现在还不打算相信我的话吗？有 LSEA，也有极度拖延药，这些都是真的！"

他鼓着眼睛，盯了我半天，说道："如果不是亲眼见到，我还真不敢相信。"

说完，他去打电话请示了上级领导，把他手下的几个人都叫了出来，又联系了交管局，要了那个时间段的街道监控录像。

我也没闲着，打电话把大牛和房华都叫了过来。接下来要寻人，参加的人自然是越多越好。大牛平时没少吃叶琳做的饭，此时自然是义无反顾，很快就赶到了。而房华很有些顾虑，他已经好久没见生人，更怕自己身上的病毒传染给别人。我一再跟他拍胸脯保证没事，他才答应过来。

我犹豫了一下，还是给赵教授打了个电话，把叶琳的事情说了，没等我说完，她便说："告诉我地址，我马上过去。"

半小时后，临近午夜十二点，我们一伙人聚集在一起，站在通德康来公司的门口。

周警官把我介绍给他的同事："这就是帮咱们破楼梯坠落案的小兄弟。"

我得承认，在各位警官仰慕、爱戴和崇敬的注视下，我有点强作镇静，努力压抑着没露出沾沾自喜的表情。

通德康来公司总经理范有进被周警官从家里叫了过来，他衣冠不整，头发蓬乱，估计之前都已经爬上床睡觉了。见到众人，他诧异地说："各位警官，这么晚了，不知有何贵干？"

叶琳办公室的小姑娘也来了，看见我，她愣了一下，然后露出恍然大悟的表情。估计是把我看成卧底的了。

周警官严肃地说："我们怀疑有犯罪嫌疑分子在楼里安装了炸弹，需要排查一下。"

范有进狐疑地问:"炸弹?不能吧。我们公司有门禁系统,外人是进不来的。"

"那范总的意思是:只要进了这扇门的人,都是你们公司内部的人啰?那请范总看看这个人,你认识吗?"周警官把录像截屏下来的牛仔裤男的照片递给他。

范有进拿着照片,只瞄了一眼,便模模糊糊地说:"这人戴着帽子,脸看不太清楚啊,应该不是我们公司的人吧。"

周警官讥讽地追问道:"他进了你们公司的门,你怎么解释?不是说外人都进不去的吗?"

"我看看。"叶琳部门的那个小姑娘说,"哦,这就是技术部的嘛,张志勇!技术部经理。"

范有进马上说:"嗯,你一说,我也觉得有点像。不过张经理平时不戴帽子的。"

周警官说:"既然确认了是你们的人,那就好办了。现在我们怀疑他参与了一起案件。一方面,希望你们配合提供一下他的住址;另一方面,我们需要到你们公司里面查看一下。"

范有进为难地说:"周警官,我不是不想让你们进去搜查,只是里面都是实验室,培养着各种细菌、病毒,我们自己人进实验室都要穿无菌衣的。你们这一搜查,万一传染个什么治不了的病,我们可没法交代。再说,你们有搜查证吗?"

周警官拿出张纸片,朝他一晃,说:"人民警察依法办事,这是搜查证。对于实验室,你就一百个放心,我们有专业人员,可以按要求,穿无菌衣进去。但是,如果你阻止我们进去搜查,就是妨碍警察执行公务,我们可以马上拘留你。"

范有进赔笑道:"不敢!不敢!周警官,请进。"

我注意到，当戴着墨镜、口罩和棒球帽的房华经过范有进身边的时候，他反瞟了房华好几眼。而对于我这个他曾经见过一面的人，他完全没有认出来。

周警官的同事当即兵分两路，一路去了张志勇的住处抓捕，另一路则忙碌而有序地搜查各个办公室。

我站在走廊里，指着一扇紧锁的门，问叶琳同事："这个房间是干什么用的？"

她说："这是储藏室，装清洁工的拖把、洗涤剂什么的。"

我和周警官对视一眼，周警官下令道："打开！"

房间很小，一眼就能看到底，洗涤剂里兑的香精味儿直冲脑门。周警官拦住房华和其他人，说："先让陈哲进去。"

我走进光线幽暗的杂物间，在香精味、消毒液味和墩布的霉味中，隐隐约约嗅到一股熟悉的清香。我循着那味道的来源，蹲在地上，眼睛像 X 射线检测仪一样，扫描着每寸地板。

在瓷砖的夹缝中，我找到一点长度不超过零点二厘米的小黑渣。我尖着两根手指头，小心翼翼地把它捡起来，放到灯下细看。

那是一只非常非常细小，堪比电线铜丝的中空玻璃管。记得叶琳穿的针织衫上，星星点点装饰着这种小东西，在强光下经常闪瞎我的眼睛。

"陈哲，"周警官说，"交管局发来最新消息，半小时前，那辆金杯车通过了一个卡口。那条路是断头路，路的尽头是个城中村。我们现在马上过去。"

"可是，这边……"我有些犹豫，这次搜查算是突然袭击，现在已经打草惊蛇了，如果不彻底搜查，怕是会给对方销毁证据的机会。

"我们会留人在这里继续搜查的，赵教授也留下来。失踪后的二十四小时是黄金时间，再晚线索没了，人也容易被……。"

他的话没说完，我却闻之一惊。想到叶琳正身处危险之中，随时都有可能挂掉，我的大脑"嗡"的一声响，吓得都快"宕机"了。我立马站起身来，跟

第十三章 | 搜寻痕迹

着他，大步冲了出去。

城中村的夜晚，灯红酒绿，乌烟瘴气。大街上到处是烟头、用过的卫生纸和丢弃的食物包装袋；路边的十元店里，大喇叭喊着"十块钱，你买不了吃亏，买不了上当！只要十块钱，你就可以拿走一件称心如意的商品……"；年轻人成群结队地坐在路边小摊上，狼吞虎咽地吃着地沟油煮的麻辣烫；涂脂抹粉的女人穿着超短裙，踩着恨天高朝着男人们招手……

车缓缓行进在坑坑洼洼的大街上。我看着车窗外，心里无数念头涌起又落下，在这么混乱的地方寻找叶琳，无异于大海捞针。

周警官忙着看手机，口不择言地骂道："居然有人给张志勇发短信，通德康来里面绝对有内鬼！再往前五百米就是了。"

他又蹦出句国骂，说："关机了！他怕是已经知道自己暴露了。快点开！"

商务车在一片民房前停了下来，我们下车，周警官迅速给手下几个人分派了任务，让他们各守一个路口。

"陈哲，还有你的两位朋友，跟我一起来。"他伸手指指大牛和房华。

我下了车，站在黏黏糊糊的人行道地砖上，闭上眼睛，调动全部的嗅觉细胞，试图从腐烂的食物味道、下水道臭味和隐隐的精液味道中，寻找叶琳的独特香气。

没有，什么痕迹都没有。

也许，应该换个搜寻方式。

我盯着灰和油泥混杂的地面。街道很久都没人清扫了，黄色昏暗的灯光下，可以分辨出地上的各种印迹：宽大的男人鞋子，前尖后小的高跟鞋，猫咪的梅花瓣脚印……我大脑里灵光一闪，金杯车录像截图从脑海里冒了出来，隐隐能看到其下部的轮胎。大脑自动将轮胎部分的图像局部放大，露出模糊不清的轮胎纹路。

我的大脑突然一阵发热，只感觉全身的血液和能量都奔向头部，失血的身体如掉入冰窟，不由自主地颤抖起来。大脑皮层得到了足够的能量供给，每个细胞都活跃起来，几百万个脑细胞在"吱吱"相互放电。

我呻吟一声，抱住了头。

大牛关心地问："蚕头，你没事吧，脸怎么这么红？"

我无暇回答。此刻，大脑已经成了雷电球，每一个脑细胞都疯狂地朝其他所有的细胞放电，电弧之光照亮了轮胎图像的每个细节。

模糊的轮胎花纹一点点清晰起来：中间是两条很深的纵向凹槽，两边布满十字交叉的花纹，再往外，在边缘部分，则是整齐与凹槽垂直的横纹。

我猛然睁开眼睛，把凑在我跟前正猥琐地查看我的大牛吓了一跳，他说："蚕头，你有没有听到什么东西在'吱吱'响，像油炸臭豆腐的声音。"

我哭笑不得，都啥时候了，他还想着吃！

我看着地上灰尘的图案，这也太简单了！

"跟我来！"

我蹦起来，拔腿朝前狂奔而去。

第十四章
隐秘窝点

大牛在我身后莫名其妙地问:"干吗去?"

房华说:"他找到线索了!"

他甩开两只麻秆儿似的长腿,跑在我身后。看不出来,他这么瘦弱的人,跑起来还挺快。

周警官也拖着疲惫不堪的身子跟在后面,一边嘟囔:"别跑太快,我都追不上了!"

我身轻如燕地在黑暗的小巷子里穿梭。小巷两边是低矮的铁皮顶棚屋。我无暇顾及头上蛛网般的电线,也无暇顾及棚屋里传出的淫声荡语,眼里只有越来越清晰的轮胎花纹。

周警官被我远远甩到了身后,我听到他剧烈的喘气声。我稍稍放慢了脚步,好让他别掉队太远。他身上的对讲机嘈杂地乱响了一阵之后,传来一声惊呼:"我看到金杯车了!你,停车!停车!哎哟!"

接着,对讲机里传来稀里哗啦、噼里啪啦、喊哩喀喳的声音。

周警官总算找到个借口,停住了奔跑的脚步,抓起对讲机,呼哧带喘地问:"怎么了?马上报告你的情况!"

对讲机那头的民警语速很快地说:"头儿,我看见金杯车了。这家伙,看见我,一脚油门就朝我冲过来。幸亏我闪得快!它跑了。我马上联系交警,看它能往哪儿跑!"

我一面听着身后的响动,脚下的速度没有放缓,直奔到小路尽头处一栋三层小楼前。小楼窗户外挂着万国旗一般花花绿绿的裤衩、衣服和被套,在黑暗中花枝招展着。

夜虽已深,这里却翻腾着生活的喧闹,楼上传出小孩的哭声,男女互相叫骂的声音,以及哗啦啦的冲厕所声。

我闭上眼睛,深吸一口气。在错综复杂、各种难以言表的味道中,几个叶琳特有的香味分子,隐隐钻进鼻孔。不知为何,再次闻到她的味道,我竟然双眼发酸。

循着这股熟悉的味道,我穿过贴满梅毒、尖锐湿疣治疗广告的门洞,穿过墙皮剥落的楼梯,奔到二楼走廊最尽头的房间前,停下了脚步。

大牛平日疏于锻炼,落得很远,我听到他剧烈的喘息声还在楼下某处。而房华则无声无息幽灵一样如影随形地跟在我身后。见我征询地看他,他朝我点点头。

我没有敲门,而是飞起一脚,重重地踢在油漆斑驳的黄色木门上。薄薄的木板"咔嚓"一声,被我踢出了个大洞。我从破洞中伸进手去,打开门锁,冲进了房间。

房间破旧至极,黄色斑驳的墙上,东一块西一块地沾着不明污渍,一股长时间不洗澡的人体酸爽味道扑面而来。水泥地上,横七竖八地躺着几个瘦弱的男人。

见我们进来,有人动了动,挣扎着想爬起来,大部分人仍然一动不动。

"叶琳,叶琳!"

我高喊着冲进客厅,跨过地板上歪七倒八的身体,挨个儿推开卧室门和洗手间门查看。每个窄小的卧房里,都有一两张硬木板床,床上或是胡乱堆放着脏兮兮的被子,或是躺着衣冠不整的男人。

第十四章 | 隐秘窝点

然而，却没看到叶琳的身影。

我推开厨房门，细长形状的厨房窄得跟个过道似的，橱柜门上沾满了黑色的污渍和屎黄色滑腻的油烟，靠窗处一个灰色的大垃圾桶吸引了我的注意。

周警官喘着粗气，在我身后说："像是监控录像里面的垃圾桶。"

我面色凝重，一步步向它走去。

油腻的地板不知多久没打扫过了，每走一步，鞋底都发出嘶嘶啦啦的声音，地板上的油泥似乎很不情愿放开鞋子一般。

每往前走一步，从垃圾箱里发出的恶臭都增加一分，熏人欲呕。那味道，像极了太平间的味儿。每往前走一步，我的心里都更翻江倒海，叶琳那温柔缠绕的香气还在脑海里，而如今……

厨房的短短几步路，我走得无比漫长，无比艰难，无比沉重。

我已经打定了主意，哪怕豁出我的性命，刨地三尺，也得找出残害她的凶手！我绝不会痛快地结果他，我要把他一刀一刀割碎，让他哀号，让他受尽痛苦，让他流尽鲜血而死……站在垃圾桶面前，我伸出颤抖的手，打开了塑料盖。

血腥味、腐臭味和屎尿的臭味，直冲鼻子而来。

"这味儿……"大牛喘着粗气，挤进厨房门，嚷道。

对着垃圾桶里凌乱纠结成团的肢体，我的脑袋的运转停滞了。我强忍着恶心，努力辨认了好一会儿，才看出来，那是一只胳膊、一条腿和半截肩膀，身体剩下的部分，应该都塞在了垃圾桶下面。

看着那枯瘦发乌的手指头，塞着脏东西的黑指甲，瘦得像骷髅的手臂，松弛皮肤上的黑色汗毛，我悬着的心突然放松落地了——那不是叶琳的。

紧张的肌肉突然放松，我瘫软得快要出溜儿到地上了。

周警官瞥了一眼垃圾桶，马上掏出对讲机，呼叫道："三组三组，到十一栋二楼来，马上！"

周警官的同事们很快控制住了屋里的几个人，让他们一水儿对着墙根，手抱头，蹲成一排。

昏暗的灯光下，那几个男人抱在头上的手，都跟垃圾桶里的手一样，干瘦、肮脏、乌黑，指甲里全是污垢。

我不由得和房华对视一眼，他瞳孔里全是熟悉的恐惧。我知道，我们不约而同地想起了那些形若枯骨的试验者。

"都把身份证拿出来！"周警官威严地说，"老实点，别乱动！"

考虑到晚一分钟找到叶琳，她就多一分危险。周警官把肮脏的小卧室变成了临时审讯室，我跟他进了房间，坐在床上，居高临下地看着蹲在地上、浑身发臭的男人。他算是几个人中最胖的了。

"姓名？"

那男人说了一个名字。

"身份证拿出来！"

"身份证让姓张的经理拿走了，他说得押在他那儿。"

"是这个人吗？"周警官把张志勇的照片拿到他眼前问。

"就是他。"

"你的职业？"

"我，我算是业务员吧。"

我问道："怎么叫算是？"

周警官说："从头到尾，仔细讲，你们怎么认识张志勇的？怎么到这儿来的？都干了些什么？！"

那男人说："警察同志，我们可没干坏事儿啊！张经理把我们招聘过来，说让干业务员，包吃包住，一个月两千，还有免费培训。工资虽然不高，但胜在有保底，我就来了。我们几个在这儿待了两个多月，没什么活儿干。说好的培训，就是扔了几本书，让我们自己看。"

那男人伸出舌头，舔了舔干裂的嘴唇，说："开始我们觉得不要太爽了！不用干活，连上街发个传单的事儿都没有，还有小时工给我们做饭。有吃，有喝，每天还可以洗澡。除了不太自由，平时不让我们出门以外，简直是太舒服了。后来，慢慢地就不对劲了，我们天天就想躺着，什么事都不想干，饭也不想吃，觉也睡不着，人越来越瘦……跟旧社会那些抽了鸦片的人一样。警察同志，是不是那姓张的给我们下药了？"

周警官没有回答，而是颇有深意地看了我一眼。

我知道他不再怀疑我跟他说的事情了，我扬起眉毛，给他一个"我说得没错吧"的表情。

周警官问道："厨房垃圾桶里面的人是谁？"

"那是老迟。他跟我住一个屋，本来就瘦，平时不爱吃东西，睡眠也不是很好。住进来以后，更瘦得皮包骨头，晚上睡不着觉，老是起来乱晃，白天困极了才睡一觉，一天就喝一顿稀饭。"

那男人的嘴唇开始哆嗦："昨天，他白天睡了一整天，我没有叫他，到吃晚饭的时候，人都冷了。我们几个都被吓着了，赶紧给张经理打电话，结果姓张的说要我们别报警，说都晓得他是病死的，又没人杀他，警察一来，公司就没法做生意了，我们都得遣散。在外头，上哪儿去找不干活还有工资的工作啊？！我们都不愿意遭遣散。晚上姓张的来了，要我们帮他把老迟装到垃圾桶里面，还没来得及推到门口，他接了个电话，丢了垃圾桶，就跑了。"

"你知道是谁打的电话吗？"

"不晓得，听声音像是个男的。"

我掏出手机，把叶琳的照片给他看，问道："那你有没有见过这个人？"

他摇头："这两个月，我们一直在屋里头，就只见过小时工一个女的。警察同志，我晓得的都说了，现在想起来，姓张的肯定不是个好人。"

周警官问："张志勇有没有带过其他人来？"

他翻着眼睛，回忆了半天，说："刚入职的时候，他带过一个男的来。那男的进门后到处看了一下，也没说什么就走了。我们一直以为他跟我们一样，也是来应聘的。后来我琢磨，又觉得不像。他身上穿的西装看起来有板有眼的，肯定不便宜，搞不好还是纯毛的，头发专门做了造型，还打了发油。反正显得有点儿高级，不像我们这些靠打工为生的人。"

我翻出手机上范有进的照片给他看，问："是这个人吗？"

他瞥了一眼照片，道："说不好。那段时间雾霾特别严重，PM2.5 都爆表了，我们连窗子都不敢开。他戴了个大口罩，看不到长啥样子。就记得好像戴了副金边眼镜，个子不高。"

周警官见问不出更多的信息，便跟其他几个警官碰了下头。其他几个人审讯得到的情况也基本都差不多。

周警官说："现在，可以确定张志勇为本案的嫌疑人，马上搜查张志勇的住所，发通缉令！这里的几个人都带回去录口供。"

众警官分头忙去了。周警官扭头小声跟我说："我顶不住了，得到车上眯一觉。赵教授那边，没有什么新进展，你们也先回去睡觉吧，天亮了再说。"

我看看手表，已经凌晨三点多了。

叶琳，现在还不知她身在何处，她已经失踪近十二个小时了。不知道绑架她的人，有没有给她吃东西，有没有给她喝水？那些人会不会伤害她，会不会凌辱她？她现在肯定特别害怕。

我越想越崩溃，不禁焦躁起来，我怎么还能睡得着？

"周警官，我不困。叶琳现在正在危险之中，而我们连一点儿她的线索都没有找到，您能不能再坚持一会儿？！"

周警官瞪我一眼，说："谁也不是铁打的，没有充分的休息，脑袋是转不动的。"

我压住心里的火，争辩道："可是……"

第十四章 | 隐秘窝点

房华拉拉我的袖子，冲我使了个眼色。

我扭头看他，他身边的大牛早已睡眼迷糊，上下眼皮直打架了。可房华却还精神抖擞，一双贼亮的小眼睛精光闪闪，他冲我轻轻摇摇头，让我别跟周警官杠起来。

我无可奈何地道："好吧。周警官，等你睡好了，给我打电话！"

我转身跟房华说："你要能顶得住，咱们再在周围转转。"

他点点头，悄声无息地跟在我身后。我们出了房间，下了楼。

此时，城中村终于进入了静谧的梦乡。街上看不到什么人，只有红红绿绿的彩灯在有气无力地闪烁。昏暗的灯光下，地面横流的污水和满地的垃圾，看上去也不那么刺眼了。

凌晨的空气清新而又寒冷，我和房华裹紧衣服，没头苍蝇般走在狭窄的深巷。地上的一缕微光引起了我的注意，我跪在地上，伸手捡起那只小小的反光物——中空的黑色小玻璃管，这和我在通德康来公司捡到的那只一模一样。

我激动地蹦了起来。

叶琳！

她来过这里！

我兴奋起来，如果不是因为房华在旁边，我恨不得四肢着地，跟猎狗一样趴在地上往前走。在狭窄巷子的不远处，我又发现了另一只玻璃管。再往前，又发现了一只。

叶琳这小妞真是冰雪聪明，有头脑啊！

顺着她刻意留下的线索，我节省了很多搜寻的时间，直接进了另一栋居民楼的门洞，顺着咣咣作响的铁楼梯，上到三楼。我蹲下身子，拾起门口最后一只小玻璃管，将它揣进裤兜里。

我看看房华，悄声问："要不要等警察过来？"

他摇摇头，悄声回答道："上回，你也没等他们来啊！"

极度拖延

　　我上下打量了一下房门，门的表面包着一层铁皮，幽幽地反着光。这门可比两小时前我踢破的那扇结实多了。要是飞起一脚踢上去，只怕门没破，我的腿骨先得折了。

　　我犹豫了两秒钟，伸手敲了敲门。寂静的夜晚里，敲门声显得特别突兀。门内没人回应。

　　房华不知从哪儿找来一根钢筋，我俩合力，三下两下把门给撬开了。

　　深夜撬门声惊醒了邻居，有个男人嚎道："吵死了，还让不让人睡觉了！"

　　我心情激动地闪身进了房间。屋里出乎意料地干净，整个房间空空荡荡的，地上整齐地码放着一只只纸箱，一眼就能看到房间尽头的窗户。

　　里面没有叶琳。

　　我的心瞬间跌入了失望的深渊，就跟挨了一闷棍似的，老半天都缓不过来。

　　房华满脸同情地说："好像是个仓库！陈哲，别丧气。至少我们知道叶琳不久前还来过这里。"

　　我蹲下去翻弄地上的纸箱，纸箱里装着空塑料瓶，有只纸箱里散落着些白色的空胶囊。旁边的地板缝里，还有些白色的粉末。

　　我伸出食指，粘起些粉末，放到鼻子下嗅闻。它的味道很特殊，我似乎从来没有闻到过这种略带苦味的东西。我就地取材，捡了几个空胶囊，撮了些粉末在胶囊里，打算拿回去给赵教授，让她帮着看看到底是什么。

　　房华在房间里"视察"了一圈，看到我的举动，说："陈哲，不错嘛！有点专业精神。只是装粉粉的时候，最好别把手指头搞进去，不然成分就不纯了。"

　　这家伙，站着说话不嫌腰疼！

　　我心情极度沮丧，虎着脸，也懒得搭理他。

　　他指着地上一块干净无尘的地方，说："嗯，这儿原来应该放有东西的，刚被人拿走。"

我站起身来,在屋子里到处查看,努力调动大脑和每一个感觉细胞,仔细搜索房间里的每一寸地方,却一无所获。

房华用充满同情的眼光,看着我困兽般满屋乱窜,提议道:"要不,咱们休息会儿,整理一下线索?"

折腾了整整一个晚上,不停地搜寻,不停地失败,至今却仍然一无所获,我在极度压抑中突然爆发了。我用充血的红眼珠,死命瞪着他,号叫道:"十二个小时!她都失踪十二个小时了!我真没用,吃了LSEA也找不到她!明明知道她身处危险之中,还要让她去冒险,让她给我设备的材料,给我原料的资料!我害死了她,是我害死了她!"

吼出这句话,我心痛如绞,喘不上气来。

房华安慰地拍拍我的背部,说:"兄弟,会有办法的。"

我暴躁地拉开上衣,掏出赵教授给我的塑料自封袋,把剩下的几粒药丸一起倒进了喉咙。

"你疯啦?!"

房华冲上来劈手抢夺,只抢到个空袋子。

几颗胶囊横亘在嗓子眼处,噎得我伸着脖子,直翻白眼。

我艰难地干咽下药丸,苦笑着摇头,说:"当初,叶琳想要这个的,我没给。如果当初给她吃了LSEA,也许她就会发现种种危险迹象,就不会被人绑架……你晓得吗?"我难过得都快哭了,"为了这个药,她拿出了所有的积蓄……"

我说不下去了,一阵灼热在胃部燃烧,迅速蔓延到大脑和四肢。紧接着,血液在全身疯狂地奔流,我的皮肤开始发红发烫。汗水跟小瀑布一样往下流,我感觉血管里的液体好似马上要渗透出皮肤滴落下来。汗水很快就蒸发殆尽,全身的皮肤烫得跟燃烧起来似的,疼痛难忍,我恨不得立即跳进冰水中降温。

大脑，却无比空明。

那些被我忽视的，隐藏在万千信息下的线索，冉冉浮出水面。

"走吧，我知道怎么找线索了。"

在房华惊异的眼光中，我顺着铁楼梯走了下去。

我猫在写字楼的停车场里，看着通德康来公司的 CEO 范有进有些心不在焉地关上车门，向司机挥挥手，上了电梯。我后脚跟着他进了通德康来公司，跟秘书说要见范有进。

秘书拨通了电话："范总，有位叫陈哲的先生要见您。"

过了几秒钟，秘书歉意地说："范总今天很忙，没时间见您。"

我靠在桌子上，道："你跟他说，我要谈的事情跟叶经理的失踪有关。"

秘书好奇地看我一眼，转达了我的话，最后说："范总请您进去。"

我大步走进办公室，一口喝干了秘书奉上的茶水，双目炯炯地盯着范有进，说："范总，你还认得我吗？"

他上下打量了我一下，说："你是便衣警察？昨天晚上，到公司搜查的人里面好像有你。"

我微微一笑，道："没错，我昨天晚上来过。事实上，是我把警察给叫来的。范总，你见过我好几回了。我是陈宽的弟弟，陈哲！"

范有进脸上的肌肉僵了一下，嘴角勉强向上拉出一个弧形，说："原来是故人的弟弟啊。我想问，你为什么要叫警察来？你跟叶琳早就认识？"

尽管他掩饰得很完美，表现得中规中矩，行为看似没有出格之处。但是，就凭我那双被 LSEA 点燃的火眼金睛，立马敏锐地捕捉到他眼睛周围的肌肉并没有发生位移。也就是说，他那个只有嘴角肌肉运动、特别标准的微笑是装出来的。

在提到叶琳和我哥的时候，他的瞳孔都有略微张大——这两个词刺激了他。

第十四章 | 隐秘窝点

我没回答，只是一屁股瘫坐在沙发上，这一晚上真是累惨了。

我自顾自地抓起他老板桌上的紫砂茶壶，给自己的杯子满上，然后仰脖子一口喝干。我抹抹嘴巴，说："咱们明人不说暗话。你早就知道我和叶琳一起调查你很久了，你这回倒是先下手为强，控制住了叶琳。我劝你赶紧把人交出来！不然，让你吃不了，兜着走！"

他面色一凛，说："年轻人，我不知道你在说什么。叶经理失踪，我也很着急，昨天警察来搜查过，说张志勇是嫌疑人，让我很意外。如果张志勇真的干了违法的事情，那也是他的个人行为，跟公司无关，更和我个人无关。"

这姓范的太极玩得很溜嘛，瞬间把责任推了个干净。

"好个跟你个人无关！那我问你，昨晚警察搜查完公司后，你为什么要打车到远离公司和住处的地方，用公用电话给张志勇打电话通风报信？！"

一阵惊慌的神色掠过他的脸，但他很快就镇静下来了，说："年轻人，说话得负责任！你有什么证据说我打了电话？退一步说，就算我打了电话，也说明不了任何问题。"

他的体味混合了香水的味道，和公用电话按钮上残留的味道一模一样。我甚至可以肯定，他回家连澡都没洗就来上班了。但确实，这都不能作为证据，电话听筒上的指纹被仔细地擦掉了，电话按钮上的指纹也被擦掉了。视频监控拍下打电话的人戴着帽子和围巾，根本看不到人脸。这一切，他做得非常专业。

我竖起耳朵，掐着手机上的秒表，算了一下他的心跳。他心跳的速度比我进门时足足快了三分之一。

我决定再刺激刺激他，最好搞到他怀疑人生。

我开口说："我一直觉得我哥陈宽跳楼跳得很蹊跷。当时，他事业正顺，马上要结婚了，正处在人生之巅的时期，完全没有理由跳楼啊！"

他摆出副沉重的表情，却不接话。

极度拖延

我继续说:"直到他的极度拖延症传染给了我,我才了解了他当时的感受,那是一种除了毁灭自己,没有任何办法和命运抗争的绝望。如果不是一个偶然的机会治愈了我的极度拖延症,我恐怕也会走上我哥的老路。"

我听到他的心脏漏跳了一拍,他眼里露出小心翼翼地掩饰住的好奇。

不过,我可没打算满足他的好奇心。

我死死地盯着他,说:"要破解我哥跳楼的谜团,其实很简单。就看他死了,谁是受益者就行了。当年,他年轻有为,在事业上前途无量,只有清理掉他,当时的部门经理才有可能往上爬!"

范有进的心脏跳得更快了,它在胸腔的震动声,冠状动脉里"汩汩"的血流声,把我的耳朵震得"嗡嗡"直响。

范有进勃然大怒,说:"你是说我觊觎你哥的职位,是我想办法杀了他?!你也太小看我范某了!我范某虽然不才,升职没你哥快,但还真没把他的位子放在眼里过。"

他一副义正词严、义愤填膺的模样,从他的面部肌肉运动状态判断,这不太像是装的。我很有些诧异了,看来,这里面另有缘故。

我立即转移话题,继续往他身上泼脏水:"当年,眼看着药物试验进行不下去了,但是你仍然一意孤行,想方设法清除了测试组的员工,还想办法清理了我哥,以及比你高两个级别的叶总经理。想必你早就知道,叶琳是叶总的女儿,当你发现叶琳在暗中调查你们的时候,你又企图从肉体上消灭她!"

他脸上摆出一副讥屑的神情,说:"你还真能含血喷人!"

让我诧异的是,他的心跳慢了下来,我的话对他来说并不新鲜!

我步步紧逼:"尽管每个人的死亡,都像是偶然事件,还有几个员工是离开公司以后才死的。但是,把这些线索串在一起,事情的来龙去脉就非常明显了!叶琳来面试,她既没有行政工作的经验,更没有相关学业经历,你们却反常地录用了她。唯一的可能就是,你们当场就发现了她是叶总的女儿,想稳住

第十四章 | 隐秘窝点

她，然后慢慢想办法除掉她。"

细听他的心跳，就在我说话的过程中，他的心率居然降到了正常水平！

我对他的杀人指控完全没有刺激到他，他甚至反击怼了我一下："也许，我们是看她的胸够大！"

一股怒气从我的丹田升起。随即，我马上意识到：他在试图激怒我！

我微微一笑，说："你发现叶琳在严密的监控下，居然还是拿到了实验资料，你们觉得太不安全了，决定立即除掉她。但是，你们没有想到的是，我会这么快发现她失踪了，而且警察会这么快地介入了调查。情急之下，你们只得抛弃测试人员，以求自保。我特别想知道的是：明明知道药物会造成极度拖延，造成受试人员的死亡，为什么你还死性不改，非得偷偷摸摸继续搞研发？"

范有进皮笑肉不笑地说："你说完了吗？年轻人，你说的这些都是无中生有！我们公司规规矩矩，严格遵守国家的法律法规，老老实实地开发新产品，产品都是经过国家药监局批准的，是经得起检验的。警察搜查了我们的实验室，也没有发现任何异常。所以，年轻人，我奉劝你说话小心点，不然我们可以控告你诽谤！"

他站起来，说："没有别的事，我就不留你了。今天我的日程安排得很满，没时间来听你无中生有的指控。"

我只好也站了起来，不甘心地说："你自己做了什么，自己清楚！我就算掘地三尺，也会找出你们杀人的证据来！而且，我一定会找到叶琳的。你不晓得吧？全市警察已经展开大搜捕了，你们顶多也就拖点时间而已。天网恢恢，你是逃不掉的，你好自为之吧！"

说完，我大力推开椅子，准备离开范有进的办公室。还没走到办公室门口，我又转身走了回去。范有进诧异地看着我，不知我又要出什么幺蛾子。

我皮笑肉不笑地说："对了，还有个事儿刚才忘告诉你了：张志勇已经被警方通缉了!"

他的瞳孔突然紧缩。

我要的效果达到了!现在,就看他们下一步的行动了。

离开通德康来,我和房华又回到了城中村。周警官在车上眯完觉,正捧着热气腾腾的煎饼果子啃,他双眼炯炯地看着我,问:"你去找范有进了?跟他说什么了?你怀疑他就是幕后凶手?"

我点点头,说:"稍微诈了他一下,把以前那些不晓得是不是他干的龌龊事翻出来说了说。大鱼老是猫在水底,不把水搅浑,他都不出来。"

我摇摇晃晃地爬上车,瘫倒在副驾驶上。LSEA吃多了的感觉并不是那么美妙,全身血液都集中到了大脑,脑袋像个要爆炸的火球,而身体和四肢却供血不足,脚软手软,走起路来腿有点不听使唤,跟喝醉了酒似的。

周警官朝我晃悠了一下他的手机,说:"我们追踪范有进的电话,发现他一大早拨了好几个电话。其中一个对方的手机登记的是假名字,很有可能就是张志勇。"

我有几分得意,刚才骚扰他这一下,看来起作用了。

房华跟着我们跑了一晚上,连叶琳的一根头发都没见到,他性急地说:"那还等什么,赶紧抓人啊!"

周警官瞥了他一眼,说:"已经通知附近的派出所,让他们去搜索了。放心,如果真是张志勇,他跑不了的。"他这才发现了我的异常,"陈哲,你的脸怎么红成这样,跟个煮熟了的大闸蟹似的?"

我伸出右手的巴掌,在他面前一晃,说:"LSEA,五颗!"

周警官点点头,说:"我们马上去那边现场,你们俩也一起去吧。陈哲,你来开车,路上我再眯一觉。"

他爬到后排座位上,拉长身体躺下,头枕胳膊,又做梦见周公去了。

第十四章 | 隐秘窝点

五颗 LSEA 可不是盖的！简直可以为所欲为。

一路上，我开车开嗨了。大脑多线程高速运转的美妙快感，刺激了大量的多巴胺分泌。对前车驾驶员的反应时间、遇到加塞儿时的反加塞儿策略，我都一算一个准。而我们的车和前车的速度差，车车之间的距离，我能算得精确到厘米。

在我疯狂的左冲右突中，在我掐着点儿加塞、超车和近距离跟驰中，坐在副驾驶的房华脸色苍白，默默地系上了安全带，右手死死地拽住车门上的拉手。其实，我并未使出全部本事飙快车。要不是为了照顾后排没系安全带的周警官，别让他骨碌到地上，我还能再开快点。

我驾着车，穿越半个城市，按周警官的指示，驶入了引水渠一侧的林荫小路。我一脚急刹，车在路边湿滑的草地上飘移了一小段后停了下来。

房华颤颤巍巍地解开安全带，擦擦脑门的冷汗，说："吓死我了，陈哲，你这么开车……"

话还没说完，他捂着胸口，推开车门，冲到路边，蹲在地上，"哇"的一声，把隔夜饭吐了出来。

周警官从后座上爬起来，笑着说："陈哲，你这车开得真溜！下回可以跟特警队的比试一下。"

要按平时，我肯定会借此机会自吹自擂一番，今天却没心情接话。一位已经等候在路边、身着警服的警官走上前来。

周警官打招呼说："老李，情况怎么样，人拿住了吗？"

那位被称为老李的警官好奇地看了我一眼，说："找到张志勇开的车了，人应该就在附近。这片地方面积不小，又少有人来，找不到目击者询问。我把协警都叫上了，人手还是少，搜得很慢。"

草地的那头，停着辆白色金杯车，轮胎上沾满了红泥巴，正是录像里的那辆车。我在脑子里无数遍扫描、研究过它，把它烧成灰我都认识。我径直走过

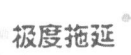

去,打开金杯车门,钻进了驾驶室。

那叫"老李"的片儿警在外头叫:"嗨,你!"

周警官说:"没事儿,老李。让他去,他有点特异功能,我特意带他过来帮忙的。"

老李满脸的防备跟玩川剧变脸一样,表情转换得那叫一个快,他满脸期待地问:"啥特异功能啊?是千里眼、顺风耳,还是读心术?"

周警官笑道:"没别的,他就是智商爆表!"

李警官也笑了,说:"智商有一百八吗?能赶上李昌钰不?"

"李昌钰只怕比他还是稍微弱那么一点点。"

……

隔着车门,远处两个警察的唠嗑,清清楚楚地钻进我耳朵。我一边听着他们说话,一边摊开手脚匍匐着,用融化了的牛皮糖似的变态姿势,趴在前座上猛嗅了一口。一种说不出的、微有雄性麝香的独特味道钻进了我的鼻孔。我像只潜伏在草丛里的野兽一般,保持鼻子和地面有两三厘米的距离,撅着屁股,从前座爬到后座狭窄的地板上,左左右右,上上下下,前前后后,闻了个遍。然后我爬上后座,把后座的布套也嗅了个遍。

然后我保持姿势不变,屁股冲天,四肢着地爬下了车,冲周警官点点头,顺着那微弱的麝香味,手脚并用,向前狂奔而去。

脑后飘来老李警官的疑问:"这不太像智商爆表的样子啊。倒像只哈巴狗,嚄,跑得还挺快……"

那味道穿过石头栏杆,又斜穿过引水渠边的草地,往下直接到了引水渠边。水边潮湿的泥地上,雄性麝香的味道十分浓郁,其间又夹杂着些隐隐奇诡的味道,似曾相识。我在水边停了几秒钟,想起那奇异味道,正是城中村空屋子散落的白色粉末的味道。

我在引水渠岸边的草地上蹲下来,仔细查看周围。在几株绿草上,稀稀拉拉地散落着白色粉末。而就在此处，麝香味儿的踪迹分叉了。

我一个鹞子翻身，蹦了起来，四肢着地，循着那类似麝香的骚味儿，冲上了堤岸。周警官、李警官和房华正要顺着斜坡往下走，见我冲回来，无须多问，直接转身跟在了我身后。

那麝香的味道越来越浓郁，越来越新鲜，就算我直起腰，也能分辨得很清楚。我脚不沾地，沿着引水渠岸边的泥巴路，向前狂奔。那味道越来越浓，我也越奔越快，把周警官和房华他们远远地甩到了后面。

直跑了大约两公里的距离，我循着味道，冲进路边的树林，子弹般射向一个背朝着我，正快步往前走的男人，猛地将他扑倒在地。

那男人完全来不及反应，被我冲倒在地，整张脸都磕在了地上，眼镜飞出老远。

我用膝盖顶住他后背，麻利地反剪他的双手，嘶哑地怒吼："叶琳在哪儿？快说！"

那人身体贴地，费劲地扭过头来，怨毒地看是谁袭击了他。果不其然，正是张志勇那厮。

他眼神阴毒地看了我一眼，便咬住嘴唇，死也不肯说话。

不眠不休地折腾了将近二十个小时的我，耐心已经消磨殆尽。见他不开口，熊熊的怒火直冲大脑，我红着眼睛，膝盖一用力，只听他身体里"咔嚓"一响，他尖号起来。

"说！你把叶琳藏到什么地方了？！"我恶狠狠地再次吼道。

出乎我的意料，张志勇居然咧嘴笑起来，牙上都是鲜血，那笑容邪恶而恐怖。他"呸"的一声，吐了口带血的唾沫，说："老子就不告诉你，你有本事自己找啊！等你找到，只怕她早已经让老鼠给啃光了。"

"老鼠"两个字，像是千斤之锤，给了我的神经重重的一击。

大脑围绕这两个字，疯狂运转起来。

他心脏跳动的声音，传到我灵敏至极的耳朵里。我甚至能听到，动脉血从心室里挤出时的"嗤嗤"声。我双眼血红，瞪着他笑得扭曲的面孔，手上用力一扭。

很好，疼痛使他的心跳更快了。

我问："你把她藏到地下室了？"

心脏跳动的节奏没有任何变化。

张志勇一双凸出的眼睛狡诈地看着我。他裂开血咕淋当的嘴，说："你怎么知道的？"

我看着他的眼睛，心里不禁有些钦佩，刚才把他的肩胛骨掰断了，他居然还能忍住疼痛，诱惑我上当。

我咬着后槽牙继续猜："还是，你把叶琳藏到下水道了？"

他面不改色地看着我，平静地笑道："不是！"

在老李警官模模糊糊的喊叫声中，我听到他心脏猛地跃动了两下，血液从心室直飙出来，挤得他的大动脉"嘣"地一响。

没错，就在下水道！

我半跪在他背上，抓住他的两只胳膊，就像抓住一双粗壮的缰绳。我将身体的重量全部集中在右膝盖上，双手往上猛地一拉，只听"喊里咔嚓"一阵乱响，他在我身下再次惨叫起来，鲜血如烟花般，从他嘴里狂喷而出。

我放开他，站起身来。大脑猛然缺血，让我有些头晕。房华喘着粗气，抢上前来，扶住了我。老李警官则蹲下去，想把手臂扭曲得跟破布娃娃一样的张志勇翻过身来，但刚一碰到他，他又迸发出一连串的惨叫。

周警官双手撑着膝盖，不住地喘气，一边说："只……只怕肋骨断了几根，把肺给戳破了。老，老李，你先别动他，叫救护车吧。"

他转脸看我，赞许地说："你下手够狠的。"

我定了定神，说："我知道叶琳在哪儿了！跟我来！"

说完我撒开脚丫子，扭头奔向刚才停车的地方。

周警官和房华脚步杂乱地跟在我身后，周警官边跑边喘气说："陈哲，你慢点！老李，找到人质前，先别叫救护车，一会儿我让人开车过来接你们！"

叶琳再一次进入了那个梦里的世界。

无声的黑白世界里，自己是一只渺小的黑蚂蚁，面对喜马拉雅山那么高的一堆棉花，不停地搬啊，搬啊，搬啊……在忙忙碌碌，穿梭往返很久以后，那山仍然没有一丝一毫的变化，依然巍峨雄壮，高耸入云。

然而，她却完全停不下来。她既不知道要把棉花运到什么地方去，也不知道为什么要不停地劳作，只是机械地，无声地，无望地，不眠不休地，一直搬下去，搬下去，永不停息……

她已经精疲力竭了，只想躺倒在地上，睡上一大觉。然而，那堆高耸入云的棉花，像旋涡一般，像有黑色魔力般，一直吸着自己，朝它的方向而去。

她焦灼地命令自己："停下来！你在干什么？快停下来，再继续就要累死了！"

然而，大脑太过软弱无力，身体根本不听大脑的指挥，只是一直不停地，绝望地，疲惫地，缓缓地，向那座高山挪去……

"小琳，小琳！你能听见我的声音吗？"

她缓缓地抬起沉重的眼皮，看到陈哲模糊而焦急的脸，他那双布满红血丝的眼睛正担忧地看着自己。

叶琳想要说话，喉咙却全哑了，一点声音也发不出来；她想咧嘴笑，脸上的肌肉却僵硬如石头；她想睁大眼睛看清他，眼皮却有千斤重，连保持睁开的姿势都做不到。她缓缓地闭上了眼睛，再次回到梦里的世界。

梦里，那座棉花山缓缓倾倒，慢慢压下来，把她埋在了里面。软绵绵的棉花温暖地包围了她。

真舒服啊，我要睡觉，睡一个很长很长的觉。

我眼睁睁地看着叶琳缓缓闭上了眼睛，听到她的心跳声越来越慢，越来越慢，握在我手里那双柔荑越发无力柔软，仅有的一点颜色也从她的嘴唇上退去。

我号起来："别走，小琳，你给我回来！赵教授，赵教授，快救救她！"

赵教授翻开叶琳的眼睛，沉痛地说："瞳孔已经放大，怕是来不及了。"

我死死搂住她柔软的身体，她的长发散落在我胸口，她曾经柔软温热的嘴唇，白得像一张纸。

我不能相信，她就这么离我而去了！

我轻轻地把她放到地上，开始疯狂地给她做人工呼吸，用手按压她的胸口，徒劳地想让她已经停跳的心脏再次搏动。

她柔软的身体毫无抵抗，任由我折腾。

赵教授拉住我，说："陈哲，她已经走了。"

我坠入了绝望的深渊，放下她的身体，我颓然站起来，茫然转身，空洞的双眼看见两个警察正把简易担架上的张志勇从车上抬下来。我心里憋闷到要爆炸，看见张志勇那罪魁祸首，我走过去，使出全身气力，朝他踢过去。

他发出痛苦的闷哼声，还鸭子死了嘴壳子硬，说："你踢死我，也救不了她！"

他扬扬得意的怨毒表情和恶毒的话语让我的大脑"嗡"的一声响，我彻底放弃了理性的计算和分析，我彻底失去了理智。我疯了，冲上前去，对着他的肋骨，一脚一脚又一脚。

我听到皮鞋撞击肉体的"噗噗"声，我听到骨头的断裂声，鲜血从他的嘴角喷涌出来。

我困兽般号叫道："说！你给她喂了多少药？你说啊！你怎么不说话了？！"

他嘴角挂着红色的鲜血，诡笑道："你不是有药能救极度拖延的人吗？我就是想看看，你到底怎么救她！这个世界上，本来就不该有这么多人活着，他们这些行尸走肉，除了消耗大自然的宝贵资源，什么贡献也做不了。这世界上，消灭掉那一半混日子的人，人类会活得更好！"

无限悲哀和狂怒中的我，听了他的话，更死命地踢他。这人渣，害死了我最爱的女孩，居然还这么振振有词。

周警官挡住了试图上前阻止我的同事，说："让他泻泻火吧，我们啥都没看见。"

我突然停下了动作，看着赵教授，问："您那儿还有 LSEA 吗？"

她难过地摇摇头，说："全给你了，一时半会儿，也来不及配制。"

为尽快找到叶琳，昨晚我把所有的 LSEA 一股脑儿都吞下了肚子。现在，整个世界里，没有能救她的东西了。

我放开哀号着的张志勇，冲了回去，跪倒在叶琳身边，狠狠地在手腕上咬了一口。尖利的犬牙准确地扎破腕动脉，鲜血汹涌而出。我把叶琳抱在怀里，捏开她的嘴，让手腕上的血液流进她的嘴里。

赵教授在一边摇头，说："陈哲，她根本不可能吸收。"

我对赵教授的话置若罔闻，任由鲜红的血液流入她的嘴里，顺着她的食道，流进她的胃里。

我皮肤的火红渐渐退去，变成正常的粉红色，又变成了苍白色。我的意识渐渐模糊。

旁边不知是谁惊呼道："这么多血！陈哲，你疯了？！"

我的眼里，只有叶琳那小小的苍白的脸，我虚弱地喃喃道："她死了，我也不活了。"

紧接着，我双眼一黑，啥也不知道了。

第十五章

混乱伊始

我死乞白赖挤进叶琳嘴里的血液，含有稀释的 LSEA，以某种赵教授无法解释的方式，救了她的命。

后来，房华告诉我，当张志勇看见被灌了大剂量极度拖延药物的叶琳，在地上睁开眼睛时，他表现出了惊掉下巴的样子。

"你真该看看他的表情，完全跟白日撞鬼了一样！陈哲，下次你跟赵教授说说，让我也尝尝 LSEA 的滋味呗，省得我在这儿天天背诵'战拖口诀'。我也还算是小有积蓄，要不我也入个股，以后成本价给我 LSEA 就行。"

我有气无力，哼哼哈哈地答应着，上下眼皮直打架。

"哥们儿，你的血还真不少！"大牛直流哈喇子说，"只可惜，后来有点没太对准，流了好多在地上，浪费了。"

纵然盖着五斤重的厚被子，我还是打了个寒战。他们两个垂涎欲滴的贪婪样儿，怎么都让我觉得不太对劲，好像我就是块唐僧肉。

我双手抱胸，警惕地说："你们想干吗？不会趁我睡着了，喝我的血吧？！"

这句话提醒了他们，大牛嬉皮笑脸地看着我，说："好主意啊，我怎么就没想到呢！每天喝一点，对你没啥影响的，还可以提高你的造血机能。"

房华阴森森地说："那，我就喝那丫头的。"

"你们怎么那么多话啊？还让不让人休息啦？！"叶琳从门外走进来，鼓着

第十五章 | 混乱伊始

腮帮子，不满地开始赶人了。

她脸色嫣红，双眼明亮，精神抖擞地把房华和大牛轰出了房间。然后过来帮我掖好被子，说："你流了好多血，医生要你卧床静养。"

"张志勇呢？"我问。

"当然是被抓起来了。说是肋骨让你给踢断了六根。"

她笑起来的样子真好看。

"该！"一想到叶琳差点被他害死，我觉得六根都还太少！

叶琳看了我一眼，抿嘴笑道："周警官说，他把事情的经过全都招了，你猜幕后指使是谁？"

我躺在床上，鼻孔朝天地说："还能有谁，范有进呗！"

叶琳诧异地说："聪明！看来 LSEA 真的可以提升智商啊。范有进想跑，结果在高速路收费口被抓了。张志勇那家伙太可恨了，那天下午，他把我骗到公司储藏室说给我看样东西。好奇害死猫啊！我一进去就被他打晕，塞进垃圾桶了。"

叶琳双手叉腰，气哼哼道："你说塞哪儿不好，非得塞到垃圾桶里面，那味道，简直了！我中间其实醒过来了好几次，趁机丢了几个小玻璃管，然后让臭味又给熏晕了。搞得我现在对垃圾桶都有心理障碍了。"

她被人绑架，差点死掉，却在这儿一个劲地吐槽装她的容器不够高级，真让人忍俊不禁。

我大实话提醒她："你其实是被姓张的喂了极度拖延药。那个药的项目已经停了两年多了，都知道那是要死人的，怎么又开始了呢？"

"周警官说，当年停了项目，最初投入研发的大笔资金都血本无归。这两年通德康来经营状况不是很好，想弄个新药东山再起。研发部改进了配方，再加上范有进大力推动偷摸做测试，所以他们就铤而走险了。"

躺在床上，被人照顾的时间过得太快了。

我吃着叶琳亲手做的一日三餐的美味,享受着她的嘘寒问暖,一个礼拜很快就过去了。在叶琳的精心照顾下,我的脸色红润了,皮光毛滑,还长胖了两斤。

为了继续白吃白喝不干活,享受叶琳亲自帮忙洗脸、穿衣、叠被,喝口水都有人捧到手上的高级待遇,我明明已经可以下地撒欢儿了,但还硬躺在床上,天天皱着个眉头,时不时哼唧几声,装得病恹恹的。

世间三百六十行,干哪行都不容易啊。

成天装病躺在床上,没有巨大毅力是不行的。不信你躺一天试试,从早到晚,除了上厕所以外,不许下床,连吃饭都得在床上。一天下来,准让你腰酸背疼腿抽筋,跟让人狠揍了一顿似的。

所以,趁着叶琳下楼买菜,我爬起来,放着音乐,活动活动腿脚:左三圈右三圈,脖子扭扭屁股扭扭,一二三四,五六七八,二二三四,五六七八……

一扭头,有胸有脑的叶琳小妞抱着胳膊,靠在门框上,似笑非笑地看着我。

"哎哟,我头好晕!看来,不能起来,得继续卧床。"我手脚并用,又爬回床上去了。

"那你就继续躺着吧,我上班去了。"

"你走了,我中午吃什么呀?"我可怜巴巴地问。

"你可以叫外卖啊!方圆五公里,有几十家餐馆,想吃哪家您就吃哪家。"

我动之以情,晓之以理道:"你们总经理和副总经理都被抓了,还上什么班啊?!"

"总经理没了,公司还在啊,董事会又空降了个 CEO 来,听说还是个外籍华人。我一个礼拜没上班,再不去,职位怕是都保不住了。"她抓起手提包,匆匆忙忙出去了。

"你等等,我送送你!"我在后面叫道。

第十五章｜混乱伊始

"不用了，你好好休息吧。"

她把"休息"两个字咬得特别重，拎着包跑掉了。

公司那边，我请了几天年假，再加上以前加班倒休的假，总共有两个星期。不休满两周，实在有点对不起我那难得的带薪休假福利。我百无聊赖地在床上坚持躺了会儿，又下来在客厅里溜达了会儿，看看电视，实在是无所事事。

晃荡到九点半，我决定去赵教授那里看看。这个时候早高峰已经过了，不用半个小时就能到赵教授的实验室。

然而，刚出小区门，我就被眼前的景象惊呆了：小区门前的双向四车道大马路上，满满当当全是车，好好的一条次主干道，整个儿成了临时停车场。我伸头左右看看，那最远处的车，似乎、可能、大概在以肉眼难以察觉的速度缓缓爬行。

真是邪了门了！

我打开收音机，调到交通广播电台，想听听路况播报。

交通台我听了好几年了，几乎所有的时段，只要一打开收音机，都是一男一女主持人在那儿神侃。俗话说：男女搭配，干活不累。男女主持人你一言我一语，对口相声般口若悬河，开玩笑、互损、评论实事，把节目搞得很欢乐。

我最喜欢的是早间档的两位主持人，男的年纪稍大，声音浑厚，经常说点有哲理的话。女主持人大概是个二十出头的小姑娘，活泼开朗，声音很甜，经常冒个无伤大雅的小坏水儿，捉弄下男主持人大叔。

收音机里，传出女主持人甜甜的声音："现在进行路况播报，红星路由南向北拥堵严重，有一辆公交车发生故障，请过往车辆小心，或者绕行；长塘路，由东往西方向，有一辆蓝色小轿车发生故障，在离它几百米的地方，还有一辆白色面包车也发生了故障，停在最右侧车道，请过往车辆小心驾驶。"

公交车抛锚，面包车出故障，小汽车也出故障，这么赶巧，是怎么回事？

"长青路，由北向南方向，"这是说我在的这条路了，我竖起耳朵仔细听，

极度拖延

"有辆公交车发生故障,在监控录像里可以看到,乘客都下了车,正在换乘另外一辆公交车。目前,两辆车阻塞了整条道路,请后面的车辆耐心等候。"

女主持说:"看来,今天是个不同寻常的日子。平时几天才碰见一个事故,今天一下子就有四五个。"

听她如此说,我也只能少安毋躁了。

"更不同寻常的是,我的搭档五年如一日,每天节目开播前一个小时到播音室,准备材料,测试麦克风。五年以来,无论刮风下雨,节日假日,还是他伤风感冒,都没落下过一天。但是,今天他却迟到了!"

她的声音不像是在调侃:"我刚才给他打电话,他说还堵在路上呢。所以呢,如果听众朋友们,您也堵在路上,请做好心理准备,平时放在车上的矿泉水、零食、尿不湿什么的,今天没准都能派上用场了。下面,我们公布上期获奖听众……"

我摇摇头,找借口,也该找个靠谱点的嘛,把听众当弱智吗?

这档节目早上七点开始,男播音员提前一个小时,也就是六点到办公室,五点多钟就得从家里出发。早上五点多钟,路上根本就没啥车,还能堵车?

一路上,我倒是不寂寞,听着交通台女播音员东拉西扯,自说自话,慢慢地总算挨到了故障车前面。坏在半道的公交车的司机站在车尾,举着手机,正脸红脖子粗地吵架呢。

"……卫生不打扫,昨天的垃圾原封不动留在车上!轮胎漏气,慢撒气,我昨天下班前专门填了报修单,这已经是第三次漏气了。我跟维修工说,能换轮胎就给换了,如果不能换,好好补个胎。他们给补了吗?!现在车轮都扁得完全不成形了。不搞卫生,不补胎也就算了,连油都忘了加!早上出来得匆忙,我也没注意看油表。好嘛,现在走到半道,没油了……"

挨过抛锚的公交车这个堵点,我避开交通台播报的拥堵路段,专门捡小胡同钻,没一会儿就到了赵教授的实验室。

第十五章｜混乱伊始

在实验室的大门口，我看到一个背着双肩包的熟悉身影，我叫道："小川！"

虽然跟他就见过一次，小川也还记得我。他扭头看见我，满脸高兴地说："陈哲哥哥，你的身体好啦？我妈还说，过两天要去看看你呢。"

我笑道："赵教授发明的 LSEA 不是盖的，哪能随便就挂了呢！"

我们一起走进实验室大门，有年轻男学生迎上来，递上两套实验服，让我们换上。记得上次来的时候，实验室里还是灯光昏暗，破旧不堪的。这还没过多久，实验室已经鸟枪换炮了：天花板上的日光灯照得整个房间雪白如新，地面铺上了浅蓝色塑胶地板，几台白色的机器"嗡嗡"作响，角落里，整齐码放着白色整理箱。

赵教授迎出来，看见小川和我一起进来，诧异道："小川，你不是该在上课吗，怎么回来了？"

小川没回答问题，而是嚷嚷道："妈，有没有吃的？我饿死了！"

"没吃早饭吗？"赵教授拿出半袋饼干，又把自己的水杯递给他，"我这儿就只有这个了，你先吃着，一会儿我到车上再给你拿点水果。"

小川抢过饼干，狼吞虎咽地吃起来。

赵教授关心地问道："早上不是给你钱了吗？怎么不在路上买早饭吃呢？"

"嗨，妈，你就别提了！"小川嘴里包着嚼碎的饼干屑，一张嘴说话，就往外直喷饼干沫。

"看你，喷得到处都是。"赵教授慈爱地看着小川，把水杯递给了他。

小川喝了口水，总算把嘴里的食物咽了下去，说："今天早上我本想吃碗馄饨的，结果路口卖馄饨的小摊没出摊，平时他们六点不到，就在路边支上摊儿了。我想着，这家不开门，那就到学校门口买个鸡蛋灌饼好了。哪晓得，灌饼摊也没来！这两家就跟约好了似的，一起罢工了。路上本来还有好几家卖早点的，只是我都走到学校门口了，折回去买了早饭再回来，肯定迟到了。所以，我只好饿着肚子进了学校。"

极度拖延

　　我的早饭是叶琳端到床上来吃的，看着小川的饿痨样，我顿时觉得自个儿幸福得很。

　　"我到班上问谁带了零食，结果好几个同学都没吃上早饭，早把零食搜罗光了。大家都说，今天有点邪门呀，卖早点的都约好了一样，全罢工了。没想到，更邪门的还在后面。"

　　他抓起赵教授的杯子，又喝了一大口水，用袖子擦了擦嘴巴，继续说："早上第一二节是语文课。上课铃响过了好久，语文老师都没来。班长和语文课代表去教研室找老师，他不在。从幼儿园到现在，我上学得有十四五年了吧？！从来没有碰到过老师逃课，还不提前打招呼的。"

　　听他把幼儿园也算成是上学，我和赵教授相视一笑。

　　赵教授说："那你也不能直接回家啊！老师没来，可以上自习，后面还有别的课呢！"

　　小川"嘿嘿"一乐，说："没错，我们就在班长的带领下，上了两节自习课。我饿得前胸贴后背，把同学的书包都翻遍了，就找到两颗奶糖。后面两节是数学课，这次数学老师缺课，倒是提前打招呼了，要我们自习。后来我们发现，全校都乱套了，好多老师都没来，有联系不上的，有路上堵车的，还有的老师得留家里照看小孩。"

　　赵教授皱眉说："这都什么乱七八糟的！"

　　"这还不是最乱的呢。"小川笑嘻嘻地说，"给食堂送菜的车子堵在路上进不了城，十点多了都还没到。食堂的几个师傅急得跟热锅上的蚂蚁似的。眼看着中午没饭吃，上课又没老师，校长当机立断，让我们放羊了。"

　　赵教授一脸的难以置信："你说的都是真的？"

　　小川说："妈，我要想骗你，也得找个靠谱点的借口吧。这么奇怪的理由，我自己都不敢相信，更不能指望您相信了。所以，这只有一种可能：我说的都是真的！"

260

第十五章 | 混乱伊始

我被小川的逻辑逗乐了，这推理推得确实让人很难反驳。

我帮腔说："赵教授，我可以给小川做证。今天早上的确有好多车在路上抛锚，堵得一塌糊涂。今天交通台有一个统计，早高峰时段，全市至少有一百二十辆车同时抛锚。"

赵教授沉思了一会儿，说："今天的事情绝对不是随机事件，一定是由某个原因造成的。只是，我们暂时不知道是什么原因。好了，不说这个了。陈哲，我带你看看我们的新生产线。"

我跟在赵教授身后，听她充满骄傲地挨个介绍新采购的生产设备，以及规范化的生产流程。

我自然是听得云里雾里的，我最关心的还是啥时候能多生产点儿 LSEA，让我天天都能爽翻。叶琳和房华追在我屁股后面，吵嚷着要品尝 LSEA，如果能让他们尝尝鲜就更好了。至于啥时候能收回投资，开始赚钱的事情，我还不是那么关心。

我问："这算是个小工厂了吧？"

"有最先进设备的小工厂！"赵教授十分得意地说，"流水线生产能力是足够了，我们缺的是原材料和人手。"

"真不错啊！"我赞道，"对了，公司注册手续已经办得差不多了，过两天就能拿到营业执照。我还有几个朋友，您都见过的——大牛、房华，他们哭着喊着想要入股，能不能下回找个时间，跟您和叶琳一起商量一下。"

赵教授笑道："我做产品配方改进、建生产线，忙得四脚朝天，没时间处理这些杂事，你负责考虑吧。公司要扩大生产规模，倒是还需要更多资金的。"

"好的，我回头拿出个初步方案，再跟您和叶琳商量。"我满心期待地问，"这次，有没有点制成的成品？房华、叶琳他们几个，都吵着要体验智商碾压别人的感觉。"

赵教授笑道："我这里有一点成品，你拿去，让他们尝尝鲜吧。回头给我

个简单的报告,毕竟现在还在人体试验阶段。"

我答应着,小心翼翼地把装着药丸的塑料袋放进怀里,告别了赵教授。

下班高峰时段的地铁车厢,就是一节节沙丁鱼罐头。罐头里的人,无论男女老幼,一律前胸贴后背,密密匝匝,随着列车行进一起摇晃着。

叶琳背靠不锈钢扶手,双手将公文包抱在胸前,试图在物理上隔断与面前胖女人的接触。那女人穿着恨天高和黑丝袜,像是颗散发着劣质香水味的肉弹。刺鼻的香水味熏得叶琳直头晕,看见女人吹得高高蓬起的头发上,星星点点有三两块头皮屑,她总想把它们给揪下来。

列车减速进站了。巨大的惯性下,胖女人站立不稳,一脚踩在叶琳的脚背上。

"哎哟!我的脚!"叶琳的惨叫声很快淹没在了列车刹车的尖啸声中。

胖女人吨位不小,全身重量都压在尖细的后跟上,踩得叶琳的脚趾疼得要命。车门缓缓打开,车厢里的人流簇拥着胖女人,如滚滚洪流般,往车厢门外流去。

胖女人徒劳地抗拒着人流的推挤,一边大喊:"别挤我,我的鞋!我的鞋!"

人流并没有因胖女人的叫声而有丝毫的停顿,仍旧翻滚着,碾压一切而出。待那拨人下车后,车厢里稍微松动了些。叶琳看看脚下,那只狠狠踩了自个儿脚趾的鞋是只好鞋,嫩粉红色,牛皮纹理细腻,上面点缀了些亮晶晶的水钻,鞋后跟还有精致的同色小蝴蝶结。

涌进车厢的人流如潮水般,刚空出来的缝隙再次被各式高矮胖瘦的人体填满。胖女人不甘心地扒着车门,想挤上来寻回她昂贵的鞋子。然而,车厢已经塞得满满当当了,哪还有一丝缝隙。

铃声响起,车门缓缓关闭。那女人扒着门边,死活不肯放手。站台上的几

第十五章 | 混乱伊始

位乘客见她身处危险中,不禁纷纷叫喊。

"快放手!"

"危险!"

混乱中,女人仍然不肯放手,眼看车门就要关上了。说时迟,那时快,只见胖女人身后绿影一闪,站台管理员从她身后冲上来,一把揪住她的衣领,把她拖了出去。

在列车加速的过程中,叶琳看见女人和站台管理员一起跌倒在地上。在"轰隆隆"的噪声中,女人躺在地上,兀自不甘心地大喊:"下一站,帮我把鞋踢出来啊,下一站!"

叶琳摇了摇头,心想:这胖子真是拼了性命都要美的女人,都不知道自己刚和死神擦肩而过,还一心只想着鞋子。

两分钟后,下一站到了。叶琳正好下车,顺便把那只粉红镶钻的鞋子,从车厢里踢到站台上,让它靠着站台粗大的立柱,以免被来往的人流踩到。

地铁站台上滞留的乘客,比肩接踵,人山人海。叶琳按下不耐烦之心,混在缓缓挪动的人流中,直花了将近半个小时,才出了地铁站。看看天色已晚,她打算穿小路回家。

走那条小街虽近,但周边环境比较糟糕,叶琳平时很少走那条街。小街边有个环卫站,还有两家快递公司,白天总有垃圾车装卸垃圾,臭气熏天,蚊蝇乱飞,满地黄水。再加上快递公司的各种运货的车,没头苍蝇一样地"嗡嗡嗡"横冲直撞的电动小三轮,环境只能用"脏、乱、差"三个字来形容。所以,她宁愿多走几步路,也不愿闻着臭味,在乱糟糟的车流间钻来钻去。

现在,已经过了晚上七点,环卫站和快递公司的人估计也已下班了,应该比白天要清静。

叶琳背着包,脚步轻快,朝家所在的方向走去。地铁站通往环卫站的这条街,每天环卫工人会清扫至少两次,一般还是挺干净的。而今天,街上到处都

极度拖延

是树叶、瓜果纸屑,污水横流。

见此情景,叶琳皱起了眉头。今天光是挤个地铁,都已经把她给累劈了,她可不想再倒回去绕行别的路。她掏出面巾纸,掩住口鼻,硬着头皮,继续前行。

好容易坚持着走到垃圾转运站门口,阵阵臭味儿让她恶心欲呕。她从门口往里一看,快被眼前的景象给恶心哭了:院子里,横七竖八停满了吸粪车,一座比三层楼还高的垃圾山,戳在院子尽头,层峦叠嶂,全是馊饭;连绵起伏,都是废纸。臭不可当,令人作呕。无数条深褐色的液体从垃圾山流淌下来,无数只绿头苍蝇,嘤嘤嗡嗡,在空中乱舞乱撞。

叶琳赶紧调转视线,眼不见为净。她心下后悔,早知道今天会如此狼狈,还不如让陈哲开车来接自己下班。看他早上在房间里骚里骚气地扭动腰肢运动的样子,怕是早就康复了。

叶琳后悔着,加快了脚步,想尽快穿过这龌龊之地,却被垃圾转运站门口一个男人吸引了注意力。

那个剃着寸头的男人,一手叉腰,一手举着手机,对着电话大嚷:"吸粪车怎么还停这儿?!"

电话那头的人不知说了什么,更点燃了那男人的脾气,他的嗓门响得整条街都能听见。

"今天晚上再不出车,这片儿二十几个小区的化粪池明后天都得溢出来!"他威胁说,"给你一个小时,你要到不了位,就别再来上班了!"

听了他这话,叶琳脑补了下小区里粪水横流、臭气冲天的景象,不禁打了个寒战。化粪池若真的溢满,不仅会污染地面,还会污染水源,污染地下管线,污染土地,到时候,谁也别想置身事外。

那男人冲着不远处一戴眼镜、穿着环卫工人制服的男人说:"这些人都咋了?还有几个没联系上?"

第十五章｜混乱伊始

眼镜工人翻看着手上的记录本，说："除了昨天没来的以外，今天又多了十二个旷工的，有八个压根儿就不接电话，还有四个找借口请假了！站长，这样下去，怎么得了啊？"

被称作站长的平头男人说："这么大的事儿，必须跟总站反映了，咱们自个儿可兜不住！得赶紧从别的区借人。"

眼镜工人满脸苦相，欲言又止。

"怎么了？"站长问。

眼镜工人苦着脸说："今天一大早，有好几个其他站的人给我打电话，他们上工的人不够用，都想跟我们借人。西边更糟，上班的人连两成都不到。"

叶琳捂着鼻子，站在路边，看那站长闻言变了脸色，颓然道："你通知在上班的人，工作时间延长到十二个小时，给双倍工资，双倍补休。"

眼镜工人点点头，有些迟疑地说："只是，就手头这几个人，只怕二十四小时连轴转，也干不完活。"

"能干多少算多少吧！"站长挥挥手，赶走爬在脸上的几只苍蝇，"我们采购的那批斗式垃圾箱到了没有？旧垃圾箱坏得太快，已经不够用了。"

"还没呢，我打电话问一下运输公司吧。"眼镜工人说。

叶琳见两个男人忧心忡忡地进了院子，不禁也焦虑起来。

她知道，城市就像是个巨大的生物体，需要不停地摄取能量，排除废物，才能正常地运转下去。而现在道路堵了，需要的能量运送不到位，垃圾废物排泄不出去，只怕撑不了几天就会出大问题。

而此刻，环卫站订购的那批新垃圾箱，正躺在离他们不足两公里的快递中转站的仓库里，被压在"包裹山"的最深处。

平日里，快递中转站热闹的人来人往的景象不见了，里面仅剩下两个员工在工作。他们动作麻利地从"包裹山"上抓起包裹，以最快的速度扫描条码，然后将包裹准确地扔进不同的大塑料筐里。

极度拖延

快递员孙三是两个还在坚持工作的员工之一,他是个二十出头的年轻人。想当初,他怀揣赚大钱的梦想来到繁华都市,成了快递大军中光荣的一员。无论刮风下雨,他都驾着涂成大红色的电动三轮车,穿行在高堂广厦间,幻想着有朝一日,他也能在某个高楼里买下一间小公寓,在里面娶妻生子,过上祖辈们想都未曾想过的城市生活。正是这个梦想,激励着他不眠不休地努力加班挣钱。

孙三捶捶酸软的胳膊,跟"包裹山"另一面的同事说:"不行了。昨晚上,我就只睡了四个小时,可把我给累劈了!这么多包裹,咱们俩不吃不喝,没完没了地干,进来的件还是比出去的多,这得干到猴年马月才是个头啊!"

同事那边静悄悄的,他并没有答话。

孙三手上动作不停歇地分类,一边说:"我说,你昨晚没回家,在包裹堆里面眯觉。今天回去,你媳妇不让你跪键盘才怪!"

同事还是没回答。

孙三探头一看,只见同事靠着堆到天花板的纸箱,手里抱个鼓鼓囊囊的黑塑料袋包裹,头歪在一边,发出均匀的呼噜声。

看着同事顺着嘴巴往下流的口水,孙三呆了一阵儿,不禁有些绝望地自言自语道:"看把咱们累成什么样子了!八个人的活儿,两个人干,这样下去,不累死才怪!老子受不了了,老子不干了!"

他扔掉手上的包裹,抓起外套,站起来,走出快递中转站房间。房间外面不大的院子里,挤满了另一座包裹堆成的小山。

他的顶头上司——快递站经理正在电话里跟人吵架:"昨天说好的,你们过来运货,怎么等到今天也不来?!我们这边都堆不下了!你什么意思?!你们的人不上班,就不来,你拿合同当擦屁股纸啊?!肉联厂,那跟我有啥关系啊?他们的肉运不出去,都臭了?那跟我没关系!我要求你们马上派车过来!不然,所有的损失都得你们赔偿!"

第十五章 | 混乱伊始

他一扭头,看见正往外走的孙三,急道:"孙三,你干吗去啊?"

孙三说:"头儿,我太累了!回去休息一下。两天都没回家了,每天就睡四个小时,铁打的人也受不了啊。"

看着手上仅剩的壮劳力要跑,经理恨不得扑上去,抱紧他的大腿,哀求他留下来。

"别啊!你走了,我这儿就剩一个人了。"经理绝望地看着屋里屋外的包裹山,恳求道,"算是我求求你了!我给你涨工资,回头给你补三倍的假,行不行,啊?"

"老板,真的不行啊!"孙三眨巴着困倦的眼睛,狠心拒绝道,"我已经为公司奉献得够多了。这么干,非累死人不可,我可不想死在工作岗位上!命都没了,钱再多,假期再多,也没用!"

看着孙三疲惫的身影渐渐远去,经理欲哭无泪:"这活儿,没法干了啊!"

叶琳从昨天一回家,就开始吐槽路上的遭遇:地铁上的胖女人,闪闪发亮的粉红色羊皮鞋,轰炸机一样嗡嗡乱飞的苍蝇,污水横流的垃圾山,以及很多天都还没送到的快递。

她开始对小区的化粪池忧国忧民,专门打电话给物业,确认了上次淘粪的日期,时间精确到了分钟。

我趁机鼓动她逃离城市,跟我去南边某海滨城市一起旅游的提议却遭到了她的拒绝。看着我沮丧的样子,她宣布了恢复我早晚接送她的要求。

为了按时送叶琳上班,我特意一大早就爬了起来,屁颠屁颠地挤进厨房,跟她一起做好早饭。我们照例打开了电视,一边看早间新闻,一边享受新鲜食材烹饪而成的美味。

我对着盘子里煎成金黄色的鸡蛋,感慨道:"都是煎鸡蛋,为啥你做的就比我做的好吃呢?"

"那是因为除了选用最新鲜的鸡蛋以外，我对煎蛋的时间、翻面的时机，甚至火苗往哪边飘，都有研究。"叶琳一本正经地胡说八道。

"额，好吧。为了表示对你的崇敬之情，早上的碗，就由大牛洗好了。"

对她这种毫不谦虚的自吹自擂，我一点儿脾气也没，谁让人家做的饭就是好吃呢！

大牛闻言，从楂子粥碗上抬起头来，横了我一眼，说："蚕头，你不是还需要坚持休息吗？没关系，我送小琳上班也行，你就留在家里洗碗好了。"

我正搜肠刮肚地想反驳他的话，就见电视屏幕上，早间新闻的记者站在黑压压全是人脑袋的地铁站，拿着话筒，在做现场直播。

"各位观众，我现在站的位置是地铁的换乘站。我们刚才采访了地铁运营指挥部。据悉，由于人员调配的原因，今天地铁的发车间隔是以往早高峰发车间隔的两倍。大量的旅客滞留在站台上，造成了多个地铁站的拥挤和踩踏事件，伤亡情况还在调查中。部分地铁站由于人流过大，暂时关闭了入口，建议计划乘坐地铁出行的乘客选择其他的交通方式。"

屏幕上的镜头，掠过黑压压的人群头顶，对准了横七竖八躺在地上，被踩踏受伤的乘客。

一个小脸鼓鼓的男孩，抱着自己的胳膊正在放声大哭，他的袖子从手腕处一直撕破到了肩部；一个肤白貌美的年轻姑娘，云鬓散乱，露出白花花的大腿，腿上鲜血淋漓；一位头发花白的老人，眼镜掉落在嘴上，痛苦地紧闭着眼睛，嘴角流血，似已失去了知觉……

看到如此暴力、血腥的场面，我和叶琳无语地对视了几秒，我开口道："今天，你必须得让我开车接送！"

当我驾着车出小区时，发现情况比昨天更糟糕。

清洁工们估计是集体罢工了，地上全是垃圾。春天风大，废纸、塑料袋被刮得漫天都是。

第十五章 | 混乱伊始

小区门口的那条次主干道，堵得比昨天还厉害，而且比昨天还热闹。就在我前面不远，一辆哈弗车仗着车高马大，插了一辆宝来的队。宝来车刹车不及，差点儿撞上对方。狂怒的宝来司机跳下车，指着哈弗车司机破口大骂。哈弗车主也是个暴脾气，蹦下车站在马路上跟他对骂，两个人互不相让，手指头都快戳到对方鼻子了。

对于我这种特爱看热闹，唯恐天下不乱的主儿，看到有人吵架，就走不动道儿了。我磨磨蹭蹭地从他们边上缓缓驶过，想着，快点儿啊，怎么还不打起来啊？再不打，我可就走了。

叶琳看看暴躁的吵架互喷的司机们，以及前方一眼望不到头似乌龟爬的车队，戳了戳我的胳膊，说："蚕头，你有没有发现，这两天很有点不对劲？这是世界末日快到了吗？"

我把赵教授曾经说过的一句话转述给叶琳："极小概率事件，从理论上基本是不可能发生的。"

如果她的话无误，现在所有混乱局面的后面，都有着我们所未知的必然性。

我突然想起来："哦，对了。昨天赵教授给了我几颗 LSEA，让我给你一颗，尝尝鲜。"

叶琳兴奋得原地蹦起来，给我脑袋一个"爆栗"，说："这么重要的事情，你怎么才想起来？！快点，拿出来。"

她劈手从我手上夺过白色胶囊，顺手就丢进了嘴里，伸着脖子，干咽了下去。那胶囊噎得她直翻白眼，我赶紧递上一瓶矿泉水。

"你不想等个特殊的日子再吃吗？"我马后炮地问。

"吃个药还要看皇历？吃下去，自然就是特殊日子了！头脑风暴、爱因斯坦附体、千里眼、顺风耳，统统都一起来吧！"她神神道道地说着，闭上了眼睛。

她的侧面很好看，粉红的嘴唇微微噘起，长睫毛像小小的黑扇子，鼻子俏

皮挺立。阳光下，她脸上细小的绒毛挠得我心里直发痒。

我一边开着车，紧跟着前车慢慢往前挪，一面时不时地扭头看她几眼。

"我知道了！是人！"她没头没脑地说，猛地睁开了双眼。

那双眼睛，怎么形容呢？

流光溢彩！

是的，有一种神奇的光，在她双眼里无声地流动。

我问："什么？"

"这些乱七八糟的事故啊，堵车啊，脏乱差啊，快递积压啊，其实都是人的问题。你看啊，地铁发车间隔增加，并不是机器出了毛病。地铁控制系统每天都在运转，每条线路一天要按计划时间发那么多趟车，从来没有出过问题，问题只可能出在地铁运营人员身上。公交车在路上抛锚，看着好像是车的问题，其实是维护人员的问题……所有事故，仔细究其根源，都是人出了问题。"

我不得不承认，她说得很有道理。

"看来，吃了LSEA，你的智商长了不是一星半点啊！"我赞叹道，心里琢磨，我要不要也来一颗。

叶琳不无得意地说："那是！主要是俺的智商底子本来就高，再加上LSEA的助力，那绝对是爱因斯坦附体！"

想到她自称被那个满脑袋爆炸头发的老家伙附体，我总觉得这说法有什么地方不太对。

她的目光落在我的衬衫上，说："你的衬衫以前是不是弄上过墨水，用消毒液洗过？"

我看了看自己新换的白衬衫，胸口是雪白一片，哪有啥墨水的痕迹，不禁惊异地问："你怎么知道的？我洗得很干净啊。"

她得意地笑了，伸出食指，在我胸口上画了一圈，说："这圈比周围略黄一些，这圈……"

第十五章 混乱伊始

她在我胸口画了一个更大的圈,说:"这圈比别的地方更白些,应该是泡消毒液的范围。"

她葱白般的手指在我胸口划过的地方,感觉像火烤过似的,热辣辣,痒苏苏,弄得我春心荡漾。

我仔细看胸口的白衬衫,直看得眼球发酸,也没看出她说的大圈小圈来。

我扭头看叶琳熠熠闪光的双眼,羡慕地说:"啧啧,你吃了LSEA,视觉灵敏度暴涨啊!"

她还没来得及自吹自擂一番,就惊呼道:"小心!看路!"

左侧深绿色影子一闪,我啥也没看清楚,便条件反射般地死命一脚踩住了刹车。看着我斜前方离车头只有十厘米的一辆依维柯车,我直冒冷汗。刚才就在我扭脸看叶琳的时候,它从侧面不要命地加塞儿进来。那深绿色的车身上,喷着"武装押运"几个白色大字,正是银行的运钞车。

得,好事做到底。我干脆等它全车身都挤进来之后,才慢慢跟在它后面,蜗牛一样往前爬。

叶琳突然问:"蚕头,你有没有发现,这辆车有点问题?"

我仔细看看前面的车屁股,刹车灯都亮着,保险杠也完好无损,很正常啊,我问:"什么问题?"

"正常运钞车应该有几个押运员?"

我平时哪关心过这个,瞎猜道:"加上司机,三个?四个?"

我从来都用六位数字的密码,保卫着四位数的存款。那点钱,连小偷都不见得瞧得上,我没事儿关注运钞车干啥?

叶琳说:"至少得三个吧!可是,这车后车厢里没有押运员。"

我一惊,道:"你怎么知道?"

"看轮胎压扁的程度啊!"

我瞪着她说:"轮胎扁不扁,不是跟轮胎气压有关吗?"

她有些不耐烦地说:"当然跟气压有关了,还跟载重有关。问题是,除非那轮胎气打多了,超过了推荐气压值。不然,轮胎变形不该这么小。运钞车出发前,一定会检查胎压,路上爆胎可不是闹着玩儿的,他们不可能多打气。所以,只剩一种可能——后车厢一个保安都没有!"

LSEA 真的把她变成了"爱因斯坦"!

我估摸着她脑子里很有可能连计算公式都列出来了,计算轮胎变形到小数点后三位,才把结论用我听得懂的话说出来。

她补充道:"还有,刚才我从后视镜看到押运员的脸。他很焦灼,不是一般的焦灼。"

"哦。"

任谁堵在路上不动窝,都得焦灼!

旁边的车队开始缓缓挪动,运钞车瞅准一个空隙,猛地打轮,又往右边车道上蹿。

这次,后面的面包车司机可没我反应那么快。"砰"的一声,伴随着叶琳的惊呼,运钞车和面包车撞了个正着。面包车的车头侧面瘪下去了一大块,运钞车估计是改装加固过的,倒是没什么大碍。

面包车上跳下来两个小伙子,查看车子的受损情况。运钞车司机没有下车,坐在副驾驶座上的押运员也没下车。

我打开车窗,听见面包车司机在跟运钞车司机理论,问他是私了还是走保险公了。另一个小伙子则一边对准面包车凹进去的地方拍照,一边跟副驾驶的押运员说着什么。

运钞车和面包车个头都不小,再加上运钞车歪斜着屁股的姿势,两辆车共占据了一条半车道。这两天,路上的车祸事故不要太多,大家早就见惯不惊了,旁边的车纷纷绕道而行。

我也只好打开双闪灯,插着空隙,慢慢后退,准备绕过这两辆倒霉的车。

第十五章 | 混乱伊始

"蜇头，你看。"叶琳抓住了我的手。

只见从面包车上又下来了一个身材壮硕的小伙子，手里拿着根老长的螺纹钢筋棍，从面包车的另一侧绕到了运钞车屁股后。

他的动作异常迅速，两下就撬开了运钞车后门，很快钻进了运钞车。坐在副驾驶的押运员发现情况不对，打开车门跳了下来，双脚刚落地，正在照相的男人便猛身向他扑了过去，押运员抬起手臂将他击倒。

所有的这一切，都发生在刹那间，让人来不及做出任何反应。我是说，我来不及做出任何反应。

而叶琳已经打开车门，跳下了车。

我大叫："叶琳！"

我狠力踩下油门，猛打方向盘。轮胎在地面上发出厉声尖叫，我闻到一股橡胶的焦糊味。

随即，我的车猛地冲向运钞车。巨大的撞击声之后，车前方的挡风玻璃瞬间碎裂，方向盘上的气囊"嘭"地爆了出来，狠狠撞在我脸上，把我猛地击向身后的座椅靠背。

我的鼻子一阵剧疼，我顾不得那么多，用力推开变形的车门，冲了下去。

正如我所望，我的车头插进了运钞车后屁股下，将它的后轮架离了地面，前风挡死死抵住运钞车后门，里面的人再想开门出来，可就没么容易了。

我一心只关心叶琳的安危，手脚并用地爬过车头，正好看见面包车上下来的蓝衣男子手起棍落，直接把副驾驶押运员开了瓢，押运员软倒在地上。

蓝衣人手没有停，迅速转身，挥舞沾满脑浆的螺纹钢筋，虎虎生风，又朝叶琳头部打去。

我肝胆俱裂，惊叫起来："小心！"

眼看沾满脑浆的铁棍，就要击打在叶琳那美丽的脑门上。

第十六章
死寂之城

　　就在棍子碰到她秀发的一刹那，叶琳以不可思议的角度，弯曲身体，避过了铁棍。紧接着，我的眼睛一花，只见她闪电般猛身而上，挥舞双手，从蓝衣人的额头，一路抓到胸口。

　　她的身姿妙曼、优美，双手如行云流水般，貌似根本就没使上力气。

　　蓝衣人却瞬间丢了螺纹钢筋，双手捂着脸，倒在地上，发出痛苦的号叫声，他的手指缝间流出鲜红的血液来。

　　看到这幕让人瞠目结舌的逆转，我放下心来，冲到驾驶员一侧。

　　从面包车上下来的黄衫男人，已经把驾驶员拖下了车，一只胳膊紧箍其脖子，勒得驾驶员直翻白眼。

　　我冲上去，扭住黄衫男一只手指头，反向用力一掰，只听到清脆的"咔嚓"一声，随之而来是黄衫男的惨叫声。

　　黄衫男放开驾驶员，转过身，一双眼睛射出恶狼般的凶光，狠狠地盯着我。他身体强壮，至少高我一个头，一看就不是个好对付的角色。

　　我很清楚，刚才偷袭成功靠的是趁其不备。现在他全神贯注地对付我，我自然不敢大意。我伏下身体，随时准备应付来自对手的暴击。

　　就在这剑拔弩张的时刻，一只小手怯生生地拉了拉我的衣角。我扭头看，是叶琳。

第十六章 | 死寂之城

她柔声说:"蚕头,人家好不容易能愉快地玩一次。把他让给我,好不好?好不好嘛?"

纵使形势危急,听到她撒娇的声音,我还是先酥了半边。

"好吧。你小心点,那家伙像是练过的。"

她柔柔一笑,说:"你放心啦……"

黄衫肌肉男见我这个身体强壮的男人闪到一边,却换成了弱不禁风的叶琳,俏生生地站在那儿看着他微笑,他眼里露出了一丝疑惑。

很快,他眼里的疑惑就被凶残代替。手指折断的剧痛刺激得他的肾上腺素飙升,他怒吼着,居然从腰间掏出一把寒光闪闪的匕首,挥舞着向叶琳冲过去。

见他像只发疯的野狗般冲过来,叶琳扭身便逃,把个苗条的后背暴露给了他。眼看他手里的匕首都快戳到叶琳后背了,叶琳却突然"嚯"地消失了。那只锋利的匕首收势不住,直接撞上了忽现的深绿色加厚车门。黄衫肌肉男虎口发麻,匕首脱手斜飞了出去。

黄衫男向外疾跨一步,堪堪躲开迎面拍过来的车门,却见刚才追击的叶琳站在驾驶室踏板上朝他不怀好意地咧嘴笑。

还没等他反应过来,叶琳居高而下,一个虎跳,跃到肌肉男背上,双腿夹着他粗壮的身躯,白皙的小手一闪,十指如钩,从他下巴一口气抓到头顶。

叶琳轻轻松松地跳下地来,走到我身边,和我一起笑嘻嘻地观看黄衫男抱着自己流血的嘴唇、鼻子和眼睛,在地上边打滚边痛苦地呼号。

我双眼直冒星星地问:"你这身'跳蚤功'是跟哪儿学的?九阴白骨爪又是跟哪儿学的?"

她轻飘飘地给我胸口一下,不满地说:"什么'跳蚤功'啊?!那是轻功,轻功!还有,'九阴白骨爪'不好听,我这是'十指阳春抓'。第一次使,没发挥好,见笑了。"

我被她的小粉拳捶中胸口,心脏竟如树叶般轻飘飘地飞到半空。我斜眼

看向她的双手,那就是白嫩的肉肉的一双小手,任谁也想不到居然是极厉害的凶器。

她顺着我的目光看向自己的手,尖叫起来:"哎呀,血,还有谁的肉皮,真恶心!"

周围早有路人报了警,警察赶到现场的时候,我正拎着瓶矿泉水给叶琳冲洗凶器——她的双手,这已经是第三瓶矿泉水了。

周警官看了一圈,基本上就知道发生了什么,过来笑道:"陈哲,你果然挺厉害的,干脆来跟我干刑警得了。"

"周警官,这次不是我干的,我只撞了运钞车。"我朝拼命用毛巾擦手的叶琳努努嘴,"其他都是她干的!"

周警官惊异地看着娇柔苗条的叶琳,老半天回不过神来,最后冲我挤挤眼,说:"也是吃了那个?"

我点点头。

我们车的车头凹进去了一大块,前盖中部高高隆起,前保险杠也掉到了地上。我上车试了一下,大概发动机已经受损,连火都打不着了。

周警官帮着叫了拖车,让我们搭他的车离开。

我和叶琳一起上了警车,周警官说:"陈哲,这两天忙着出警,忘了告诉你们了:范有进跑了,这段时间你们要注意安全。我们估计他不敢大张旗鼓找你们报仇,但是小心点总没坏处。"

我吃了一惊,问道:"怎么让他给跑了?"

"这段时间全城混乱得很,警力不够使,看守所有部分警力给抽调到了现场。范有进趁机串通了几个关押在一起的人,让人从外面带进来极度拖延药,不知怎么的给看守的警察吃了,趁看守心不在焉的时候,偷了钥匙和门禁卡,把看守脱了个精光绑在床上,然后换了他的衣服,大摇大摆地跑了。"

听到周警官的话,我又好气又好笑。

第十六章 死寂之城

"上回抓捕他的时候,他的腿受了点伤。伤筋动骨一百天,现在应该还没好。我们估计他还藏匿在市区里,不太可能长途跋涉。本来要组织对他进行搜捕的,结果这几天突发事件太多,每个人都没完没了地出警,跟救火似的,没来得及管他。"

在一旁默不作声的叶琳突然插嘴问道:"周警官,你们刚才是不是去东边的自来水三公司了?"

周警官诧异道:"是啊,那边找到一辆失踪了几天的货车,你怎么知道的?"

叶琳微微一笑,说:"我看你鞋子上的泥巴是浅红色的,挺罕见。只有自来水三公司附近才有这种颜色的泥土。"

周警官感慨道:"看来,吃了LSEA,都有做神探的本事啊。一会儿跟我去指挥中心吧,趁着你们神探附体,看能不能发现新线索。"

一路上,到处都是抛锚的汽车,垃圾遍地,整个城市的道路交通网络几乎陷入瘫痪状态。

在变成巨大停车场的主干道上完全走不动了,周警官转动方向盘,拐进了一条小胡同。小胡同两边都是低矮的四合院,虽然还算能走得动道儿,但是周边环境却非常糟糕。化粪池没能及时清理,污浊不堪的黄色粪水已经流到了马路上,被车轮碾压,变成了黄褐色的烂泥浆,臭不可当。

我和叶琳同时用最快的速度关上了车窗,但还是没躲掉那挥之不去的恶臭。叶琳吃的LSEA药效还没过去,嗅觉比平时灵敏得多,此刻更是一副恶心欲呕的表情。路边几乎看不到什么人,偶尔有的行人,无一不是踮着脚,在垃圾和粪便之间寻找落脚点,跳跃着前进。

街边的商店几乎都关着门。人行道上稍微干净点的地方,就有人横七竖八地躺在地上。那些人精神萎靡,双眼无光,跟电影里的僵尸一样。看着满目凄凉的街景,叶琳喃喃地说:"才两三天,怎么就变成这样了!"

"陈哲,你还记得丁建平吗?"周警官问道。

我一惊,我从来没有对任何人说过阿平的事情,周警官怎么会知道他的?我不动声色地说:"阿平啊,他跟我做过一段邻居,后来搬走了。周警官你也认识他?"

"他前一段时间来自首了。"

"自首?!"我的惊诧绝对不是装出来的。

"他女朋友小静……"

话没说完,周警官猛地一脚刹车。刹车片发出尖利刺耳的"吱——",紧接着,汽车的防抱死装置开始工作,车底发出"咔咔咔"的响声。

我这倒霉催的,因为车速想快都快不起来,图省事没系安全带,此时一头撞在前挡风玻璃上,只撞得我眼冒金星,牙齿生疼,鼻子都快跟脸颊找平了。

等我从蒙圈中清醒过来,揉着脑门护着牙,扭头一看,车上已经空了,叶琳和周警官都不见了踪影。我只得头昏眼花跟跟跄跄地跟着下车,看见他俩的背影,叶琳在前,周警官殿后,一起冲向右后方的一个小超市。

小超市门口躺着个五十来岁的中年女人,面部朝下,胳膊以奇怪的姿势背在身后。就在周警官停下脚步,稍微花了点时间查看她时,叶琳苗条的身影已经闪进了超市狭小的玻璃门。

在落地窗外,我看见两个身穿棒球服、歪戴棒球帽的小年轻,正大张旗鼓地往一个巨大的旅游背包中塞烟、酒和其他商品。见到叶琳冲进来,两人停止了手上的动作,嘴巴一张一合。

隔着玻璃,听不见他们说了啥,我自动脑补道:"这小妞正点啊!怎么,想不想跟哥们儿玩玩?"

周警官抬起头来,也看到了橱窗里的两个年轻人,他满脸紧张,用责怪的眼神剜了我一眼,从夹克衫里摸出把黑亮的手枪,就要冲进超市。

第十六章 死寂之城

跟他这么久，我还是第一次知道他居然一直带着枪。

我拉住周警官的胳膊，笑道："周警官，咱们不急着进去，难得有看大戏的机会。"

他半信半疑地停住了脚步。

落地窗里面，两个年轻人嬉皮笑脸地逼近叶琳，嘴巴张张合合，念念有词，估摸着在说些不干不净的秽语。

叶琳面色如常，一双乌黑的眸子滴溜溜乱转，看见橱窗外双手抱胸悠然看戏的我和神经紧绷随时准备冲进去救人的周警官，嘴角挂起了一丝浅笑。

一小混混见她还有心情笑，也猥琐地笑着，向她粉嘟嘟的脸蛋，伸出一只文有劣质刺青的手。那只手还没碰到叶琳，他眼前突然一花，手摸了个空气，面前的女人不见了。

我和周警官在橱窗外也看得眼花。叶琳的人影快如闪电，借助旁边码放的卫生纸堆，以及小山一样的大米、白面堆，飞檐走壁般，三下两下就蹦到了一人多高的货架上。她居高临下，狠狠地给了货架一脚。

那摸脸小混混还未来得及转身，就被倒下来的货架"轰隆"一声压在了地板上，十斤装的食用油接二连三地砸在他毫无遮挡的脑门上，不到一分钟，就把他砸得鼻青脸肿，直接昏了过去。

另一个小混混离得远，侥幸跳开逃过了货架的袭击，他绕到货架后面，伸手想去揪叶琳的脚。叶琳身手敏捷地跳开了，顺腿踹了一脚紧挨的货架。

那货架摇晃了两下，慢慢悠悠地倾倒下来。小混混身后是墙，无处可躲，只得伸出两根粗壮的胳膊，将货架推回去。那胳膊上也是左青龙，右白虎，花里胡哨地文着刺青。

他这一推虽是控制住了货架的倒势，但货架上的老干妈豆豉辣酱、老干爹辣子鸡油辣椒、王致和红白豆腐乳、李锦记XO酱、红油郫县豆瓣、皇味皇混合芝麻酱、泰国原装水妈妈大虾膏虾酱、王守义十三香……接二连三地掉落

在他头上,在他脑袋上开出了朵朵五颜六色的花。

估摸着眼睛被辣酱泡着的感觉十分酸爽,他惨叫着,伸手抹了一把眼皮。那货架失去支撑,"咣当"一声砸将下来,把他死死地压在底下。

叶琳身形飘飘,双脚交替,脚尖点着货架的边缘,轻轻松松跳下了地。她拍拍裤子上的灰尘,好整以暇地出了小超市,看着目瞪口呆的周警官眯眯微笑。

周警官好不容易收回快掉到地上的下巴,合上了嘴,打电话叫人来收拾残局。几个社区民警很快就赶到了,看到压在货架下不断呻吟的两个小混混,都不禁骇笑。

我们重新上了警车,沿着小路继续前行。

事实证明,小店抢劫完全是个大概率事件。人们要在瘫痪的城市里活下去,就得吃饭,商店不开门,大伙儿也不能在家里等着饿死,抢劫成了活下去唯一可行的办法。

一路上,我们看到不少小店玻璃被砸,门锁被撬,门口一片狼藉。抱着食品和卫生纸出来的,不但有年轻人,也有文质彬彬的中年人,甚至走路颤颤巍巍的老年人。

看着那些老人拎着塑料袋,驼背走在屎尿横流、垃圾遍地、老鼠奔突的人行道上,周警官面色阴沉。

法不责众。当人们为了生存而打砸抢时,他对此也无能为力,只能视而不见。而叶琳则在后座上不停地长吁短叹。

我们到达市应急指挥中心大厅时,已经是中午了。跟着周警官走进三层楼高、大礼堂般的大厅时,我和叶琳就跟刚进大观园的刘姥姥一样,东张西望,看啥都新奇得很。

应急指挥中心的正面是一个巨大的屏幕墙,无数块液晶屏幕组成了足有两层楼高的大屏幕,上面不断切换播放着监控图像;屏幕墙两边,是从地板到三层楼天花板的两大排电视机长条；大厅正中央，有五排约二十米长的条桌，条桌上摆满了计算机显示器，桌前坐着身着国际蓝制服的警察们，在压低嗓门接入报警电话。整个大厅里，机器的嗡嗡声和上百位警察的低语声交织在一起，声势巨大。

我压低声音，跟叶琳咬耳朵："这指挥中心全是屏幕，是不是照着电影院设计的？要是拿来放大片，不晓得有多带劲儿！"

她撇撇嘴，用黑白分明的大眼睛，甩给我一个大白眼。

周警官指着大屏幕上的全市地图，低声道："这是全市的报警图。"

叶琳瞄了一眼地图，瞬间计算出了总数，吐吐粉红的小舌头，道："我的个乖乖，两万多个报警点？！"

周警官面色凝重地说："嗯，这还没算交通事故报警呢。"

我插嘴问："那平时的报警有多少啊？"

旁边一位警官说："自从报警自动管理系统开始使用以来，一般并发报警也就十来个，顶到头也就五十多，绝对不会超过六十个。"他接着用一副难以置信的表情说："当初建设系统的时候，最大并发报警的容量设计上限是两千。当时我们觉得这个设计实在是扯得很，两千个，警力根本不可能处理得过来！现在居然有两万个，两万啊！要不是我们连夜扩容系统，只怕系统早都崩溃了。最要命的是，并发报警数还在增加！"

我和叶琳对视一眼，现在的治安状况是四面楚歌，狼烟四起，似乎已经是难以想象的最糟糕的时候了。但是我们心里都清楚，如果不能找出整座城市崩溃的原因，采取有效措施，情况还会继续迅速恶化。在饿殍遍野之后，整座城市最终会走向一片死寂。

周警官带我们走近后排的一台计算机，他瞟了一眼屏幕，说："你们知道今天有多少运钞车被抢吗？八十六辆次！还有那倒霉催的，一大早就被抢了两次。"

极度拖延

我见叶琳瞪圆了双眼,估计是想起她"十指阳春抓"的强大威力来了。看来,我们早上碰到的运钞车被抢是个大概率事件。我们保护得了一辆运钞车的周全,对如此众多的抢劫事件却无计可施。

周警官接着说:"全市南北西三个火车站,昨天的准点发车率是百分之三十,但是准点到达率却是百分之九十。你们晓得这意味着什么——有近二十万旅客滞留在火车站!火车站塞不下这么多人,临时把站外广场开辟出来,供旅客休息。火车站里面厕所爆满,很多人憋不住,只能不顾羞耻随地大小便。食品店和饭店的所有食品早已经售卖一空,货运车司机不足,再加上堵车,根本无法把足够的食物运送到位。火车站的方便面已经卖到二百块一碗,泡面用的开水要一百块,都还抢不到!"

我想象着那人肉树林一般的恐怖场景,硬生生打了个寒战。

"我们已经在组织疏散这些旅客,几十万人,你们想想,按照现在的速度,需要多久才能疏散完?!"

叶琳听得心惊,结结巴巴地问:"要这样下去,会不会有人就在火车站里面渴死、饿死?"

我接口说:"想想看,人在极度饥饿的情况下,会干出什么来?会不会有人吃人的事情发生?!机场呢,是不是也差不多?"

周警官把机场的监控录像投放到大屏幕上,候机大厅跟火车站一样,密密麻麻全是人头,停机坪上横七竖八地摆着飞机和拖车,居然还有乘客在停机坪上打扑克牌。

负责机场监控的警察介绍说:"机场人员滞留的情况更严重!最关键的是,地勤工作人员昨天有一小半没来上班,今天少了一大半,不管是机修师、牵引人员、雷达导航,还是塔台指挥中心……都缺人手。这些是需要特殊技能的工作岗位,根本找不到人代替。地勤处理不过来,航班调度能力不足,很多飞机都不能按时降落,有的在空中盘旋等待,有的只能迫降其他机场。"

第十六章 | 死寂之城

就在此时,大厅里突然响起刺耳的警报声,我跟叶琳面面相觑。我心里琢磨,按现在的混乱程度,应该一天到晚都拉响警报才对!整个城市都乱成一锅粥了,还能有警报,不晓得这更危险的情况是啥。

前方,墙上跟巨幅电影一样的大屏幕的画面对准了天空。在灰暗阴霾的天空中,远远只见一架刚从机场起飞的白色飞机,迎头撞上了另一架比它大得多的飞机,瞬间爆出巨大的火球。

画外音播报道:"据机场最新报告,一架刚起飞的 737 客机,与一架准备降落的 380 飞机,在两千米的高空相撞,发生剧烈爆炸。其后,两架飞机均已坠毁。380 客机坠毁在机场附近的航空油库,引发了地面油罐的再次爆炸。"

叶琳捂着嘴巴,惊呼出了我心里的那句话。

"我的妈呀!"

大屏幕上镜头一转,只见半边翅膀已不翼而飞的巨型客机,像只受伤的大鸟般,拖着长长的黑烟,从高空疾速斜着倒栽下来,落在一群楼后面的几个巨大储油罐群之间。

在强烈的巨大爆炸声中,火光腾起,映红了半边天。

镜头切换到比较近的位置,那画质渣得很,我估摸着是机场附近哪个居民楼大厅的监控摄像头拍的。只见天上模模糊糊掉下来一只巨大的白色物体,火光四射,镜头震动。随之,从火堆里飞出破布娃娃一般的人体,那扭曲的人体还没飞到,大楼的玻璃门就被气浪震碎,尖利的大块玻璃碎片如子弹般射进来。远处,在巨大的爆炸力下,油罐被气浪高高抛起,飞上了天空,滚滚浓烟遮天蔽日。

更令人恐怖的是,第二次爆炸来了,画面摇晃中,火龙翻滚着、嘶叫着,以摧枯拉朽的磅礴气势,吞噬了镜头前的一切,画面突然黑了……

爆炸的场面太过血腥,太过震撼。大厅里的所有人都傻了!

不用质疑,那场大火中的所有人,不管是飞机上的乘客,还是地上的居民，全都会在大火中化为灰烬，没有任何一个人能逃脱。

叶琳低呼道："天哪！"

她颤抖着，紧紧揪住我的袖子，眼里噙满了泪水。

控制中心再次响起了刺耳的警报声，喇叭里播放着："所有人员注意，现在进入一级戒备，全市进入一级戒备状态。请在场的各级负责人马上到二楼会议室开会。"

周警官说："我去去就来，你们在这儿等我一下。"

我点点头，心情沉重，喉咙里像塞了几只大核桃，完全不想开口说话。

叶琳用袖子擦擦眼角，一声不吭地在计算机前坐下来，皱着眉头，全神贯注地看着报警点分布图。然后她挪动鼠标，翻看前一个小时的报警点分布图。看了几秒，又往前翻，再看前两小时的……她一页页往前翻，直翻到三天前的，屏幕上的报警分布图，只有稀稀落落十几个红点。

应急指挥中心里可以看的东西很多，我不知道为何她只关心报警分布。

她将鼠标往桌上一丢，转过身来，双目炯炯地看着我。我被她的目光看得有些不自然，不由自主地摸了摸我的下巴。

我嘴巴上有饭粒儿？不对，早上是吃的包子啊。

我只得开口问："怎么，你看出了什么？"

她狡黠一笑，反问道："你站我后面，你看出啥了？"

我其实还沉浸在刚才飞机失事的惨剧坑里没爬出来，支支吾吾地说："往前翻，小红点越来越少？"

她微微一笑，推开椅子站起来说："走，我们去找周警官。"

别看她比我矮一个头，却走得飞快。我只得屁颠屁颠地跟在后头，一路叨叨说："你看出啥啦？别卖关子，跟我说说呗。"

"一会儿你就知道了。"

她门都没敲，直接推门闯进了二楼会议室。

第十六章 死寂之城

会议室里黑压压地坐满了人，有一半人都穿着警察制服，长条桌的尽头，一位头发花白的男人正在慷慨陈词。我看他总觉得眼熟，猛然想起，他就是时常在地方台新闻里出现的名人——本市的市长。

正在做指示的市长大人住了口，一脸诧异地看着径直走向他的叶琳。

其中一位上了年纪、气宇轩昂的警察站起来，问道："什么事儿？你们是哪个分局的？"

我也认出了他是公安局局长，有时候在新闻里也能见到。

周警官坐在不显眼的角落里，他咳了一声，站起来解释道："这二位是见义勇为的市民，今天早上制止运钞车抢劫的就是他们。"

局长表情严肃地问："嗯，你们上这儿来干吗？谁带你们进来的？"

叶琳呵呵一笑，脆声说："谁带我们进来的并不重要，重要的是我知道整个城市为啥乱成一锅粥。如果不采取正确的行动，事情发展会越来越糟。"

她的话引发了一阵小小的骚动。

叶琳微微一笑，不管不顾地走到长条会议桌前，冲着坐在后排，操纵着计算机放映幻灯片的小警察说："麻烦你，放一下三天前，周四上午八点的出警点分布图。"

那小警察看看市长，又看看局长，见他们都没有出言阻止，便手忙脚乱地打开了出警图。

图上，表示出勤位置的红点分布得很均匀。

叶琳说："你往后翻，看下一个小时的……唔，再下个小时的。"

随着地图快速地一页页地翻过去，地图左上角的小红点开始慢慢增加，像病毒蔓延一样，向四周扩散，越来越多，越来越密，最后弥漫了整张地图。看完幻灯片，会场里面一阵死寂。

过了良久，有人问："看来混乱的源头是从西北方开始的。但是，为什么会这样？刚才我们已经讨论过，越来越多的人出现精神萎靡、拖延的症状，甚

至无法正常完成活下去所必需的行为，这是造成各种治安问题频发的原因。"

我和周警官对视一眼，心意相通，他眼里露出十分震惊的神色。

市长道："据卫生部门的紧急调查结果显示，对于这种极度拖延症，有部分人能自我知觉，有部分人是家人首先觉得不对劲的。还有人把极度拖延症患者送到医院去诊断，到现在为止，医院也没有查出拖延症的根源来。如果拖延症会传染，造成混乱的会不会是一种未知的病毒？"

周警官看了我和叶琳一眼，说："据我们初步估计，是一种会使人陷入极度拖延深渊且无法自救的药品造成的。具体情况，请陈哲给我们介绍一下。"

我简单把我所知道的情况说了一下，然后说出了我自己对传染态势的研判结论："现在虽然形势严峻，但情况还不算是最糟糕的，毕竟极度拖延症的传播才只有两三天。如果不立即采取行动，进行针对性的处置，或者处置不当，再过一段时间，大量患上极度拖延的人会由于营养不良、精神崩溃而死亡。由于食品、卫生资源供给不足，还能控制自己行为的人民群众为了生存，只有通过违法违规才能获取必需的生存条件，并发报警量还会激增！"

我扫视会场，只见局长大人紧咬后槽牙，眉毛拧得像麻花，后背僵直，跟脖子上压着千钧重担似的。

我接着说："而那些无法控制自己行为、中毒很深的人，会大量死亡。全市现有的公共服务系统根本没有处理如此大面积死尸的能力，甚至连正常人的隔离都无法做到。大家可以想象一下，随着越来越多的人被传染，我们的公共服务系统将陷入全面瘫痪，没有电、没有水、没有燃气、没有食物，电话打不通，街上垃圾遍地，屎尿横流。而这一切，将加速拖延症的传染，加速居民的死亡过程，最后，整个城市会变得一片死寂，变成一座死城！"

我发言之后，是长长的、压抑的沉默。

市长以沉痛的声音，缓缓地说："现在，卫生和公安上级部门已经启动了

第十六章　死寂之城

一级警戒状态，限制我市人口流入流出，旨在阻止疾病的蔓延。我们不能坐以待毙，必须拿出切实可行的方案来，阻止情况恶化！"

有人小声问："从西北方，这个是怎么传染开来的呢？"

"水系！"叶琳大声说，"全市有三分之一的饮用水都来自引水渠，最开始案发增多的地区，就是使用引水渠供水的地区。"

我大脑里灵光一闪，突然想起那天找到张志勇时，在引水渠边的那些白色粉末和那古怪而又熟悉的味道。当时忙着搜寻和抢救叶琳，并未继续追查那些白色粉末的去向。

"我有一个大胆的想法……"我大声道。

接下来的行动顺理成章而又十分复杂。

在我的引领下，在叶琳的敏锐感觉的追寻下，警察们成功起获了埋在引水渠边的几箱白色粉末，都是通德康来公司生产的药品。由于水渠边的土地含水量过高，纸箱已经被泡烂。装着药粉的大塑料盒被老鼠啃噬破了，那些致人拖延的粉末源源不断地溶解在饮用水源里。

这正是造成全市极度拖延症爆发的原因。

市里成立了应急药品生产小组，市长亲自挂帅任组长，赵燕教授任副组长。在财政资金的支持下，生产小组利用市第一制药厂的设备和原料，大批量生产LSEA。那些LSEA经过稀释后，灌装在小药瓶里，由各居委会分发到每个人，极度拖延症的传播很快得到了控制。

首先恢复的是道路运输系统。在停满了汽车的环路上，大型拖车和吊车清理出一条"生命之路"，供大中型运输车辆行驶，运送生活物资。紧接着，城市内的公共服务系统也开始逐步恢复，无数的志愿者加入了志愿者车队、街道清扫队、救助队、食品分发点服务队……

一片死寂的城市，终于苏醒过来，渐渐焕发出勃勃生机。

我、叶琳和赵教授"抗拖"有功，被授予了"勇敢市民"称号。

直到一周以后，被封闭的机场、火车站和公路才逐步解禁。大牛出差在外地，虽躲过了这场灾难，但有家不能回的滋味也不好受。他天天给我们打电话探听情况，听到机场解禁的消息，归心似箭，抢到了前几班的飞机回家。

在他的强烈要求下，我和叶琳一起去机场接他。

机场人烟稀少，完全看不到以往那无数人推着行李车，轰隆隆往里走的景象。我把车停到空荡荡的地下停车场，和叶琳一起进了电梯。眼看电梯门慢慢悠悠要关上时，有人按下了门外的按钮，几个戴墨镜的男人带着寒风挤进了电梯。

在电梯上升的过程中，我无聊地看了一眼地上，奇怪了，那几个男人穿的皮鞋一模一样：黑色、厚底、低跟、大圆头。站在离电梯门最近，离我最远的那个男人，尽管戴着墨镜和帽子，我还是觉得他的背影有些眼熟。

就在我仔细寻摸在哪儿见过他的时候，叶琳踮起脚，咬着我的耳朵说："你说这几个人是干什么的？"

她吐气如兰，吹得我耳朵直发痒，我的心也跟着痒痒起来。

我也低头，咬着她的耳朵说："不是警察，就是当兵的。"

她点点头，几根柔发在我眼皮下轻轻飞舞。

随着电梯上升，透过电梯四周的玻璃，我看到整个大厅里只有稀稀拉拉的几个人，心里感慨：要是坐飞机能一直人这么少就好了，那得节约多少排队时间啊！

电梯升到一楼，电梯门缓缓打开，几个黑皮鞋男人跟约好了似的，动作迅捷，颇有声势地同时冲出了电梯，将正在等候电梯的一个穿风衣的男人扑倒在地。

那男人只来得及发出一声沉闷的惊呼，便被两个黑皮鞋男猛地压在身子底下。

看到此景，叶琳尖叫起来。然而，她的尖叫声戛然而止，硬生生地咽下了

第十六章 死寂之城

后半截声音。

那被扑倒在地的男人，挣扎着抬起血淋淋的脸，我也愣住了。他脸色苍白得跟一只鬼似的，在血咕淋当的眉毛底下，一双阴险的眼睛，恨恨地瞪着我们——正是从监狱逃走的范有进。

两个黑皮鞋男人揪着领子，将他从地上拎起来，其中一个男人取下了帽子，又摘下墨镜，不无得意地冲着我们乐。

叶琳吃惊地看着他，"周警官！您，您啥时候留上胡子了！"

周警官笑着摸摸自己的胡子拉碴的下巴："最近忙翻了，没时间打理个人形象。其实我上电梯就看见你们了，有公务在身，没跟你们打招呼。"

我瞧着范有进那副狼狈样，心里说不出地高兴，朝范有进挤眉弄眼，说："这是自投罗网啊！现在你是插上翅膀也跑不掉了！"

范有进梗着脖子，一副不服气的样子。转眼间，他手上已经多了一副精光闪闪的手铐。

周警官笑道："以为风声过了没事儿了，不晓得从哪儿弄了张别人的身份证，买了机票。到机场一看，人这么少，保安又查得严，正犹豫要不要冒险一试，就被我们抓住了。"

那范有进虽被铐上了手铐，两只满是红血丝的眼睛却死盯着我和叶琳，他嘴巴歪斜，冲我们露出了古怪邪恶的笑容。我心念一动，不禁失声追问道："范有进，我问你，我哥是不是你害死的？！"

他没理我，阴险的目光从我身上扫过，最后定格在叶琳的脸上。他大声说："叶琳，想不想知道你爸是怎么死的？过来，我说给你听。"

叶琳嘴角的笑容消失了，她弓起背，瞪大眼睛，直愣愣地盯着范有进那丑陋的脸，追问道："什么？你说什么？！"

范有进对抓着他胳膊的警察说："我就跟她说几句话，你们这么多人围着我，还怕我跑了不成？"

极度拖延

周警官略一沉吟,向那警察不易察觉地点了点头。

范有进戴着手铐,慢慢走到叶琳身边,低下头来,咧开嘴,在她耳朵旁边低声说了几个字。

只见叶琳嘴唇上的血色瞬间退去,她双眼迷蒙,抬起头来看着我,那眼神十分陌生。

范有进却得意地大笑起来,退后一步。

就在我发懵猜测他到底跟叶琳说了啥的一瞬间,他突然朝我猛地冲了过来。他的力气大得惊人,居然把我撞得往后连退几步,撞开我之后,他踩着角落里的灭火器箱,动作敏捷地爬上了不锈钢护栏。

"别过来,再往前走,我就跳下去!"他大声吼着威胁道。

我往下瞄了一眼,下面是机场摆渡小火车的铁轨,不算高嘛,也就三四米的样子,跳下去顶多就摔断个胳膊腿儿什么的。只是那轨道怕是带高压电的,如果不巧碰到轨道,那是铁定没命。

看范有进急赤白脸的样子,我有点搞不懂了,他怕是让门夹了脑袋吧。他一在逃犯,不想着好好儿地保住性命,还拿跳楼来威胁我们,这不是搞笑吗?!如果不是想弄清楚我哥的死因,我管他死活咧!

以周警官为首的几个警察瞬间形成合围之势,缓缓朝他走去。

范有进大声吼道:"你们这帮白痴!我发明了治疗狂躁症的有效药物,你们还把我当成罪犯!真是太可笑了!哈哈哈……"

看着他站在高高的栏杆拐角处,像个疯子一般哈哈大笑,我不禁有些毛骨悚然。

周警官沉声说:"你先下来,药的事情,我们稍后再说。"

范有进斜睨周警官,冷笑说:"你别哄我,我一下来,你们几个往上一扑,把袜子塞我嘴里,我还说个屁啊!"

这时,正好有一班地铁到达了。旅客们拖着大皮箱,坐着滚梯往上走,见

第十六章 | 死寂之城

有人站在栏杆上大喊大叫，不赶时间的都自动围拢过来，好奇地看热闹。

范有进见底下呼啦啦来了不少观众，兴奋起来，大声说："你们知不知道开发一款药有多艰难？不光我，还有你哥，你爸！"

他居高临下地用手指指我和叶琳。

"我们十几个人，奉献了大半生的精力，为的就是能让躁郁症的人，能有个安静祥和的世界！这是多么伟大的事业啊。为了它成功上市，我甚至牺牲了我爷爷、我爸爸的身体健康！"

听到这个，我觉得事情越来越有意思了，都忘记追问他我哥的事儿了。他为啥要为个挨不着边儿的药，牺牲自己的家人？

"你知道，生活在一个有躁郁症遗传的家庭里面，有多痛苦吗？"

范有进"哗"地撸起袖子，给我们展示他的胳膊。那胳膊上，深红的肉色、浅粉的肉色交杂在一起，纵横交错全是瘢痕，有的地方皮肉凹凸不平，似溃烂后再长好的。

我骇然。

他到底经历什么？！

范有进有些癫狂地说："只要有一点做得不对，我爸爸就会随手拿起玻璃瓶砸我，把我的头往墙上撞，用烟头烫我。小时候，我有一次忘了倒垃圾，他一脚踢断了我的小臂。你觉得他打了我，他就高兴吗？不！他会跪下来，痛哭流涕，请求我原谅他。他甚至因为把我妈打得住院，还自杀过一次。他的痛苦之源，是他无法控制自己的行为！我们研发的这款药，是他的救星，吃了药，他获得了前所未有的宁静！"

看着范有进表情复杂的脸，我心里竟然对这个杀了无数人的家伙同情起来。

"那也不是你滥用药物，进而杀人的理由！"周警官大声说，同时不露声色地把手背在身后，给其他几位警察做了个只有他们才懂的手势。

范有进冷笑道："任何人类的进步，都不是一帆风顺的，有时候就得要

付出生命的代价。自古以来，都是如此。那些参加实验的人应该感到荣幸才对！而反对实验，反对推动新药上市的人，是螳臂当车，终将被历史的车轮碾得粉碎！"

听到范有进小时候的悲惨经历，我本来还有点同情他。结果他居然说我老哥是"螳臂当车"，活该被碾压，这话让我怒火中烧，我大步朝他走过去。

"我们开发的药，能解救多少生活在铁拳下的孩子，能挽救多少的婚姻啊！"他的声音渐渐低了下去。

他发现了朝他靠近的我，指着我鼻子用刺耳的声音威胁道："你，你别过来！"

我根本不理他那套，一步步逼近他，悲愤地大声质问道："说！我哥是不是你投药杀死的？"

范有进愣了一下，随即无所谓地笑道："没错！你哥少年得志，不识人间疾苦，根本理解不了我的理想，总碍我手脚。我找机会，搁了点白粉粉在他的咖啡里。没想到拖延成那样，他还有自杀的行动力，喷喷。"

我目眦尽裂，浑身颤抖地喝道："为了你那个狗屁破药，你杀了这么多人，你以为还能跑得掉吗？！你有没有考虑过，那些失去亲人的家庭都被你毁了？！你以为我们会放过你吗？！"

范有进一愣之后，一丝凄惨的笑意浮现在脸上，他两眼越过我的头顶，紧盯着叶琳，一字一句地说："不要浪费了我的心血和生命！"

说完这句莫名其妙的话，他一仰脖子，身体便往后倒去。

在叶琳的惊呼声中，他像只断线的鹞子般，从我们的视线中消失了。

紧接着，远处的地面传来沉重的"砰"的一声，在众人的尖叫声中，我全身颤抖着，奔到不锈钢护栏处往下看。

脚下，两条磨得光亮的铁轨间，范有进的身体以奇怪的角度扭曲着，鲜血从他身下慢慢流淌出来，浸湿了地面……

尾　声

　　机场附近城乡接合部的某个小区，随着天气转热，缺乏打扫的街道浊水横流。一个衣衫褴褛、胡子头发老长的流浪汉用一根长树枝拨弄着垃圾桶里的剩饭剩菜。尽管垃圾桶散发着恶臭，这位身形消瘦的流浪汉却并不嫌弃，他的眼睛里闪动着饥饿的光。

　　他面带喜色地从垃圾桶里掏出一只黄色食品袋，迫不及待地用肮脏的手撕开了袋子。塑料袋破了一条口子，里面的白色粉末像细雪花般洒落下来。流浪汉伸出一根黝黑的手指头，在白粉上沾了一点，放到嘴巴里尝了尝。一股带着甜味和刺激性的味道弥漫了整个口腔。他犹豫了一下，还是决定把破了口的黄色塑料袋扔到一边，继续翻腾其他垃圾。垃圾桶的下部都是烂叶子、菜帮子，还有几只裂成好几块的玻璃瓶。流浪汉一无所获，只得失望地慢慢走开了。

　　下水道铁盖子缝里，有两双红色的圆溜溜的眼睛看见了这一切。等流浪汉蹒跚着走开，两只早已饿得前胸贴后背、瘦骨嶙峋的灰毛耗子从下水道爬出来，无声地蹿上了垃圾桶。看到沾满了白色粉末的菜叶子和白菜帮子，两只老鼠欢腾地吱吱大叫一声，甩开腮帮子，大口啃起菜叶子来。不一会儿，菜叶子全部都进了两只老鼠的肚子。它们拖着鼓胀的肚子，行动缓慢地爬出垃圾桶，目光有些呆滞地往下水道爬去。

极度拖延

  高楼林立的钢筋水泥丛林里，无数根下水管就像是树根，从高楼直扎进地下。在城市黑暗的地底下，它们组成了一张四通八达的网络，网络里流淌的是恶臭的污水。就在几条污水管汇集的地方，有个黑灰色的水泥小台阶，那是方便管道检修工落脚的地方。

  两只老鼠肚皮朝天，一动不动地躺在水泥台阶上，已然死去。由于长时间没有磨牙和进食，它们上下獠牙都伸出了嘴唇外，一根根细小的肋骨在完全没有脂肪的皮下清晰可见。然而就在它们不远的地方，还有半只夹着牛肉的汉堡包。

  污水管道一直都是老鼠、蟑螂、苍蝇和蚊子的天下。这时，一只身体饿得干瘦、腹部膨大的蚊子落在了老鼠的头上，它的宝宝正在肚子里长大。它已经在旁边观察了很久，它弄不明白的是，这两只老鼠为什么长时间躺在那里，不吃，不喝，不睡，也不怎么动弹，任凭它们的獠牙长到嘴巴外面。它们就好像被诅咒了一样，又好像是被看不见的绳子捆住，动弹不得，最后又饥又渴地死去了。

  它把吸管插进一只死老鼠的脸颊。由于刚死去不久，它的身体还是温热的，血液也还能吸出一点来。但是随着吸食的血液越来越黏稠，母蚊子只得费力地拔出了吸管。

  从老鼠尸体上获得的一点血液，并没有填饱母蚊子的肚子，但让它恢复了一些体力，同时更燃起了它的饥饿感。那种饥饿感和对血液疯狂的渴求驱使它"腾"地飞了起来，向着有亮光的地面飞去。

  母蚊子摇晃着身体，穿过一根根发出哗哗流水声的下水管，穿过红砖垒砌的竖井，穿过圆形下水道井盖的小孔，穿过"吱吱"电流响、散发着昏黄灯光的路灯，穿过茂密的阴凉的树叶，从狭窄的白色纱窗破缝里爬进了屋里。

  屋里的凉气让它打了个寒战，它哆哆嗦嗦地掠过房间，落在一只白嫩的小胳膊上。胳膊的主人是个胖嘟嘟的小男婴，他正流着口水，吸着自己肥胖的小

尾　声

手指头，睡得十分香甜。

母蚊子小心翼翼地弓起身体，六条腿紧紧抓住肥肥的小胳膊，慢慢地把带着死老鼠血液的吸管扎进肉里。在推进麻醉剂之后，它在嫩滑新鲜的皮下没费啥事儿就找到了血管。它抑制着激动，慢慢地享受吸食婴儿新鲜血液的过程，直到肚子鼓胀得像一只球。

那个白白胖胖的小婴儿，笑眯眯地在梦里吸吮自己的手指，对此毫无察觉。他体内被污染的血液，正顺着他幼小的血管网络迅速奔流到了身体的每个部位。

后　记

　　范有进的死，将所谓的躁郁症治疗药，也是致使极度拖延药的配方带进了坟墓。他在机场里向下的那纵身一跃，虽是早就打定主意的举动，但我向他逼近的那几步，成了压垮骆驼的最后一根稻草。

　　从某种意义上来说，我也算是为我哥报仇了。

　　在接到大牛回城的路上，叶琳一直都沉默着，小心翼翼地躲避着我的目光。不用吃 LSEA，我也知道，她的反常举动跟范有进在她耳边的几句悄悄话有关。

　　在我的一再追问下，她说："知道我爸为啥跟我妈分居吗？他有躁郁症，一到冬天就发作得厉害。他是自愿充当试验者的，因为吃的剂量过大，最后陷入无法挽回的结局。"

　　我一针见血地指出："那是范有进告诉你的吧！没准你爸跟我哥一样，是反对那药物研发的！没准范有进为了达到自己的目的，清除了你爸这个障碍。"

　　她沉默着，不发一言。

　　我看着她毛茸茸的小脑袋，知道她被范有进那套所谓的"人类进步理论"带歪了。

后　记

　　为了她的未来，为了我自己的未来，为了我们的未来，我会慢慢说服她，让她摒弃范有进在她大脑里植入的混乱思想。

　　我一点儿也不着急。

　　一个月说服不了她，我就用两个月；两个月不行，我就用一年。

　　反正，我有一辈子的时间干这事儿。